Mijn ontvoering

Elle van Rijn

Mijn ontvoering

Voor het eerst verteld door Toos van der Valk

Artemis & co

FSC
www.fsc.org
MIX
Papier van
verantwoorde herkomst
FSC® C004472

Eerste druk november 2011
Tweede druk december 2011

ISBN 978 90 472 0245 5

Omslagontwerp Studio Jan de Boer
Omslagillustratie Elle van Rijn
Foto auteur Mike S. Bloem
Foto's omslag rechterflap © ANP

Verspreiding voor België:
Veen Bosch & Keuning uitgevers n.v., Antwerpen

Ter nagedachtenis aan mijn echtgenoot Gerrit van der Valk
13 juni 1928 – 20 januari 2009

Vrijdagavond 26 november 1982

‘Kijk uit, want je hebt gedronken!’ Mijn dochter Marijke roept het me vanuit de deurpost na. ‘Maak je geen zorgen, je vader rijdt,’ zeg ik lachend. Ik loop om onze Oldsmobile heen om het rechterportier te openen. Hè verdraaid, hij zit nog op slot en Gerrit heeft de sleutel. De koude wind snijdt door mijn kleren. Ik heb mijn jas in de auto laten liggen, terwijl het zeker een graad of twee vriest.

‘Maar pa heeft nog meer gedronken,’ roept Marijke op een toon alsof zij mijn moeder is, in plaats van omgekeerd.

‘Wie is er hier dronken?’ Gerrit verschijnt achter Marijke in de deuropening. Zijn jas over zijn schouder, een doos wijn onder de arm. Droge witte uit de Bourgogne, die hij volgens Harry echt eens moet proberen, en rode uit Spanje, uit de buurt waar ze elk jaar op vakantie gaan. Harry zou de wijn voor een gunstig prijsje kunnen kopen.

‘Chérie, kom op, ik heb het koud.’

‘Ik kom eraan, Toosje-ongeduld. Ik kom.’ Hij aait onze dochter over haar bol alsof ze vijf jaar oud is, geeft Harry een stomp tegen zijn schouder en snelt naar de auto.

‘Heb je echt niet te veel op?’ vraag ik als Gerrit de motor start.

‘Denk je nou echt dat ik mijn Toosje in gevaar zou brengen?’ Hij pakt me stevig beet en geeft me een zoen.

'Hou op,' zeg ik lachend. 'Zo komen we nooit thuis.'

'Geloof je dan wel dat ik nuchter genoeg ben?'

'Ik geloof je, schat. Rij nou maar.'

En dat doet hij. We rijden met een hogere snelheid dan is toegestaan het terrein van Motel de Witte in Vught af.

Terwijl we door de donkere nacht terugrijden naar Nuland mijmer ik over deze avond. Normaal gesproken eten we iedere vrijdagavond bij mijn schoonmoeder, oma Van der Valk, in Avifauna. Maar vanavond moest ze naar de verjaardag van haar kleinkind, een van onze vele nichtjes. Marijke stelde spontaan voor dat we dan bij haar in Vught moesten komen eten en Gerrit stemde meteen in, zonder mij iets te vragen. Dat hoefde ook niet, want hij wist dat ik het gezellig zou vinden. In restaurant de Witte in Vught is het altijd een beetje thuiskomen. We hebben er eenentwintig jaar gewoond. Toen we begonnen met de bouw van het restaurant was ik zwanger van Marijke. Mijn eerstgeborene. Nu heeft ze zelf alweer drie kinderen en runt ze samen met haar man Harry het inmiddels veel grotere motel. Gek hoe snel de tijd kan gaan. Ik zie Gerrit en mij nog staan tussen de bouwstenen en de zakken cement. Het was een spannende tijd. Onze eerste zaak, en ons eerste kind. Het had allemaal nog heel anders kunnen lopen. Bij de familie Van der Valk was het gebruikelijk dat iedereen een restaurant of een hotel kreeg. Vijf van de elf kinderen hadden al een zaak gekregen en toen kwam de Molenhoek bij Nijmegen vrij. Gerrit en ik waren al vier jaar verloofd en waren aan de beurt voor het eerstvolgende Van der Valk Hotel. Maar Gerrit zei tegen zijn vader: 'Laat Cees de Molenhoek maar runnen en laat mij eerst een halfjaar naar Amerika gaan.' Gerrits broer Cees had een tijd in Indië gezeten en toen hij terugkwam had hij meteen een leuk meisje ontmoet met wie hij wilde trouwen. Pa Van der Valk begreep het wilde plan van zijn zoon, die twee hadden een hechte band, maar of hij Gerrit echt moest laten gaan, daarover twijfelde hij. Dat zijn ondernemende zoon naar Amerika wilde was niet het probleem, maar hij vroeg zich af of hij nog terug zou komen. Uiteindelijk zei hij tegen Gerrit: 'Ik vind het goed als je naar Amerika gaat, maar Toos laat je hier.' Ik was het onderpand. De garantie dat hij zijn zoon niet voorgoed zou kwijtraken. We zijn met z'n allen naar de Nieuw Amsterdam gegaan om hem weg te brengen. Een enkele reis naar New York was toen een boottrip van tien dagen. Dat kun je je nu niet meer voorstellen. Iedereen zei tegen Gerrit: 'Je hebt zeker geld van je vader meegekregen?' Hij zei: 'Nee, ik ga werken.' Ik wist dat het waar was. Tegen mijn advies in had hij geen rooie cent meegenomen. Zijn oudste broer Klaas heeft Gerrit toen toch nog honderd gulden toegestopt, waarbij hij mij een dikke knipoog gaf.

Het afscheid viel me zwaar. Ik herinner me dat hij me tegen zich aan drukte en zei: 'Toos, wees een grote meid. Hard werken, dan gaat de tijd snel voorbij.' We kusten elkaar en hij veegde de tranen die ik niet had weten te bedwingen met zijn zakdoek weg. Daarna liep hij met een koffer in zijn hand en een plunjezak over zijn schouder de brug op. Ik herinner me hoe we daar op de kade met zijn allen stonden te joelen en te zwaaien, de mensen keken met argusogen naar het stelletje ongeregeld dat we toen waren. Gerrit gaf me nog een laatste handkus en toen verdween hij aan de horizon. Eenmaal terug in hotel-restaurant De Gouden Leeuw in Voorschoten heb ik het verdriet van me afgezet en ben ik aan de slag gegaan. De tijd ging inderdaad snel voorbij, maar het gemis was er niet minder om. De kaarten en brieven die hij schreef maakten zijn afwezigheid nog pijnlijker. Toch wist hij met zijn woorden altijd een glimlach om mijn mond te toveren. Hij schreef dat hij blikjes verzamelde, toiletten schoonmaakte, in restaurants hielp als afwasser, werkte als nachtportier. Hij deed van alles. Hij heeft heel veel gezien en geleerd van de motels daar in Amerika. 'Moeten wij met de familie daarnaartoe komen om ons bedrijf voort te zetten?' vroeg zijn vader hem in een brief. De oude Martinus van de Valk kwam naar me toe om me het antwoord te laten lezen dat zijn zoon had geschreven. 'Als je zo hard werkt in Nederland zoals je in Amerika zéker zou moeten, dan kun je beter in Nederland blijven met z'n allen, want dan oogst je meer succes.'

Bang dat Gerrit misschien een ander liefje zou tegenkomen ben ik nooit geweest. Tussen ons zat het wel goed. Maar ik denk wel dat zijn vader gelijk had. Als ik mee was gegaan, dan waren we waarschijnlijk nooit teruggekomen en dan hadden we nu samen in Amerika gewoond.

'Die kreeft was verdraaid lekker.' Gerrit haalt me uit mijn overpeinzingen. 'Maar ik weet niet of de marge wel gunstig genoeg is om hem permanent op de kaart te zetten.'

'Dat zal Harry toch wel goed doorberekend hebben,' zeg ik, omdat ik al vermoed waar dit gesprek naartoe gaat.

'Ik weet het niet. We kunnen kijken of we kreeft voor al onze zaken kunnen inkopen, maar dan op de seizoenskaart. Dan kunnen we groot inkopen op het moment dat de prijs het laagst is.'

'Ik denk dat je het gewoon aan Harry en Marijke moet overlaten,' zeg ik zo luchtig mogelijk.

Gerrit kijkt opzij en begint te lachen. 'Jij vindt natuurlijk dat ik me er niet mee moet bemoeien.'

'Dat heb je goed geraden, ja.' Ik leg mijn hand in zijn nek. 'Laat ze nou maar, ze doen het toch goed? En als Harry omhoogzit met de prijs van de kreeft, dan komt hij vanzelf naar je toe om iets af te spreken.'

Gerrit heeft zijn aandacht weer op de weg gericht. 'Jij denkt nog steeds dat ze zelf eerst op hun gezicht moeten gaan om te ervaren hoe het werkt. Je kunt ook leren van de meester, zonder eerst door schade en schande wijzer te worden.'

'Maar die meester heeft toch allang een diploma uitgereikt aan zijn pupillen, dus laat hen nou maar zelf beslissen. Of maak het tot een agendapunt voor de volgende vergadering: punt één, de kreeftinkoop.'

Weer werpt hij een blik op mij. 'Zit je me nou een beetje te sarren?'

'Dat heb je helemaal goed in de gaten, chérie,' zeg ik terwijl ik de spanning uit zijn nek probeer te masseren.

'Dan denk ik dat ik jou maar eens heel erg moet gaan plagen zo, thuis.'

'O jee, ik word bang.' Ik staar glimlachend voor me uit. Ons negenentwintig jaar oude huwelijk heeft zijn beste tijd nog lang niet gehad. Gerrit draait het parkeerterrein van Motel Nuland op. 'Goh, ze zullen het wel druk hebben. Het zit helemaal vol.'

Carlita en haar man Joep runnen deze zaak, terwijl Carlita nog maar drie maanden geleden is bevallen van haar tweede kindje. Ik weet uit ervaring hoe vermoeiend dat is, met al die gebroken nachten. Marc, onze jongste zoon, helpt hen in het restaurant. Hij is achttien jaar en de enige van de kinderen die nog bij ons in de villa woont. Het zal niet lang duren voor ook mijn laatste kuiken uitvliegt. Gerrit draait het pad op naar ons woonhuis. Dit is ons thuis. De plek waar iedereen welkom is. Ik weet nog dat ik in onze verlovingstijd tegen Gerrit zei dat ik twaalf kinderen wilde. Hij reageerde niet afwijzend of lacherig, het enige wat hij zei was: 'Poeh poeh, dan moet ik wel een heel groot huis bouwen.' Uiteindelijk zijn het er geen twaalf maar zeven geworden. Een aantal waar ik behoorlijk wat mee te stellen heb gehad. Maar het was nooit saai, gezapig of stil bij ons thuis.

Gerrit rijdt de auto niet naar de parkeerplek bij de voordeur, maar zet hem voor de garage neer. 'Ik laat hem hier staan, want hij moet morgen gewassen worden.' Dat moet ik niet vergeten op te schrijven voor de dienstmeisjes, denk ik bij mezelf. Gerrit is altijd al gek geweest op mooie auto's. Deze groene Amerikaanse Oldsmobile heeft hij al jaren en het is zijn grootste pronkstuk. Hoewel hij qua luxe tegenwoordig beter een BMW of een Mercedes zou kunnen rijden, blijft hij trouw aan zijn Cadillac. Hij doet hem denken aan zijn tijd in Amerika, destijds had hij zich voorgenomen om ooit in zo'n grote Amerikaan te rijden. De lange neus, de aerodynamische vorm, de glimmende spoilers. Deze auto was zijn droom.

We stappen de auto uit en hij neemt me zoals gewoonlijk bij de hand als we de trappen oplopen. 'Ik denk dat ik maar eens vroeg naar bed ga,' zegt hij tegen me. 'Ik ben moe.'

Als we de keukendeur open willen maken blijkt de deur op slot te zitten. 'Heb jij een sleutel bij je?' vraagt Gerrit.

'In mijn jaszak in de auto.'

'Ik pak hem wel even,' zegt mijn man terwijl hij weer naar beneden loopt. Ik sla mijn armen om me heen en kijk naar de donkere hemel. De sterren lijken op te lichten in de knisperende vrieskou. De winter is nu echt begonnen. Ik ril, maar misschien meer van vermoeidheid dan van de kou. Het liefst zou ik ook meteen naar bed gaan maar ik moet nog wat klaarzetten voor morgen. Marijke heeft een winkel met decoratie- en interieurspullen en ze heeft het zilver nodig. Hoewel haar vader dat verzamelen en verkopen van spullen meer ziet als een veredelde hobby, zie ik dat ze er echt talent voor heeft. Ze is de meest creatieve van de kinderen. Ze heeft net als wij allemaal een passie voor de horeca maar daarnaast is ze ook altijd bezig met hoe het interieur er nog leuker uit kan zien. Restaurant De Witte heeft hierdoor een warme, persoonlijke uitstraling.

Gerrit is weer terug met mijn jas en de sleutel. Hij draait het slot open en houdt galant de deur voor mij open. 'Waar wacht je nou op?' vraagt hij als ik niet meteen naar binnen stap. 'Moet ik je alweer over de drempel tillen?'

'Alwéér?' zeg ik plagend. 'Alsof je dat iedere dag doet. Ik herinner me maar één keer en dat was negenentwintig jaar geleden.'

Hij geeft me een liefdevol duwtje. 'Hup vooruit.'

'Ik stond gewoon even naar de heldere lucht te kijken. Ik denk dat het morgen zonnig weer wordt.'

'Ja, in de Cariben,' mompelt mijn man terwijl hij achter me de deur op het nachtslot doet. Op de klok in de keuken zie ik dat het halftwaalf is. Als we bij mijn schoonmoeder in Avifauna zijn geweest zijn we vaak later thuis. Ik pak het dienblad en loop achter Gerrit aan het souterrain in.

'Weet jij of de deur van het zwembad is afgesloten?' vraagt Gerrit. Goed dat hij daaraan denkt want via de garage kun je door het zwembad naar binnen lopen en vaak vergeten we die deur op slot te draaien.

'Geen idee. Zal ik even kijken?'

'Nee, laat mij maar.' Terwijl hij naar beneden loopt om de deur te controleren, begin ik met het verzamelen van het zilver. Ik moet niet vergeten om tegen de meisjes te zeggen dat ze het morgenochtend meteen moeten oppoetsen, zodat ik het mee kan geven voor de winkel. Ik heb de prachtigste zilveren kandelaars, die ik eens samen met Gerrit in Spanje op een antiekmarkt heb gekocht.

'Hij zat potdicht. Ik loop meteen door. Kom je ook?' Gerrit loopt de trap op naar onze ruime slaapkamer, die ook een beetje fungeert als huiskamer, maar dan alleen voor ons tweeën. Meestal gaan we tegelijk naar bed, maar nu moet ik eerst dit klusje afmaken.

'Zodra ik klaar ben. Als de meisjes komen, liggen wij beslist nog te slapen en dan kunnen ze alvast beginnen.'

'Oké, maar schiet je wel een beetje op?'

'Ja ja. Ga nou maar.' Ik kijk mijn man na die met vermoeide passen de trap oploopt. Soms maak ik me zorgen over hem. Hij werkt zo hard. Maar zodra ik daar iets van probeer te zeggen, wordt me meteen de mond gesnoerd. 'Van hard werken is nog nooit iemand ziek geworden,' is zijn credo. Nee, denk ik dan bij mezelf, van hard werken niet, maar wel van te veel spanning. Nou ja, misschien zou je hem zijn kracht ontnemen als je hem zijn ondernemersdrift afpakt. Terwijl ik hierover nadenk verzamel ik kandelaars, fotolijstjes, een antiek koffiestel, wat sierbekers en schaaltjes. Dan realiseer ik me dat Marc helemaal niet naar binnen kan als de keukendeur op het nachtslot zit. Ik zet het blad met zilver op de salontafel en loop terug naar de keuken. Eerst draai ik de deur van het slot en dan schrijf ik snel het briefje voor de meisjes. Ik neem het mee terug naar de kamer, leg het op het dienblad en zet er nog twee sierpotjes bij die ik over het hoofd had gezien. Dan til ik voorzichtig het inmiddels behoorlijk zware dienblad op en wil weer richting keuken lopen. In de keuken klinkt geluid. Dat zal Marc zijn, denk ik meteen en ik wil net roepen dat ik in de woonkamer ben als er plotseling twee mannen met donkere bivakmutsen de kamer instappen. In een zwaaiende hand zie ik een pistool. 'Valks, Valks!' zegt de man op een dreigende fluistertoon. 'Wat is dit?' zeg ik verbaasd. Halen ze een grap met me uit? Mijn zoon Gert-Jan heeft een schietschool in Tiel en zijn broers komen daar weleens. Als ik achter hen nog twee mannen zie verschijnen, weet ik zeker dat het een grap is. 'Jongens, hou eens op!' zeg ik lacherig. Maar dan word ik vastgegrepen door de man die het dichtst bij me staat. De andere man drukt iets hards in mijn zij. Agressief sist hij in mijn oor: 'Valks, *wo ist* Valks?' Het besef komt met een schok. Dit zijn mijn kinderen niet. Dit is een overval. 'Valks *du sagen*, Valks, wo?' O mijn hemel, ze komen voor Gerrit. Ik kan me net genoeg beheersen om niet van schrik het zware dienblad uit mijn handen te laten vallen, Gerrit zou wakker worden en op het lawaai afkomen en dan... Ik durf er niet aan te denken. 'Alsjeblieft, dit is zwaar,' zeg ik zo beheerst mogelijk. Ik voel hoe de mannen met me meebuigen als ik trillend het volle blad op tafel zet. Meteen hierna worden mijn armen ruw naar achteren getrokken en ik voel het koude ijzer van het vuurwapen tussen mijn ribben. '*Wo ist Valks!*' Ze mogen er niet achter komen dat Gerrit boven is, gaat het door me heen. Hij zou ziedend worden, met ze gaan vechten. Er zou geschoten worden...

'Ik eh... Valk is niet hier. Hij is naar het motel.'

'*Nicht wahr*. Valks hier,' zegt de man die me met zijn pistool bedreigt.

'*Nein, nein, nicht hier*. Hij moest nog wat halen.' Ik probeer zo overtuigend mogelijk te klinken.

'*Du zusammen mit Valks zuhausse gekomen. Wir haben gesehen. Valks oben?*'

'Nein. Hij is daardoor weggegaan.' Ik knik naar de gang, die naar de voordeur leidt. 'Hij moest zijn zoon halen. Echt waar. Hij is daar nog.' Er volgen blikwisselingen tussen de mannen. Ze zeggen iets in het Italiaans wat ik niet kan verstaan. Blijkbaar moet er iets overlegd worden. Hun ratelende en halffluisterende stemgeluid boezemt me ongelooflijk veel angst in. Donkere ogen flitsen heen en weer van de een naar de ander. Hoe kan ik voorkomen dat ze de trap oplopen en vrijwel direct bij onze slaapkamerdeur uitkomen? In ons grote bed zullen ze hem meteen zien liggen. Slapend, weerloos. 'Hij is echt naar het motel. U kunt hem opbellen, *anrufen*.' Dan zegt een van de twee overvallers die nog bij de deur staat iets op gebiedende toon, waarop de man naast hem iets uit zijn zak haalt en naar me toe loopt. Mijn hart bonkt hoorbaar in mijn borst. Dit is helemaal mis, dringt het tot me door. Dit gaat niet om sieraden of kunstwerken aan de muur. De man houdt dreigend iets omhoog. Ik kan niet precies zien wat het is. Iets zwarts. Hij steekt het mij toe. '*Bitte nicht...*' pers ik er nog uit. Maar zonder omhaal wordt mijn zicht me ontnomen door de wollen muts die over mijn hoofd wordt getrokken. Het is eenzelfde muts als ze zelf dragen, maar dan zonder opening bij de ogen. Mijn hemel, wat gaan ze met me doen? Vanuit een oerinstinct kom ik in opstand en probeer mezelf los te rukken. Met mijn benen trap ik wild om me heen, met mijn handen duw ik mezelf van hen af. Ik moet uit deze val zien te ontsnappen. Maar de houdgreep waarin ze me beetpakken is veel te stevig. Mijn armen op mijn rug, mijn hoofd naar beneden. Ik realiseer me dat ik niets kan beginnen tegen vier sterke, gewapende mannen. Ik kan er maar beter voor zorgen dat mijn man niet wakker wordt. Ik geef mijn verzet op en voel hoe ik word opgetild door vier armen. Nog steeds wordt er in rap Italiaans overleg gepleegd. Ik probeer te zoeken naar een uitweg, maar wat kan ik doen? Moet ik bijten en krabben? Moet ik hen smeken om me weer op de grond te zetten? Ik kan niet schreeuwen om hulp, want Gerrit zou me horen. Niet de kluis openmaken om ze met een riante buit te laten ontsnappen, want dan gaat het alarm af. Het gaat allemaal zo snel. Seconden waarin mijn hersenen koortsachtig zoeken naar een oplossing, maar waarin mijn lijf geen verzet pleegt. Als een mak schaap laat ik me meevoeren. Ik kan niets meer doen dan bidden dat Gerrit blijft slapen. Buiten hoor ik de motor van een auto draaien. Als ik dichterbij kom, zie ik door de mazen van de gebreide muts dat het een blauwe vierdeurs sedan is. Ruw word ik op de achterbank gezet. Alsof ik een zak zand ben. Naast me stapt iemand in. Half zittend half liggend probeer ik me overeind te houden, maar ik zit te scheef om mijn balans te bewaren en val voorover met mijn hoofd tegen iets hards, de draaihendel of de deurkruk. Aan mijn blazer word ik overeind getrokken. Naast me hoor ik nerveus ademen. Voorin slaat een portier dicht. Van de bestuurdersplek klinken korte woorden, als commando's. In de auto hangt een zware sigarettenlucht. Ik ruik het leer van de jacks die de mannen dragen. En ik bespeur iets van eten, of is het zweet? Vanaf de andere kant schuift er nog iemand bij mij op de achterbank, waardoor ik tussen twee overvallers ingeklemd zit. Niemand die iets zegt. De portieren worden zacht dichtgedaan, de motor wordt in de eerste versnelling gezet. En terwijl de auto in beweging komt word ik naar beneden gedrukt, zodat ik kromgebogen over mijn knieën lig. We gaan echt weg! Weg van mijn huis, van Gerrit. Misschien komt er iemand voorbij die ons ziet! Een hotelgast die naar zijn kamer loopt. Een van onze medewerkers die klaar is met zijn dienst. Ik moet me oprichten, zichtbaar zijn. De parkeerplaats van het motel stond net nog vol. Er zal toch wel iemand zijn die over het terrein naar zijn auto loopt? Ik kom iets omhoog, maar word ruw naar beneden gedrukt, waardoor ik niet meer boven het raam uitkom. De man links van me leunt met zijn volle gewicht op mijn rug. 'Alsjeblieft, *bitte*,' zeg ik zacht, in de hoop mijn onaangename positie iets te kunnen verbeteren. '*Ruhe!*' wordt me toegesnauwd. '*Ruhe!*' Ik zou willen schreeuwen dat ze me los moeten laten. Als een kat hun ogen uit willen krabben en hen dwingen de auto te openen. Hen gek maken met woedend gekrijs. *Waar brengen jullie me naartoe! Wat is dit! Laat me los, stelletje bandieten!!* Maar de adrenaline is niet alleen bij mij gestegen. Ook zij zitten vol energie, vol agressie. Alles wat ik doe om hen nog nerveuzer te maken, kan me fataal worden. Ik moet rustig blijven. Door de dikke wol kan ik de lantaarns zien, de verlichte verkeersborden en de wat hogere huizen. Ik begrijp niet waar ze naartoe rijden. Ze nemen de straat achter het motel langs. Om op de grote weg te komen moet je een andere route nemen. Maar dan, via een omweg, rijden we toch de snelweg op. Voor het eerst ontstaat er een gevoel van paniek dat me bijna doet kokhalzen. Ik kan me niet meer beheersen. 'Waarom nemen jullie me mee? Ik heb niks gedaan. Ik ben een onschuldige vrouw. Alstublieft.' '*Ruhe, Ruhe*,' klinkt het weer. Mijn angst neemt toe naarmate de afstand van mijn huis groter wordt. Het bed waarin mijn man nietsvermoedend ligt te slapen. Mijn veiligheid. 'Bitte, nicht. Bitte.' Mijn tranen worden geabsorbeerd door de gebreide draden voor mijn gezicht. '*Jetzt Ruhe!*' Ik hap in de verstikkende wol. Mijn ademhaling versnelt. Mijn vingers beginnen te tintelen. Nee, nee, ik moet kalm worden. Mezelf in toom houden en goed opletten waar we naartoe gaan. Dit gebeurt niet echt. En als het al echt gebeurt, dan zal het snel weer voorbij zijn. Beter dan nu te gaan piekeren over hoe dit zou kunnen aflopen, moet ik opletten. Waar rijden we naartoe? De auto mindert vaart. We draaien de snelweg af. Het lukt me om mijn hoofd iets te draaien waardoor ik in het donker de lichten kan zien van het stoplicht waarvoor we moeten wachten. Dit moet Rosmalen zijn. Zou het nu voorbij zijn? Zouden ze me vrijlaten om me te zeggen dat ze een vergissing hebben gemaakt en eigenlijk op iemand anders uit waren? Niet op mij of Gerrit, maar op een of ander louche type waar ze iets mee te vereffenen hadden? Ik zie de lichten van het Wapen van Rosmalen. De bijrijder zegt iets tegen de chauffeur en de auto draait de parkeerplaats op van het restaurant. Als we stilstaan hoor ik voetstappen die dichterbij komen. Ik blijf muisstil liggen. Kan dit een toevallige voorbijganger zijn? Als ik nu zou schreeuwen zou hij me opmerken. Maar wat kan ik doen tegen vier mannen met pistolen? Ik neem tenminste aan dat de pistolen geladen zijn. De voetstappen zijn nu heel dichtbij. Ik heb het gevoel dat diegene zo de auto in kan kijken en mij zal zien liggen. Hij zal zo hard mogelijk wegrennen naar het restaurant om de politie te waarschuwen en dit hele verhaal zal met een sisser aflopen. Het portier van de bijrijder wordt met een harde klik geopend. De mannen in de auto beginnen meteen in het Italiaans te ratelen tegen de persoon buiten. Opgewonden woorden die ik niet kan verstaan. Mijn hoop was vergeefs. Deze persoon hoort erbij. De bijrijder stapt uit, de handlanger stapt in. Dan komt de auto weer in beweging.

'Alstublieft, mijn hoofd,' fluister ik. Ik wil niet het risico lopen om hen kwaad te maken, maar ik heb overal kramp door de houding waarin ze me gedwongen hebben. De man rechts zit met zijn benen over mijn benen en de man aan mijn linkerkant heeft mijn hoofd zo ver naar beneden gedrukt dat ik met mijn voorhoofd tegen de bestuurdersstoel lig en mijn wang tegen de zijkant van zijn been drukt. Alles in mij schreeuwt om afstand. Weg van deze verschrikkelijke mensen. Wat ze ook van plan zijn. '*Bitte, mein Kopf*,' herhaal ik. '*Aufhören, du Frau. Ruhe!*' snauwt de bestuurder weer tegen me in zijn gebrekkige Duits. Toch laat de man die mijn hoofd tegenhoudt, zijn arm iets verslappen waardoor ik een stukje overeind kan komen. Door de breisels voor mijn ogen ontwaar ik licht, ik kan de verlichte ANWB-borden zien! Ik moet zo blijven liggen en heel goed opletten. Deze route moet ik in mijn hoofd prenten, zodat ik later precies kan vertellen hoe we zijn gereden. Morgen of overmorgen, als ik vrij ben en de politie deze gangsters gaat opsporen. Ik zie dat we de weg naar Waalwijk opdraaien. In de auto wordt gezwegen. Ik durf niets te vragen. Bang dat ik weer teruggeduwd word in die onfortuinlijke positie van daarnet. Ik voel nog steeds alleen maar ongeloof over wat mij overkomt. Het lijkt alsof ik in een slechte film speel. Maar zelfs heel slechte films lopen vaak goed af. Toch? Zodra Marc thuiskomt en doorheeft dat ik er niet ben, zal hij alarm slaan. Eerst maakt hij Gerrit wakker en dan bellen ze meteen de politie. Misschien is dat al gebeurd. De hele familie is waarschijnlijk al in rep en roer over het feit dat ik weg ben. De politie zal dit schorem in een fuik laten rijden en hen in de boeien slaan. Ja, het kan niet lang meer duren voor ik bevrijd word. Ik probeer mijn gejaagdheid onder controle te krijgen door diep te zuchten. Rustig Toos, rustig. Ik wou dat op zijn minst mijn mond vrij was van die verstikkende wol. Ik heb het benauwd en het gevoel dat ik zo moet overgeven is nog steeds niet weg. Ik denk aan Gerrit. Ik stel me voor hoe hij wakker wordt en mij niet naast zich vindt. Mijn man is als een leeuw. Hij zal nooit met zich laten sollen. Als je aan zijn vrouw of zijn kinderen komt, dan kom je aan hem. De gedachte aan Gerrit geeft me heel even moed. Nee, dit zal niet lang gaan duren, dat kan gewoon niet. Onder mijn gebogen lichaam vouw ik mijn handen samen. Ik houd mezelf vast alsof ik mijn eigen kind ben. Zacht wrijf ik met mijn handen over elkaar. Stil maar, het komt goed. Dan realiseer ik me dat ze mijn sieraden nog niet hebben afgenomen. Zouden ze dan toch niet op geld uit zijn? Even weet ik niet meer welke sieraden ik op dat moment draag. Ik wissel ze nogal eens af. Ik voel een strasarmband, een ring met een grote steen, dat zijn gelukkig nepstenen, net als de bijpassende oorbellen die ik in heb. Maar aan mijn andere hand draag ik mijn geluksring en mijn trouwring. De geluksring mogen ze in geen geval van me afpakken. Ik heb hem van Gerrit gekregen toen we ons gingen verloven. We kregen duizend gulden van zijn ouders. Voor achthonderdvijftig gulden kocht Gerrit deze ring voor mij bij een juwelier in Leiden, voor de resterende honderdvijftig gulden kochten we een radiootje. Sinds die dag heb ik hem altijd om, ik draai eraan als ik nadenk. Ik bedek hem met mijn hand als ik bid of op momenten dat ik ergens op hoop. Hij heeft me kracht gegeven op momenten dat het minder goed met me ging of wanneer ik ergens over twijfelde. Verschillende keren ben ik hem kwijtgeraakt, maar ik vond hem altijd weer terug. Mijn geluksring. Ik moet zorgen dat niemand hem van me af kan nemen. Onopvallend schuif ik hem van mijn vinger en verberg hem tussen de knoopjes van mijn blouse door in mijn bh. Ik adem diep in, verbijt de tranen die ik voel opkomen en zucht. Nu ik mijn geluksring heb weten te verstoppen, heb ik het gevoel niet helemaal de controle kwijt te zijn over wat er met mij gebeurt.

Als ik op de borden ineens Antwerpen weet te ontcijferen ben ik meteen terug in het heden. We draaien met een scherpe bocht naar rechts de E19 op. Nemen ze me mee naar het buitenland? Maar waarom dan? 'Alstublieft, zeg me wat jullie van plan zijn. Ik zal meewerken, dat beloof ik. Maar zeg het me.'

'Stilte!' klinkt het in koor door twee mannen tegelijk.

'Ik vraag niet veel, ik vraag alleen wat jullie van mij willen,' zeg ik in mijn beste Duits.

'Nu stil! Mond houden!' Maar ik kan mijn mond niet houden. Ze brengen me over de grens, waarom? Om me tot prostitutie te dwingen? Daarvoor ben ik toch al veel te oud? Ik ben tweeënvijftig jaar. Er zijn veel jongere en mooiere vrouwen. Waarom ik? Ik moet het weten. De onzekerheid over wat er met mij gaat gebeuren maakt me radeloos. Ik mag hen niet boos maken, maar ik wil het weten. Ik smeek hun: 'Wat willen jullie van mij?' Mijn hese stemgeluid klinkt bijna onwerkelijk. Net zoals ik nog steeds niet geloof dat dit mij daadwerkelijk overkomt, geloof ik ook niet dat ik het ben die nu praat. 'Alstublieft, laat mij gaan. Ik moet naar huis, naar mijn kinderen. Ik ben een moeder.'

'Stilte! Nu stilte!' Hun woorden klinken gespannen en agressief. Ik realiseer me dat zij ook nerveus zijn en dat het minste of geringste hen kan doen doorslaan.

Onmachtig moet ik toezien hoe we de verlaten grensovergang bij Hazeldonk passeren. Er is niemand, geen douanebeambte, geen politie, helemaal niemand. Ik kan niet helpen dat ik moet huilen. Mijn lichaam schokt van het ongecontroleerde verdriet. De tranen vloeien over mijn wangen. Dit gaat niet goed. Ik hoor de woorden die Gerrit altijd gebruikt als het fout gaat: 'Dit is goed mis.' De gedachte aan Gerrit maakt de pijn in mijn borst nog scherper. Niets is meer zeker. Mijn man niet, mijn gezin niet, het leven dat we leiden niet. Ik raak er steeds verder vandaan. In Nederland leek het nog tastbaar, maar hier op deze rechte verlichte weg, die ik zo vaak genomen heb om naar familie te gaan, om te winkelen met mijn dochters, om op vakantie te gaan, neemt mijn lot een totaal andere wending. Wat betekent dit? Zal ik ooit terugkomen?

Hoewel ik overmand ben door verdriet, registreer ik nog wel waar ik me bevind. Het lijkt zelfs alsof mijn zintuigen onafhankelijk van mij opereren. Alsof ze zich hebben losgekoppeld van mijn emoties en alles haarscherp registreren en opslaan. De lange verlichte tunnel waar we doorheen rijden moet de Scheldetunnel zijn. Ik word weer gedwongen om zo laag mogelijk te liggen om te voorkomen dat iemand mij zou zien. Ik hoor dat ons af en toe een tegenligger passeert en één keer worden we ingehaald, maar verder is er nauwelijks verkeer op de weg. Hoe laat zou het zijn? Een uur of twee? Wie rijden er op vrijdagnacht op dit uur door de tunnel van Antwerpen? Dronken lui en criminelen. Als we de tunnel uit zijn, mag ik ietsje rechterop gaan zitten. Mijn paniek zakt wat. Ik moet mijn hoofd koel houden. Dat is de enige manier om hier heelhuids uit te komen. Het zal een kwestie van tijd zijn voor mijn familie me hieruit redt. Dat weet ik zeker.

Als ik aan de linkerkant het verlichte vliegveld Zaventem zie, zegt de bestuurder op felle toon iets tegen de twee mannen achterin. Hierop duwt de man rechts, die nog altijd zijn benen over me heen heeft liggen, me met veel kracht naar voren. Zouden ze denken dat mensen van boven uit de lucht in deze auto kunnen gluren? Ik hang nu met mijn hoofd over het been van de man links, waardoor mijn keel wordt dichtgedrukt door zijn knie. Ik kan nauwelijks ademhalen. Wat gaan ze met me doen? Zouden ze me meenemen in een privévliegtuig? En waarnaartoe? Hun thuisland, Italië? Om wat met me uit te halen? Ze moesten Gerrit hebben, niet mij. Wat waren ze met hem van plan? En waarom? Als er problemen waren geweest dan had Gerrit me dat toch verteld? Of niet? Natuurlijk gingen er soms dingen mis, maar dat was toch nog geen reden voor iemand om hem te kidnappen? Ik word duizelig. Mijn dichtgedrukte strottenhoofd maakt dat ik niet genoeg zuurstof binnenkrijg. Paniek komt als een vloedgolf weer naar boven. Ik ben bang dat ik zal stikken als ik nog langer in deze positie moet blijven liggen. 'Alstublieft, help,' pers ik eruit. De greep in mijn nek verslapt en ik mag mezelf iets oprichten. Het duurt even voor de zwarte vlekken die aan de binnenkant van mijn netvlies zijn ontstaan wegtrekken en ik de vage blik op mijn omgeving terugheb. Ondanks mijn schamele zicht kan ik wel zien dat we de luchthaven gepasseerd zijn. Ik hoor dat de bestuurder zijn richtingaanwijzer aanzet. Hier gaan we de snelweg af. In een oogwenk zie ik nog net de naam Waveren staan op de borden. Waveren is rechtdoor en wij slaan rechtsaf. Dit moet ik onthouden. Aan het einde van de afslag maakt de weg een flauwe bocht naar rechts en daarna naar links. Op deze weg staan andere lantaarnpalen dan op de snelweg. Ik besluit ze te tellen. Ik ben nog maar nauwelijks begonnen of de auto mindert vaart. Tussen de vijfde en de zesde lantaarnpaal stoppen we voor een huis. Ik zie dat het een rechte smalle gevel is, maar omdat er geen licht brandt kan ik de kleur en de structuur van de stenen niet zien. De portieren worden geopend en aan mijn arm word ik meegetrokken naar buiten. Ik probeer zo veel mogelijk van deze plek in me op te nemen, maar het enige wat ik in een flits kan zien zijn de lichten van de snelweg, een eind verderop. Dan wordt mijn hoofd naar beneden geduwd en leiden ze me naar de voordeur. Ik zie nog net dat er twee cijfers aan de rechterkant van de deur geschilderd zijn: 38 en 39. Via een smalle gang en een trapje met drie treden word ik een donkere kamer binnengeleid. Het enige licht komt van buiten door de twee grote ramen. Door de muts die mij nog steeds verblindt, zie ik enkel de wazige schaduwen bewegen van de ontvoerders. Een macaber schimmenspel van donkere gestalten. Er heerst een geladen sfeer. Een van de mannen die bij het raam staat zegt iets tegen de twee die me vasthouden. Ik word op een bank gezet. Aan de noppen in de harde bank voel ik dat het een klassiek Frans model moet zijn. Dan begint een van de mannen bij het raam in het Duits tegen mij te praten.

'Wie ben jij?'

Ik twijfel. 'Ik ben eh...' Mijn stem slaat over. Ik schraap mijn keel en begin opnieuw. 'Ik werk bij de familie Van der Valk als dienstmeisje.' De twee mannen naast me zeggen iets tegen elkaar. Blijkbaar vraagt de een aan de ander wat ik gezegd heb. De man bij het raam, die naar mijn idee de leider is, maant hen tot stilte. Dan gaat hij weer verder in het Duits.

'Geen leugens. We weten dat je geen dienstmeisje bent.' Zijn Duits blijkt redelijk goed te zijn.

'Ik ben wel het dienstmeisje. Ik was aan het schoonmaken toen...'

De man onderbreekt me met zijn lage stemgeluid. 'Geen leugens, we hebben u met Valks uit de auto zien stappen.' Even richt hij zich tot de man die naast hem voor het raam staat en zegt iets tegen hem dat ik niet kan verstaan. De andere man, die ik volgens mij nog geen enkele keer heb horen spreken, geeft kort commentaar, waarna degene die me ondervraagt weer verdergaat. 'Bent u de vrouw van Valks?'

'Nee, nee.' Ik weet niet waarom het me veiliger lijkt, maar in een opwelling zeg ik: 'Ik ben zijn dochter, Carlita. Ik ben de dochter van Valks.'

‘Geen leugens.’

‘Echt waar, ik ben de dochter. U moet me geloven.’

Nu komt de man naar me toe. Terwijl hij zich langzaam vooroverbuigt, zegt hij: ‘Als u ons niet de waarheid vertelt, is het snel afgelopen met u.’ Ik wend me af. Probeer in gedachten weg te zweven naar een ander oord. Zolang ik niet vertel wie ik echt ben, lijkt dit spel nog niet verloren en is er nog hoop dat ze iets anders zullen beslissen dan wat ze voor ogen hebben. Maar dan schrik ik op van de zware stem vlak bij mijn oor. ‘Ik geef u nog één kans.’ Met zijn hijgende adem in mijn nek vraagt hij: ‘Wie bent u?’

‘Ik ben Toos,’ zeg ik zacht.

‘Woon je in Nuland?’

‘Ja.’

‘Is je man Gerrit van der Valk?’ Ik knik. ‘*Alles klar.*’ Hij wisselt wat woorden in het Italiaans met zijn maten. Ik hoor hen diep uitademen. Blijkbaar zijn ze opgelucht. Waarover? Dat ze de juiste te pakken hebben? Ik, de juiste persoon? Ik schud lichtjes mijn hoofd. Waarom wilden ze mij pakken? Waarom mij? Nu ik mijn kaarten heb uitgespeeld komt er een soort gelatenheid over me. ‘Wat willen jullie van mij?’

‘We wilden u niet, we wilden uw man.’

Dit ging dus toch allemaal om Gerrit. ‘Wat heeft hij jullie aangedaan?’

‘Aangedaan?’

‘Ja, wat moeten jullie van hem?’

‘Stil!’

Zou dit echt om een ontvoering gaan? Ik begrijp het niet. Dat komt toch nooit voor in Nederland? En waarom wij? Er zijn toch wel families die veel meer geld hebben dan wij? Het doelwit was Gerrit, mijn man. Puur en alleen om zijn geld? Het geld van de hele familie? Ik probeer me voor te stellen hoe hij zou hebben gereageerd als ze hem hadden overvallen in onze woning. Gerrit had zich niet als een mak schaap laten meevoeren. Hij was de strijd met hen aangegaan. Ze hadden hem bewusteloos moeten slaan om hem mee te krijgen. Niemand kan hem ergens toe dwingen, dat laat zijn karakter niet toe. Maar nu zit ik hier dus in zijn plaats, en ik ben bereid mee te werken, om me zonder veel ophef over te geven. Mijn karakter is niet minder sterk, maar mijn lichaam wel. Ik zal deze lafhartige misdadigers moeten overwinnen door hen geestelijk slimmer af te zijn.

Ze hebben me bij mijn armen vastgegrepen en via de trap en de gang terug naar buiten gevoerd. Langer dan een minuut of tien kan deze tussenstop niet geweest zijn. Ik word weer in de auto geduwd, maar mag zowaar wat rechterop blijven zitten. Nog altijd heb ik de bivakmuts over mijn hoofd. Ik vraag me af hoe dat er van buitenaf uitziet. Vijf volwassenen zitten in een auto, er lijkt niets aan de hand. Er is alleen een klein detail dat niet klopt: de middelste passagier, een ineengedoken vrouw, heeft een zwarte muts over haar hoofd. Dat zou toch op zijn minst één oplettende voorbijganger moeten opvallen? Ik probeer zo stil mogelijk te blijven zitten, zodat ze me niet weer in die wurgende houding drukken. Vanuit deze positie probeer ik zo onopvallend mogelijk de route te volgen die we rijden. Ik tel lantaarnpalen, maar als we bij een splitsing komen raak ik de tel meteen kwijt. Ik zie hoge gebouwen aan weerszijden van de weg. Dit moet een buitenwijk van Brussel zijn. Ze hebben niet de weg terug genomen naar de snelweg, maar rijden door een gedeelte van de stad dat ik totaal niet ken. Veel eerder dan ik had verwacht mindert de auto vaart. Hij draait langzaam naar links, de kelder van een flatgebouw in. Ik zie nog net dat aan de rechterkant een klein stukje verder een verlicht huisje staat, het zou een bushokje kunnen zijn, met wat reclameborden. Dan verdwijnt de auto in de garage. Ik hoor hoe het grote rolluik van de garage zich met luid gezoem en gepiep sluit. Ze parkeren de auto, en ik word net als daarvoor hardhandig van de achterbank getrokken. Ik doe mijn best om een nummerbord te kunnen lezen van een van de andere auto's, maar het is te donker. Wel zie ik in een oogwenk dat er ook een grote donkerblauwe Amerikaanse auto staat. Ik meen een Ford. Via een smalle gang brengen ze me naar de lift. Door de felle verlichting in de lift zie ik nog net voordat ze mijn hoofd weer naar beneden duwen, dat de man rechts van mij een stuk kleiner is en wat dikker dan de andere drie. Het is volgens mij dezelfde man die pijnlijk hard tegen mijn rug en hoofd drukte in de auto. De liftdeuren sluiten zich achter ons en ik merk dat we in beweging komen. Een of twee etages, dat kan ik niet goed voelen, gaan we omhoog. We stappen uit en mijn twee bewakers klemmen me weer stevig tussen zich in, alsof ik elk moment zou kunnen losbreken. Als ik maar even probeer om mijn gezicht wat op te richten wordt me met een harde stoot tegen mijn hoofd duidelijk gemaakt dat dat niet de bedoeling is. Het is de kleinere man die mij steeds met de meeste agressie bejegent, hij knijpt harder in mijn arm dan de ander.

We moeten in een soort hal zijn. Het enige wat ik kan zien is dat de tegelvloer waarover we lopen, zwart-wit geblokt is. We slaan de hoek om en stoppen voor een deur. Ik hoor gerinkel van sleutels, gemorrel aan een slot. De deur gaat met een zachte kraak open en ik word haastig mee de woning in getrokken. Via een kleine gang trekken ze me in een kamer waar ik struikelend over de drempel mijn evenwicht verlies. Twee armen weten me nog net overeind te houden. De bodem lijkt te bewegen. Ik recht mijn rug. Vanaf het plafond schijnt het licht van een zwak peertje. De leider geeft nieuwe commando's en de twee mannen die me vasthouden laten me los. Ik sta plotseling zonder steun in een voor mij donkere ruimte. Kon ik maar gewoon kijken. Dan kon ik mijn houvast terugvinden en me schrap zetten voor een eventuele aanval. Maar ik durf niets te doen om me te bevrijden van de verstikkende wol voor mijn gezicht. Even lijkt er helemaal niks te gebeuren. Deze onheilspellende stilte grijpt me naar de keel. Zolang we bewegen en iedereen bezig is met zijn afgesproken taak, lijkt het allemaal niet zo unheimisch. Maar nu ik hier zo wankel sta als een blindeman, met vier bloednerveuze gangsters om mij heen, ben ik weer helemaal terug in deze verschrikkelijke realiteit. 'Waar ben ik?' hoor ik mezelf vragen. 'Wat doe ik hier?' Dan wordt zonder aankondiging de muts van mijn hoofd getrokken. Ik knipper met mijn ogen. Ik weet niet wat ik verwacht had, waarschijnlijk dat ik nu eindelijk de gezichten van de lui die me dit aandoen zou kunnen zien, maar ze hebben alle vier hun bivakmutsen weer opgezet. Ik zie alleen hun donkere, kille ogen door de gaten van hun vermomming. Ruw wordt mijn arm op mijn rug gedraaid door een van de mannen. De kleinere man zegt iets in het Italiaans en wijst naar de hoek van de kamer waar een heel klein oranje-bruine tentje staat. Zo een als ik vroeger voor mijn kinderen kocht om in de tuin te zetten. Het tentje staat tussen een tweepersoonsbed en de verwarming aan de muur. Wat is hier de bedoeling van?

'Tos, jij moet luisteren.' De donkere ogen van de man die blijkbaar de baas is, kijken me dreigend aan.

'Wat is er? Wat moet ik doen? Ik doe alles, maar laat me alstublieft gaan.'

'Sieraden.'

'Pardon?'

'Sieraden uit!' Wat ben ik blij dat ik mijn ring eerder heb verstopt, denk ik terwijl ik mijn strasoorbellen uitdoe. De man houdt zijn hand op en ik leg de oorbellen er een voor een in. Ik ben bang dat ik problemen krijg wanneer ze doorkrijgen dat het geen echte diamanten zijn. Als ik het slotje van mijn armband open probeer te maken merk ik pas hoezeer mijn handen trillen. De baas wordt ongeduldig. Hij zegt iets tegen de man naast hem, die naar me toe komt lopen om me te helpen. Gelukkig krijg ik het net op tijd los. De ring met de grote zirkoon glijdt gemakkelijk van mijn vinger, maar mijn trouwring zit muurvast. Thuis doe ik dat altijd met water en zeep. Met wat speeksel zou het ook gaan, maar het idee om nu mijn vinger in mijn mond te steken staat me zo tegen dat ik nog liever het vel van mijn stroeve huid aftrek.

'Is goed. Laat aan.'

'Dank u,' zeg ik. Omdat ik het gevoel heb dat deze man degene is die zal bepalen wat er met mij gebeurt, ga ik wat dichter bij hem staan en begin te praten. 'Ik wil u alles geven, maar zeg me alstublieft wat u van plan bent. Ik ben een moeder. Ik heb zeven kinderen. Ik kan toch niet zomaar opgesloten worden?'

'Stilte!' snauwt hij me toe. 'Als u meewerkt gebeurt er niks.' Dan geeft hij zijn gangstervriendjes bevelen die ik niet kan verstaan. Hierop lopen ze naar me toe en beginnen aan mijn blazer te trekken. 'Uit. Uit!' wordt er gezegd. De angst slaat me om het hart. Ze willen me verkrachten. Ze gaan me nu pakken. Alle vier.

'Nee, niet doen, alstublieft,' zeg ik smekend, terwijl ik mijn armen om me heen sla en op mijn knieën val. 'Alstublieft, niet doen.'

'Ssst! Alleen schoenen en jas moeten uit.' Twee beginnen al aan mijn laarzen te sjorren. Dat gaat hun nooit lukken zonder de ritssluiting te openen. Omdat ik niet weet hoe je dat in het Duits zegt, rits ik zelf een laars open. Als mijn laarzen en jasje uit zijn word ik op mijn kousenvoeten richting het tentje gedirigeerd.

'Wat? Moet ik daarin?' vraag ik, in een laatste poging om mijn bestemming te ontvluchten.

'Ja, vooruit. Naar binnen!'

'Maar waarom?'

In plaats van antwoord krijg ik een stomp in mijn rug. Ik val voorover op mijn handen en knieën. De schop die ik daarna tegen mijn achterste voel maakt dat ik niets anders kan doen dan de tent in vallen. Ik kom languit op een dun luchtmatras terecht. Nog voor ik het goed en wel in de gaten heb, wordt er om mijn enkels een dikke ketting gebonden.

'Dat is niet nodig,' probeer ik nog. 'Ik zal niet vluchten.' Maar niemand luistert naar mijn smeekbedes. De dikke stalen schakelketting wordt vastgemaakt aan de verwarmingsbuis naast het tentje. In mijn bordeauxrode blouse, met mijn donkere panty's en mijn zwarte rok, die gedraaid om mijn heupen zit, lig ik half op mijn zij op het rubberen matras. Het moment dat ik voor de kast stond om uit te zoeken wat ik aan wilde trekken om naar Harry en Marijke te gaan, lijkt een eeuwigheid geleden. De zwarte rok heb ik al langer, maar de lange leren laarzen met hoge hakken heb ik pas vorige week gekocht in Den Bosch. Ze maakten me langer en slanker, zei de verkoopster, iets wat iedere vrouw graag wil horen. De blouse is nog van vorig seizoen, maar stond nog prima bij de blazer die ik laatst in een klein winkeltje in Vught heb gekocht. En nu, nog geen twaalf uur later, lig ik met mijn zorgvuldig gekozen outfit vastgeketend en vernederd in een tent. Dit lijkt een droom. Een nachtmerrie waaruit ik maar niet ontwaak.

Ik word teruggebracht in de bittere werkelijkheid als ze de achterkant van de tent openritsen en mijn handen beetpakken. Ook om mijn polsen beginnen ze metalen kettingen te draaien. Dit kan niet waar zijn. 'Niet doen. Alstublieft niet doen.'

'Stil zijn,' bijt de kleine dikke me toe terwijl hij lomp mijn armen opzij trekt om de ketting aan de verwarmingsbuizen vast te maken. Als het slot dichtzit, gaan ze beiden rechtop staan en beginnen uit mijn zicht met elkaar te praten. De ene lacht om wat de ander zegt, dan lopen ze samen richting de deur. Ik probeer me om te draaien zodat ik iets gemakkelijker lig. Maar ik kan onmogelijk mijn positie verbeteren. Het besef dat ik echt geen kant op kan komt vervolgens met een schok. 'Help me!' Ik kan de angst die mijn keel dichtknijpt en mijn hoofd doet duizelen niet meer beteugelen. Ik begin te schreeuwen voor mijn leven. Trek aan de kettingen. Maak zo veel kabaal dat ze meteen weer bij mijn tent staan.

'*Ruhe*. Stilte!'

'Nee, nee. Maak mij los! Ik smeek jullie. Help! Help mij!' Mijn hysterische gemoed is niet meer kalm te krijgen. Ik ruk zo hard ik kan aan de kettingen. Probeer ze los te trekken van mijn polsen, mijn enkels. Desnoods door de verwarming uit de muur te rukken. De oerkracht die zich van mij meester heeft gemaakt valt niet meer te temmen. Dit is blinde paniek. Overlevingsdrang. Ik moet los. 'Maak me los!!!'

'Niemand kan je horen!' wordt er boven mij uit geschreeuwd. Het maakt me niet uit. Ik gil zo hard als ik kan. Zij beginnen nu ook te schreeuwen. Roepen dingen door elkaar. Stelletje schurken. Hoe durven ze een onschuldige vrouw zo te mishandelen? De dikke heeft zijn pistool gepakt en houdt het tegen mijn borst. Ik blijf gillen, schud met mijn hoofd van links naar rechts. Los, los, dat is het enige wat ik wil.

'Ophouden nu! Je mag je handen los als je ophoudt.' Het gillen gaat over in huilen. Ik huil als een kind, met lange uithalen en schokkende schouders. Met veel moeite pers ik mijn lippen op elkaar om geen geluid meer te maken. Dan maakt de dikke het slot open. Terwijl hij dreigende zinnen naar me uitspuugt in zijn moedertaal, wikkelt hij de ketting van mijn gepijnigde polsen.

Ik schrik als de deur opengaat. Heb ik geslapen? Hoelang? Een van de mannen, de wat langere, komt mijn kamer binnen. 'Tos, *toilette*?' Hij kijkt me door de gaten van zijn muts aan. Ik knik. Hij maakt de ketting om mijn enkels los en geeft me ruimte zodat ik op kan staan. Mijn lichaam voelt stijf van het liggen op de koude vloer. De houten luiken die voor de ramen zitten, laten geen streepje licht door, dus ik heb geen idee of het dag of nacht is. 'Jij dit om.' Hij heeft een gebloemd stuk stof in zijn handen en houdt het voor me. Dan pas zie ik dat het een kussensloop is, waarmee hij mij het zicht wil ontnemen, zodat ik niet kan zien hoe dit appartement eruitziet. 'Over je hoofd.' Ik pak de gebloemde sloop aan en doe wat hij vraagt. 'Nu meekomen.' Hij pakt mijn handen en loopt achteruit. Gedwee volg ik hem. Ik zie zijn grote zwarte schoenen die wat spits toelopen. Ze stappen rustig achteruit gevolgd door mijn kousenvoeten. We komen via een gangetje met donkergrijs marmoleum in een kamer met versleten groene vloerbedekking. Links zie ik een tafelpoot, rechts een stuk bank. Ik zie de standaard van een lamp en een stuk plastic, van een zak of een zeil. Ik begrijp niet wat de man van plan is want in plaats van direct naar de wc te lopen, draait hij met mij een rondje in de woonkamer. Wat is hier de bedoeling van? Misschien wil hij me in de war brengen. Me desoriënteren, zodat ik geen idee heb hoe dit appartement in elkaar zit. Nu lopen we de kamer weer uit. We stappen over een houten drempel, steken weer het gangetje over, en staan dan op een lichtgrijze tegelvloer. Ik ben in de badkamer. De man laat mijn handen los. 'Ik laat deur stukje open. Doek mag af maar geen gekke dingen, afgesproken?'

'Afgesproken,' klinkt mijn krakende stem. Als hij weg is, trek ik langzaam de sloop van mijn hoofd en kom oog in oog te staan met mijn eigen spiegelbeeld boven de wastafel. Ik schrik van mijn verwilderde gezicht. De zwarte uitgelopen make-up op mijn wangen. De scherpe lijnen langs mijn mond. De holle roodomrande ogen. Onmiddellijk vullen mijn ogen zich weer met tranen. Ik sla mijn handen voor mijn mond. Hoe is het mogelijk dat ik hierin verzeild ben geraakt? Hoe bestaat het dat mij dit overkomt? Met het zoute vocht op mijn wangen probeer ik de zwarte mascarastrepen weg te poetsen. Dat lukt maar slecht. Ik draai de kraan open en gooi koud water in mijn gezicht. Nu worden de donkere vlekken onder mijn ogen alleen nog maar groter. Met een blauwgeruite handdoek die naast de wasbank hangt droog ik mezelf af en poets de make-upresten zo goed mogelijk weg. Ik haal mijn handen door mijn haar en draai me om naar de wc. Ik kijk of niemand me door de kier staat te begluren. Wat afschuwelijk dat ik hier naar de wc moet terwijl zij me kunnen horen en misschien ook zien. Toch krijg ik ineens enorme aandrang om te plassen. Ik ben de hele nacht nog niet geweest. De laatste keer was bij Marijke vlak voordat we weggingen. Een decennium geleden voor mijn gevoel.

Als ik terug ben komt de baas – ook nog altijd met zijn bivakmuts op – gehurkt voor mijn tent zitten en hij praat met me op een toon alsof het de gewoonste zaak van de wereld is wat zich hier afspeelt. 'Tos, je moet begrijpen, het gaat niet om jou. Het gaat om geld voor jou. Wij vragen klein beetje. Jullie hebben heel veel.'

'Maar waarom ik? Ik ben een moeder. Hebben jullie dan geen moeder?' vraag ik terwijl ik hem vanuit mijn halfzittende houding doordringend probeer aan te kijken. Ik heb het gevoel dat hij de meest intelligente van het stel is. En dus de meest redelijke. Hoewel die dingen helemaal niet samen hoeven te gaan.

'Pech dat u was thuis. Wilden niet u. Wij wilden uw man.' Hoewel de woordvolgorde niet helemaal klopt is het glashelder wat hij in zijn Italiaans-Duits zegt. De man heeft duidelijk geoefend om de informatie zo duidelijk mogelijk aan me over te brengen. Misschien heeft hij er zelfs speciaal Duits voor geleerd.

'Ik ga nu hem bellen om te zeggen dat we u gepakt hebben. Wilt u hem geven een boodschap?'

Mijn hemel, hij gaat Gerrit bellen. Is het dan al ochtend? Zou Gerrit al ontdekt hebben dat ik er niet ben? Wat kan ik aan hem doorgeven? Iets waaruit blijkt dat ik in Brussel zit. Koortsachtig denk ik na maar het enige wat in mij opkomt is Manneken Pis. Daar kan ik niets mee.

'Tos, wat kan ik zeggen tegen Valks? Nu zeggen.'

Ineens schiet de naam Beltz door mijn hoofd. Henry Beltz is een kennis van ons die in Brussel woont.

'Doe hem maar de groeten van Beltz,' zeg ik tegen hem. De adrenaline stijgt weer naar mijn hoofd. Dit moet lukken. Zo weet Gerrit meteen waar ik zit.

'Wie is Beltz?' vraagt de baas.

'O, dat is een koosnaam, eh... *Liebesname*, voor mijn man. Dan weet hij zeker dat het van mij komt.'

'Oké,' is het korte commentaar van de man en hij verdwijnt uit mijn zicht. De deur valt met een klap dicht. O, Gerrit. Help me alsjeblieft uit deze situatie. Zorg ervoor dat ik genoeg kracht bezit om deze geestelijke marteling aan te kunnen. Ik sluit mijn ogen. Op mijn netvlies verschijnt het gezicht van mijn echtgenoot. Ik stel me het ongeloof in zijn ogen voor als hij het telefoontje krijgt. De verbijstering als het tot hem doordringt dat ik er echt niet ben. Onze kinderen die hij moet bellen. De boosheid over wat ze mij aandoen. Kon ik hem maar even spreken. Heel even zijn troostende stem horen en zijn stevige armen om me heen voelen.

De deur gaat weer open en in de opening verschijnt een van de ontvoerders. Traag, bijna ongeïnteresseerd komt hij op me af gelopen. Ik zie dat het niet de baas is, maar ook niet de dikke. Hij bukt bij mijn tent en zet een plastic bord met een boterham en een beker melk voor me neer.

'Hier jij eten,' zegt de man met een zwaar accent.

'Ik hoef geen eten,' zeg ik kwaad. 'Ik hoef niks van jullie!' En ik schuif het bord bij me vandaan. De man reageert niet en loopt met een wat gekromde rug de kamer uit. Als de deur dicht is slaat de ellende die ik hier moet ondergaan me weer hard in het gezicht. Over mijn gezicht stromen eindeloos veel tranen. Van woede en pure onmacht. Ik huil tot mijn borstbeen pijn doet en ik volledig uitgeput ben. Wezenloos staar ik naar de punt van het tentje waarin ik lig, mijn hoofd vol gedachten en beelden die ik niet meer op een rij krijg.

Zaterdag 27 november – dag 1

Het was iets voor zessen. Ik was al wakker want Harry was net de deur uit voor een grote cateringopdracht in Arnhem. Terwijl hij de deur dichtsloeg en ik me nog eens om wilde draaien, hoorde ik Noortje in haar ledikant huilen. Ik gaf haar de fles en hield haar tegen mijn schouder voor een boertje, toen de telefoon naast mijn bed overging. Ik dacht dat het Harry zou zijn, die bij een tankstation stond en iets was vergeten. Maar toen ik opnam herkende ik meteen de stem van pa. 'Is ze bij jou?'

'Wat zeg je?' vroeg ik omdat ik geen idee had wie of wat hij bedoelde.

'Is ma bij jou?'

'Nee, natuurlijk niet. Jullie zijn gisteren toch samen naar huis gegaan?'

'Ja, maar ze is er niet.'

'Hoezo, ze is er niet? Ben je haar onderweg verloren?' De situatie kwam me op de een of andere manier absurd voor, waardoor ik de neiging om een grap te maken niet kon onderdrukken.

'Marijke, ze is er echt niet,' zei pa nu op zo'n ernstige toon dat er een zenuwachtig gegiechel aan mijn keel ontsnapte.

'Sorry, pap. Ik eh... Kijk even overal of ze toch niet in huis loopt. Is ze niet aan het zwemmen? Of ze is bij Carlita? Misschien is er iets met de kleine?' Carlita zou als eerste ma bellen als haar drie maanden oude zoontje, Wim, iets mankeerde.

'Ik bel nog wel,' zei pa, en nog voor ik had kunnen reageren, hing hij op.

Noortje had haar boertje gelaten, waarbij ik de halve inhoud van het flesje over mijn nachtpon had gekregen. Ik moet me wassen dacht ik bij mezelf, maar het was alsof ik niet kon bewegen. Ik stond daar naast mijn bed met mijn kind in mijn armen en het leek alsof de wereld was gestopt met draaien. Dit onwerkelijke telefoontje, wat moest ik ermee? Of was ma echt weg? Hoezo dan? Noortjes arm viel slap langs haar lijfje. Ze was weer in slaap gevallen. Voorzichtig legde ik haar terug in bed. Daarna ging ik me douchen en kleedde ik me aan. Voor de zekerheid belde ik de oppas voor de kinderen. Intuïtief voelde ik aan dat het toch weleens serieus zou kunnen zijn. Hoe serieus bleek toen het tweede telefoontje van pa kwam en hij met een gebroken stem zei: 'Ze hebben ma meegenomen.'

'Wat?'

'Ze hebben me gebeld. Een Italiaan die in het Duits zei: "Je vrouw is er niet meer. We hebben haar ontvoerd."'

Mijn mond viel letterlijk open van verbijstering. Dit kon niet waar zijn.

De sfeer die ik in Nuland aantrof was onwerkelijk. De politie ondervroeg op dat moment mijn jongste broertje Marc. Hij was de enige die nog bij mijn ouders thuis woonde. Misschien had hij iets gezien of gehoord. Mijn zus Carlita en haar man Joep lichtten me zo snel mogelijk in. Maar eigenlijk viel er niet veel meer te vertellen dan wat ik al wist. Ma was spoorloos en ze zou zijn ontvoerd. Pa keek afwezig om zich heen alsof hij haar zocht op een plek die hij over het hoofd had gezien. 'Gaat het?' vroeg ik, terwijl ik naast hem ging zitten en mijn hand op zijn knie legde. Hij draaide zijn gezicht naar me toe en keek me recht aan. Ik schrok van zijn ogen. Ze waren feller blauw dan ooit en keken me vol verbijstering aan. 'Marij, snap jij dat nou?' Ik schudde mijn hoofd. 'Ze was hier net nog.' Daarna boog hij zijn hoofd en haalde een pluisje van de mouw van zijn jasje. Zijn hand trilde. Op een toon die bijna elke zin in een vraagteken deed eindigen, begon hij toen te vertellen. Hij zei dat ze die nacht samen waren thuisgekomen. Hij was naar bed gegaan, terwijl ma spullen voor mijn winkel aan het verzamelen was. De volgende ochtend werd hij wakker door het schelle gerinkel van de telefoon die naast zijn bed stond. Nog half in slaap nam hij de hoorn op en hoorde iemand iets onduidelijks brommen. Omdat hij niet kon verstaan wat er gezegd werd vroeg wie hij aan de lijn had. Daarop klonk een lage stem die zei: '*Ihre Frau ist weg*.' Vervolgens werd er opgehangen. Verbaasd had hij naast zich gekeken om te constateren dat Toos inderdaad niet in bed lag. In zijn ochtendjas was hij toen naar beneden gelopen in de veronderstelling haar in de keuken aan te treffen, maar ook daar was ze niet. Met een raar gevoel in zijn buik knipte hij de ene na de andere lamp aan om de donkere vertrekken van het grote huis te verlichten. Onderwijl riep hij haar naam: 'Toos? Toosje?' Maar het enige wat hij terughoorde waren de zachte stappen van zijn eigen voetzolen op de leistenen vloer. Pas toen hij het hele huis had doorzocht, maakte hij Marc wakker. Samen deden ze nog een keer de hele ronde door het huis terwijl ze ondertussen hardop probeerden terug te halen wat er die avond ervoor precies gebeurd was. Hoe laat ze waren thuisgekomen, wat ma had gezegd, welke deuren er werden afgesloten, op welk tijdstip Marc was thuisgekomen, et cetera. Pa belde met Carlita, die helaas ook niks bleek te weten. Vrijwel meteen nadat hij had opgehangen ging de telefoon weer over. Het was dezelfde bedreigende stem met dat vreemde accent. De boodschap was onwerkelijk: '*Wir haben ihre Frau*.'

Het blad met zilver stond nog gewoon op het aanrecht. Dat

was zo vreemd. Er was helemaal niets ongewoons te zien. Het hele huis lag er net zo bij als altijd. Er was geen kopje verschoven, er hing geen fotolijstje scheef, er was geen deur geforceerd. Hoe konden ze ma zo hebben meegenomen? In mijn vaders intense ogen las ik ook mijn eigen angst. 'Heeft ze echt niks tegen jou gezegd, Marij?' vroeg hij met een dwingende blik. Alsof ik dit mysterie zou kunnen oplossen. Ik schudde mijn hoofd, wilde hem vastpakken, maar bleef stijf op de stoel zitten. Hij praatte verder: 'Hoe kan dit nou?' Mijn vader schudde meewarig zijn hoofd en stond op. Daarna liep hij de trap op naar boven.

Mijn broertje, Marc, trof ik even later in de keuken aan met een grote kop koffie in zijn handen. Hij vertelde dat hij even na enen was thuisgekomen. Zijn dienst zat erop en hij wilde nog een videootje kijken. Hij was verbaasd geweest dat de deur openstond en dat de lichten beneden brandden, dus ging hij naar pa om te vragen waar ma was. Pa zei slaapdronken dat ze bij hem in bed lag, maar toen hij naast zich voelde en doorkreeg dat dat niet het geval was had hij gezegd: 'Ze zal wel bij Carlita zitten.' Marc had uit het raam gekeken en had gezien dat er bij Carlita en Joep, boven het motel, inderdaad nog licht brandde. Dan zou het dus wel goed zijn dacht hij en nietsvermoedend ging hij een filmpje kijken. Ruim anderhalf uur later zag hij dat het donker was aan de overkant, dus hij ging er vanuit dat ma thuis was gekomen.

In de woonkamer ijsbeerde Carlita heen en weer. Op dat moment was de politie haar man Joep aan het ondervragen in de achterkamer. 'Ze namen pa in eerste instantie niet eens serieus,' zei ze geagiteerd. 'Ze zeiden: "Ach, meneer Van der Valk, het gebeurt wel vaker dat iemands vrouw weg is."' Pa was boos geworden en had geroepen dat ze de dienstdoende korpschef moesten sturen. Hij liet zich niet zo makkelijk afschepen. Daarna begonnen ze hem te ondervragen alsof hij degene was die ma had verborgen. Ze vroegen hem hoe hun verhouding was, of er problemen waren, relationeel, financieel, zakelijk. Dat geloof je toch niet, Marij?' Haar lichte ogen keken me fel aan, haar gezicht was rood van woede.

Toen ik even later zelf met de politie sprak, vroegen ze mij wanneer pa en ma voor het laatst samen waren gezien en of ik kon bevestigen dat hij daadwerkelijk meteen van Vught met ma naar Nuland was gereden. Ze wilden weten wat mijn moeder droeg. Gelukkig kon ik hun dat precies vertellen. Een pied-de-poule jasje, een rode blouse, een zwarte rok en hoge zwarte laarzen. Zo had ze die avond ervoor uitgezien, toen ze bij ons kwam eten. Ik kan haar nog uittekenen. Daarna gingen ze maar door met hun spervuur aan vragen. 'Hebben je ouders vaak ruzie?' 'Zijn er misschien geldzorgen?' 'Heeft je vader weleens een ander gehad?' Tss, mijn vader een ander? Mijn ouders waren een soort tortelduifjes. Maar wat wisten zij nou? Een van de agenten vertelde dat in vijfenzeventig procent van de misdrijven de dader een kennis of familielid is van het slachtoffer, dus dat ze een goede reden hadden om zo te werk te gaan. Natuurlijk verontschuldigden ze zich voor deze insinuerende vragen. Dit was een zogenaamde standaardprocedure, maar in mijn ogen was het vooral heel cru. Marc, die op een afstandje had staan luisteren, werd er zo boos over dat hij tegen de politie riep: 'Ik ga jullie aanklagen!'

Het kostte me behoorlijk wat moeite om hem weer kalm te krijgen.

Joep zei terecht dat we niet langer moesten wachten met het inlichten van familie en vrienden. In een impuls bood ik aan deze taak op me te nemen. Het viel me echter veel zwaarder dan ik dacht, temeer omdat ik steeds weer die zenuwen in mijn keel kreeg. Toen ik opa en oma moest bellen stotterde ik onhandig, en stond met betraande ogen te lachen, terwijl ik hun het nieuws vertelde. Oma reageerde meteen heel ad rem: 'Maar Toos zou zich toch nooit zomaar laten meenemen.' En: 'Wanneer komt ze dan weer terug, denken jullie?' Vragen waaruit bleek dat ze helemaal niet besefte wat er precies aan de hand was. Na het gesprek met opa en oma heb ik Carlita gevraagd of zij de rest wilde bellen. Zij is er beter in dan ik. Op dit soort momenten lijkt het alsof mijn emoties een eigen leven leiden en ik er geen grip meer op heb.

Pa kwam gedoucht en in een ander pak weer naar beneden. Toen ik bij hem ging staan om te vertellen dat we iedereen hadden ingelicht, rook ik zijn kruidige aftershave. Een lucht die me meer vertrouwd is dan mijn eigen parfums of die van mijn moeder. Het is misschien wel de meest constante geur uit mijn leven, omdat hij al twintig jaar dezelfde flesjes koopt. Dit luchtje gaf me plotseling zo'n veilig en vertrouwd gevoel dat ik de neiging kreeg om hem te omhelzen. Maar ik deed het niet.

Twee uur later was het hele huis volgestroomd. Mijn man Harry was uit Arnhem teruggekomen. Mijn broers Ad en Gert-Jan waren uit motel Gilze-Rijen komen rijden. Martien uit Heerlen, Vincent uit Nazareth. Oom Henk en tante Ina uit Voorschoten. Oma Van der Valk uit Avifauna en opa en oma Van de Cappelle uit Delft. Toen ze in Nuland aankwamen zag ik dat het nieuws pas echt tot hen doordrong. Oma zag bleek van bezorgdheid en opa was muisstil. Hij tikte de hele tijd met zijn hand tegen zijn been, iets wat hij altijd doet als hij zenuwachtig is. De zus van mijn moeder, tante Truus en oom Kees kwamen gelukkig ook meteen, zo had oma in elk geval een van haar dochters bij zich. Ondertussen liepen Carlita en ik iedereen te voorzien van koffie, thee en broodjes. De sfeer was er een van ongeloof, angst en frustratie. Vooral de jongens praatten verhit door elkaar heen. Ze waren te opgewonden om te gaan zitten. Onrustig stonden ze om de grote tafel heen, en ze voerden hun discussie boven de hoofden van de oudjes. Ik wilde er net iets van zeggen toen de telefoon ging. Pa nam op en verwachtte dat het iemand van de familie zou zijn, maar het waren de ontvoerders en hij gebaarde fel dat we stil moesten zijn. Geschrokken hielden we onze mond. Met gespitste oren luisterden we naar de vragen die pa stelde: '*Was wollen Sie?*' '*Wo ist meine Frau?*' Maar hij kreeg geen antwoord, noch de kans om verder te praten, want ze hadden de hoorn erop gegooid. '*Kein Tricks und kein Polizei!*' was de enige boodschap geweest.

Na dit telefoontje leek het wel een kippenhok in ons huis. Iedereen begon door elkaar heen te praten, te speculeren over wie het zouden kunnen zijn, te raaskallen over dat we hen zouden pakken en zich hardop te beklagen over welk tuig zoiets lafhartigs doet. Ook ik vroeg me hardop af wie dit een onschuldige vrouw aandoet. Dit soort dingen gebeurden in het criminele circuit, maar toch niet bij ons?

De politie maande iedereen tot stilte, maar ik kan niet zeggen dat ze veel overwicht had. Blijkbaar kregen ze dat zelf ook door, want na een tijdje gaven ze hun autoritaire houding op en gingen door met het ondervragen van familieleden. Ook pa moest er weer aan geloven. Toen ik de kans zag om hem even alleen te spreken, vroeg ik hem wat ze nou allemaal wilden weten. Ze hadden nu toch wel door dat het om een ontvoering ging? Maar pa schudde zijn hoofd en zei: 'Ze denken dat ik ma in het buitenland heb geparkeerd en dat dit allemaal in scène is gezet om geld wit te wassen.' Alleen al het idee dat pa zoiets zou kunnen bedenken vond ik absurd. Ik maakte me er verschrikkelijk kwaad over. Maar pa zei nuchter: 'Ach Marij, de politie komt er niet voor niks op, dit soort praktijken komt voor.'

Toen ging weer de telefoon. Anders dan daarvoor was het nu onmiddellijk stil. Pa nam weer op, zijn gezicht vol spanning, zijn ogen op de muur gericht. Wij luisterden aandachtig naar wat er gezegd ging worden. De ontlading volgde vrijwel meteen: 'Verdorie Arie, ik dacht dat zij het waren!' Oom Arie belde om te zeggen dat hij en zijn vrouw vanuit de Vogezen, waar ze op vakantie waren, regelrecht naar huis kwamen. Er ging een gezamenlijke zucht van verlichting door de kamer, maar meteen daarna laaide de frustratie weer op. Waar ze toch zou kunnen zijn. Wie dit heeft kunnen doen. Wat ze van ons willen. De chaos, het getetter, de mogelijkheden, de contacten. Mijn vader zat bleek in de donkerbruine leren fauteuil, 'papa's plek' zoals ma zijn stoel altijd aanduidde, met naast hem op het ronde bijzettafeltje de telefoon. Hij ondersteunde zijn kin met zijn vuist en leek na te denken over een oplossing. Zo ernstig en bedachtzaam kon hij ook kijken tijdens vergaderingen waarna hij plotseling ontstak in een monoloog met een pasklaar plan. Maar nu bleef hij zwijgen. Op zijn voorhoofd lag een diepe frons.

Opnieuw begon de telefoon luid te rinkelen. De gesprekken werden direct gestaakt. Midden in een zin stopten we met praten en hielden onze adem in. Pa nam op. Dit keer was het wel raak. 'Geen politie is onmogelijk,' hoorde ik hem zeggen. 'Die heb ik al direct gebeld.' 'Hmm. Hmm.' 'Oké, ik zal hun niks vertellen. Wat willen jullie?' 'In wat voor coupures?' 'Ja, maar eerst wil ik een teken van leven. Dan pas komt het geld.' 'Wat zei ze?' 'Hallo?'

Daarna hingen ze blijkbaar meteen op. Pa bleef een paar tellen verdwaasd met de telefoon in zijn hand staan. Alsof hij nog eens goed tot zich wilde laten doordringen wat er nou precies gezegd was. Pas toen hij de hoorn op de haak had gelegd ging iedereen om hem heen staan om meer te weten te komen. Dit betrof een groep goed georganiseerde criminelen, volgens pa. Ze eisten twee miljoen voor ma's vrijlating. Het geld moest zo snel mogelijk bijeengebracht worden, om deze hele zaak in rap tempo af te handelen. Waar en wanneer de twee miljoen moesten worden gedeponeerd, daar zouden we nog over horen. De eis was: geen politie, dus alle contacten die er tot nu toe waren geweest met de politie moesten worden afgebroken. Anders zou de transactie niet doorgaan en zou ma niet terugkomen. Ik zag een van de agenten op de achtergrond serieus knikken. Ofschoon ik me absoluut niet kon voorstellen dat ze na mijn vaders pleidooi meteen zouden vertrekken. Als laatste hadden ze een boodschap van ma toegevoegd, 'Love Bals' of iets dergelijks. Geen idee wat het was, maar onmiddellijk begon iedereen druk te speculeren over de betekenis. Op de achtergrond hoorde ik de voordeurbel. Terwijl ik zelf ook nadacht over wat ma bedoeld zou kunnen hebben met 'Love Bals' liep ik naar de hal om open te doen. Voor de deur stonden vier mannen in pak met twee herdershonden. Het bleek het rechercheteam te zijn dat het zou overnemen van de politie.

'Te laat,' zei pa snerend, toen ik met hen binnenkwam. 'Ze hebben net gebeld.'

Het team doorzocht de woning met de honden en we werden er weinig subtiel op gewezen dat we eigenlijk niet in de huiskamer en keuken hadden mogen komen omdat er nu al belangrijke sporen gewist zouden zijn. Zo was de klink van de keukendeur waardoor ze waarschijnlijk waren binnengekomen al door meerdere mensen vastgepakt. De sporen van de wielen van de auto van de ontvoerders waren ook al overreden met zoveel andere bandenprofielen, zelfs het dienblad met zilver was weggehaald – door mij nota bene, omdat ik het zo pijnlijk vond om het te zien staan. 'Misschien hadden jullie eerder moeten komen?' zei pa. Hij was geïrriteerd over de manier waarop ze ons behandelden en hij had gelijk. Je zou toch verwachten dat je meteen serieus genomen wordt in plaats van eerst als verdachte te worden behandeld en dan nog het verwijt te krijgen dat er sporen zijn gewist! Ach, misschien kwam het door de spanning dat ik me zo ergerde. Iedereen deed zijn best op zijn eigen manier, maar het kwam zo amateuristisch over allemaal. Pa nam de leiding en stond erop dat onze telefoon vanaf dat moment werd afgetapt zodat alle gesprekken meteen werden opgenomen. De huistelefoon mocht absoluut niet meer worden gebruikt voor privégebruik, zodat de lijn vrij kon blijven. Alle gesprekken met familie en vrienden moesten voortaan met de interne lijn gevoerd worden die via het motel loopt. De recherche zag het met lede ogen aan, en hoewel ik had verwacht dat ze tegen hem in zouden gaan, vulden ze pa vervolgens aan met het voorstel dat er vanaf nu steeds iemand bij de telefoon zou zitten, bij toerbeurt, zodat er niet zo'n paniek ontstond als hij overging. Blijkbaar waren deze rechercheurs beter op hun taken voorbereid dan de agenten van de rijkspolitie. Ik deed niet mee met het rouleringssysteem. Ik was te bang om te gaan stotteren of om iets raars te zeggen waardoor er iets mis kon gaan. Stel dat ik weer zou lachen van de zenuwen. Nee, ik kon beter bezig blijven op de achtergrond. Zo had ik raar genoeg ook het gevoel dat ik dichter bij mijn moeder was. Ik probeerde te doen wat zij zou doen als het iemand anders in onze familie was overkomen. Maar het was niemand anders overkomen. Het was mijn moeder die weg was. Ook al kon ik het nog steeds niet geloven, om de feiten kon ik niet heen.

Ik schrik wakker uit een verwarde droom. Ik heb het ijskoud. Waar ben ik? Ik steek mijn van de kou verstijfde vingers uit naar het bruine doek. Wat is dit? Ik kom overeind. Waarom doen mijn enkels zo'n pijn? Dan, met een klap komt het besef terug dat ik ben ontvoerd. Mijn hartslag versnelt meteen tot een vervaarlijk tempo. Koud zweet breekt me uit. Mijn hemel, dit is een horrorfilm. Een afgrijselijk avontuur waarin ik verzeild ben geraakt. Geheel zonder reden. Per ongeluk. Wat is dat voor geluid? Ik probeer mijn versnelde ademhaling in te houden om te luisteren. Op het bed naast me ligt iemand te slapen. Ik hoor zijn zware snurkende ademhaling. Ik buig me voorover en rits de tent een klein stukje open. Heel voorzichtig, om geen geluid te maken, steek ik mijn hoofd een klein stukje uit de tent en kijk naar het bed links van mij. Ik schrik als ik zie dat er niet een maar twee mannen liggen te slapen. Met hun kleren aan liggen ze op het bed. Om hun gezichten te zien zou ik rechtop moeten gaan staan. Alleen al een poging daartoe zou zo veel herrie veroorzaken door de ketting om mijn enkels, dat ik hen wakker zou maken. Ik rits de tent weer dicht en ga op mijn zij liggen. Waarom moet ik hier naast deze monsters slapen? Is er dan niet nog een slaapkamer in deze woning? Dan pas besef ik dat ze hier slapen om te voorkomen dat ik ontsnap. Ik merk dat ik nog steeds niet denk in termen van een ontvoering of kidnapping. Dat ik mezelf nog altijd niet zie als de goudmijn die goed bewaakt moet worden. Dat is misschien wel mijn enige zekerheid, dat ik van waarde voor hen ben. Maar hoe kan ik ervoor zorgen dat ik die waarde niet verlies? Dat ligt buiten mijn macht. Stel dat mijn familie niet wil betalen, wat moet er dan van mij worden? Niet aan denken.

Ik schuif geruisloos naar beneden, zodat ik mijn knieën iets kan optrekken. Ik krom mijn rug, buig mijn hoofd en vouw mijn armen voor mijn borst. Als een ongeboren kind in de baarmoeder zo krul ik mezelf op in mijn tent. Het is zo koud hier. Ik heb geen deken of niks. Alleen een dun luchtbed, dat de ijzigheid van de betonnen vloer niet kan tegenhouden. Ineens herinner ik me de droom die ik had. Ik was in een grote, voor mij onbekende stad en probeerde de juiste deur van een statige stadswoning te openen. Er waren wel vijftig deuren maar ze zaten allemaal op slot. Buiten vroor het en ik wist dat binnen het haardvuur brandde. Voorbijgangers die ik aanklampte, deden of ze me niet zagen en liepen onverstoorbaar door. Na een tijdje begon ik me af te vragen of ik hier wel werkelijk was. Het kon toch niet zo zijn dat ze een arme vrouw die op zoek was naar wat warmte zo negeerden? Ik begon te roepen om te testen of ze me wel konden horen. Maar uit mijn mond kwam alleen maar gezang. Klassieke liederen die ik in mijn jeugd had gezongen als sopraan bij het madrigaalkoor. De mensen begonnen te klappen en vroegen om een toegift. 'Ik zal zingen,' zei ik, 'als ik daarna mag schuilen tegen de kou.' Iedereen stemde in. Ik zong de 'Liebestraum' van Liszt, en terwijl ik de hoge tonen uitblies over de donkere daken, was het alsof ik begon te zweven. Iedereen joelde van verrukking toen het lied afgelopen was. 'Mag ik nu naar binnen, alsjeblieft?' Ik glimlachte bescheiden en wachtte op een antwoord. Terwijl ik het eigenlijk wilde uitschreeuwen van de pijn van mijn bevroren voeten en handen. 'Mevrouw, u kunt alleen schuilen tegen de regen. U kunt geen warmte vinden onder een afdak. Helaas. Dag mevrouw.' De mensenmenigte liep weg. 'Zeg me dan welke deur de juiste is,' smeekte ik. Slechts een oude heer draaide zich om en zei: 'Dat ga ik u beslist niet vertellen. Ik heb het ook zelf moeten uitvinden.' Wat er daarna kwam weet ik niet meer zo goed. Ik hoorde geluid, het klonk als zagen, en dacht dat ik daarnaartoe moest voor mijn redding. Dat geluid zal het gesnurk zijn geweest van een van mijn ontvoerders.

'Eten.' Mijn tent wordt opengeritst en de wat dikkere ontvoerder schuift een bord naar me toe.

'Excuseer,' zeg ik, terwijl ik overeind kom, 'zou ik misschien een deken mogen hebben? Het is zo koud.' De man kijkt me door het gat van zijn bivakmuts aan met zijn zwarte priemende ogen, maar zegt niks. Zou hij mijn vraag niet goed begrepen hebben? Misschien spreekt hij niet goed Duits. 'Een deken,' zeg ik nog een keer en ik maak een gebaar met mijn armen alsof ik een denkbeeldige deken om mij heen sla. 'Koud.' Nog altijd zegt hij niks terug maar hij reikt mij een kop aan.

'Thee. Warm,' zegt hij dan, en verdwijnt weer uit de kamer. Ik hou de kop tussen mijn verkleumde handen en probeer de warmte te absorberen. Thee is nooit mijn lievelingsdrank geweest, maar het feit dat het warm is, maakt dat ik er nog nooit eerder zo blij mee ben geweest. Voorzichtig neem ik een slokje om ook vanbinnen warm te worden. Ik vraag me af hoe laat het is. Gek hoe snel je het besef van tijd kwijtraakt als je de dageraad niet meer kunt volgen. Misschien is het alweer donker buiten. Wat zou er thuis allemaal gebeuren? Als ze wisten dat ik hier zat, zouden mijn zonen me persoonlijk komen bevrijden. Als ik daaraan denk, voel ik meteen een kramp in mijn buik. Als ze maar geen gekke dingen doen, waarbij ze zichzelf in gevaar brengen. Ik ken mijn jongens, die deinzen nergens voor terug. En de meisjes, hoe zullen zij deze klap ervaren? Carlita zal samen met haar man Joep meteen iets willen ondernemen. Ze lijkt erg op haar vader. Nergens gras over laten groeien en alles meteen omzetten in actie. Carlita is altijd de vrolijkste en daadkrachtigste geweest van de twee. Maar hoe zal dit nieuws bij haar aankomen? Verdriet en boosheid zijn niet goed voor haar drie maanden oude zoontje Wim. En dan Marijke, zij is zo zachtaardig. Ik hoop dat ze dit aankan. Waarschijnlijk zal ze haar eigen verdriet wegstoppen en zich ontfermen over Gerrit. Zolang ze voor anderen kan zorgen zal ze zelf overeind blijven. Dat weet ik zeker. Het meest bezorgd ben ik over Gerrit. Het zal ook tot hem doordringen dat ze niet mij hadden moeten hebben, maar hém. Dat maakt het allemaal nog eens extra zwaar. Hij heeft mij altijd beschermd, is er altijd voor me geweest en nu gebeurt dit. Nee, ik twijfel er niet aan dat hij zal betalen. Gerrit zou alles opgeven voor mij, dat weet ik zeker. Ik merk dat mijn wangen weer nat zijn van de tranen. Het verdriet komt er geruisloos uit. Ik veeg mijn gezicht droog met de mouw van mijn blouse. Dan neem ik nog een slok van de inmiddels lauwe thee en kijk naar wat ze voor me hebben klaargezet. Een witte boterham met jam en een glas melk. Op het bord ligt ook een oranje pil. Wat is hier de bedoeling van? Willen ze me drogeren? Ik kan het risico niet nemen om mijn helderheid van geest te verliezen. Blijf nadenken, Toos. Overweeg je stappen zorgvuldig. Laat geen gelegenheid voorbijgaan om te ontdekken wie deze criminelen zijn, of hoe je de familie kunt laten weten waar je zit.

Een van de bewakers komt binnen om het bord met de onaangeroerde boterham mee te nemen. ‘Wacht,’ zeg ik tegen hem. ‘Ik heb honger.’ Op dat moment besluit ik om alles wat ze me voorzetten op te eten omdat ik me herinner wat Gerrit ooit tegen me gezegd heeft: ‘Wat er ook gebeurt, zorg dat je altijd blijft eten. Als je dat niet doet ga je niet alleen lichamelijk maar ook geestelijk achteruit. Daar ga je kapot aan, en je hebt het niet eens door.’ Ik pak de dubbele boterham, neem een grote hap en begin te kauwen. Ook al hou ik helemaal niet van jam, ik moet eten. Iets in me zegt dat ik hier levend uit kan komen als ik maar rustig blijf. Niet doorslaan in emotie, niet de bandieten boos maken. Ik moet vrienden met hen worden, zodat ze gaan inzien dat ik niet alleen maar handelswaar ben, een handelsproduct, maar een mens van vlees en bloed, met verstand en gevoel. De man is op de rand van het bed gaan zitten en kijkt naar me terwijl ik eet. Ik kijk naar zijn donkerbruine amandelvormige ogen en vraag me af wat hem heeft bewogen tot deze actie. Wie is hij? 'Lekker,' zeg ik met volle mond. 'Dank u.' Hij zegt niks terug. Mijn woorden zijn te aardig, dat is verdacht.

'Heeft uw... collega, mijn man al gesproken?'

'Ik begrijp niet.'

'Valks gebeld? Wat zei hij?'

'U man moet betalen.'

'Ja, hij gaat u betalen en dan laten jullie mij vrij. Ja?'

'*Klar.*'

'Morgen? Overmorgen?'

'Te veel vragen. Eten.'

Zoals zware criminelen eeuwen geleden in kerkers werden gestopt, zo zit ik hier met kettingen aan mijn enkels. Alleen is droog brood en water vers brood met melk geworden. Ik mag dus niet klagen. Als mijn bewaker terugkomt om mijn lege bord mee te nemen zie ik dat zijn pink krom is. Waarschijnlijk is hij gebroken geweest en nooit gespalkt of goed behandeld. Ik wil ernaar vragen, maar realiseer me net op tijd dat het dom zou zijn om er iets over te zeggen. Ik moet nergens uit laten merken dat ik iets specifieks over de mannen heb opgemerkt of dat ik iets weet over de plek waar ik me bevind. Dat zou de kans dat ze mij hier levend weg laten gaan aanzienlijk verkleinen. Steeds mijn hoofd erbij houden en niet denken aan de uren die ik nog te gaan heb. Het zal goed komen, dat kan niet anders.

Als ik het slot hoor omdraaien, steek ik direct mijn hoofd uit de tent. Ik had hen willen betrappen zonder muts, maar helaas zijn ze heel zorgvuldig in het dragen van hun vermomming. Ik zie dat de wat langere man met de kromme pink degene is die de kamer binnenkomt. Deze man en zijn dikkere compagnon zijn blijkbaar degenen die naast me slapen, mijn vaste bewakers.

'Hier, een deken.' Hij werpt me een groene sprei toe.

'Bedankt.' Dankbaar pak ik de sprei aan. Ik hoop dat dit me iets warmer kan houden. Ik heb het zo ijs- en ijskoud.

Dan ziet hij de oranje pil op de grond liggen. Hij raapt hem op en vraagt: 'Waarom jij steeds pil niet eten?'

'Nee, ik weet niet wat voor pil dat is.'

'Tos, dat is vitamine. Goed voor jou.'

'Hoe kan ik je geloven? Misschien is het iets heel anders.' Ik probeer in zijn ogen te ontdekken of hij de waarheid spreekt. 'Ik hoef hem niet.'

'Jij moet gezond blijven, is belangrijk voor jou, voor ons. Daarom vitaminepil.'

'Toch hoef ik hem niet.'

'Oké.' Hij gaat rechtop staan en wil weer weglopen.

'Wacht. Weet jij hoe laat het is?'

'Vier uur in middag.'

'Zaterdag of zondag?'
'Zondag.'
'Bedankt.'
'Oké.' Terwijl hij de kamer uitloopt zie ik dat hij zijn pistool achter zijn riem heeft gestoken. Gereed om bij het minste of geringste tevoorschijn te worden gehaald. De buit is nog lang niet binnen voor hen. En tot die tijd is het bidden dat ze me niet zullen doden.

Nog maar twee dagen geleden liep ik door het restaurant en hielp bij het uitserveren. Het was er druk. Hoe zou het nu zijn? Wat verlang ik ernaar om mijn werk te hervatten: gasten ontvangen, ijsjes scheppen, drankjes serveren, tafels indekken, met stoelen sjouwen. Net zolang tot ik uitgeput en voldaan in mijn bed kan duiken. Tevreden over het gedane werk, tevreden over mijn leven. Het leek zo logisch, voorspelbaar zelfs op een aangename manier. Maar alle zekerheden die ik in mijn leven heb opgebouwd zijn van het ene op het andere moment verdwenen. Ze hebben plaatsgemaakt voor het angstige besef dat ik in ieder geval nog leef.

Ik lig alweer uren in deze tent zonder dat er iets gebeurt. Tussendoor ben ik een paar keer naar de wc geweest. Waarbij steeds het hele ritueel met het kussensloop, de rondjes in de woonkamer en de op een kier staande deur werd herhaald. Het moet een uur of acht 's avonds zijn nu. Bij het kleinste geluid schrik ik op. Zou dit het moment zijn dat ze me komen zeggen dat het geregeld is en ik naar huis mag? Ook de geluiden die van buiten komen houd ik nauwlettend in de gaten. Ik hoop op een politie-inval en om de een of andere reden verwacht ik dat die zal beginnen met een tikje tegen de luiken. Iets van: 'Psst, we komen u bevrijden, blijf zo kalm mogelijk. Maak geen geluid en blijf rustig liggen. Zodra we de ontvoerders overmeesterd hebben, komen we naar u toe om de kettingen rond uw enkels los te maken.' Misschien heb ik te veel films gezien. Het lijkt nog altijd of ik in een detectiveserie op tv terecht ben gekomen. *Derek* of *Der Alte*, maar dan in Nederland. Alsof de regisseur ieder moment kan zeggen: 'En stop de camera's! Genoeg zo.' Of erger nog, dat Ralph Inbar opduikt om me smalend toe te bijten: 'Je trapte erin, hè Toos. Maar kijk eens.' En hij zou naar een camera in de hoek van de kamer wijzen. 'Je bent in *Bananasplit!*' En dan zouden wij heel hard gaan lachen. De bandieten zouden erbij komen en hun mutsen afdoen en ook zij zouden zich bescheuren.

Ik weet het, mijn fantasie slaat op hol. Maar het enige wat ik kan doen in deze tent is nadenken. Liever dan in paniek te raken, fantaseer ik over dingen die de boel relativeren, die het drama waarin ik terecht ben gekomen niet nóg groter maken.

Ik schrik van de deur die plotseling openslaat. Ik ga rechtop zitten en probeer mijn angst voor wat er komen gaat te bezweren door mijn handen heel hard samen te knijpen. Voetstappen komen dichterbij. Mijn tent wordt opengeritst en de twee flappen worden naar opzij gegooid, zodat ik twee benen in een spijkerbroek zie. Ik merk dat ik enigszins opgelucht ben als de hand met de kromme pink me een kom aanreikt. Dit is de wat langere ontvoerder, degene die me ook de sprei gaf. Dan verschijnt het hoofd met de bivakmuts in mijn gezichtsveld. 'Tos, pasta voor jou.' Ik pak de kom aan en zie dat er een soort macaroni met tomatensaus in zit. 'Hier is drinken.' De man zet een beker melk voor me op de grond. Ik word misselijk van de aanblik van de witte deegwormen met rode tomatensaus. Ik laat me moedeloos achterover zakken in mijn tentje.

'Jij niet eten, Tos? Is lekker.'

'Ik voel me niet goed.'

'Daarom jij moet eten. Is Italiaanse pasta.' Ik besluit om toch maar weer overeind te komen. 'Hier is ook melk, en pil. Als jij nog wilt water, zeg het mij.' Ik pak de kom met macaroni en begin er met de lepel doorheen te roeren.

'Is er al nieuws van Gerrit, mijn man?'

'Je moet eten.'

'Vertel me alsjeblieft wat er bij mij thuis gebeurt. Gaat mijn man betalen?'

'Tos, ik niks kan zeggen.'

'Waarom doen jullie dit? Geef me alsjeblieft iets aan informatie. Dit is om gek van te worden.' Ik kijk in de amandelvormige ogen van de ontvoerder die gehurkt voor mijn tent is gaan zitten. Even lijkt het of hij iets wil gaan zeggen. Maar dan schudt hij lichtjes zijn hoofd en gaat weer rechtop staan. 'Als jij goed eet, ook de pil, dan ik kom straks terug. Ik zal jouw geven nieuws van Gerrit.'

'Maar ik weet niet wat er in de pil zit.'

'Vitamine, Tos. Echt waar. Wij willen dat jij blijft gezond.'

'Ga je dan praten?'

'Ja.' Na dit korte antwoord draait hij zich weer om en loopt weg.

Kan ik hem geloven? Zou hij me echt iets gaan vertellen? Ik hoop het zo. Ik roer door de brij van witte wormen met rode drab. Traag breng ik de lepel naar mijn mond. Na drie happen merk ik dat ik eigenlijk behoorlijk veel honger heb en lepel de rest in rap tempo naar binnen. Even aarzel ik nog voor ik het glas melk pak, maar dan besluit ik het risico te nemen. Ik pak de pil, stop hem in mijn mond en spoel hem met de melk weg.

Voor mijn gevoel is het alweer uren later. Maar dat zou ook zomaar veel korter kunnen zijn. Tijd is een relatief begrip onder deze omstandigheden.

'Thuis gaat alles goed.' De lange ontvoerder is weer bij mijn tentje komen zitten. Hij heeft zijn armen losjes om zijn opgetrokken knieën geslagen. Als hij die bivakmuts niet ophad zou je kunnen denken dat dit een gesprek is op een camping in een of ander grauw oord.

'Is dat alles wat je me komt zeggen?'

'Meer mag niet van baas.'

'Wat zei mijn man?' Ik verlang zo naar een teken van hem, een zin of slechts een woord, waar ik kracht uit kan putten.

'Jij hoeft niet bang te zijn.'

'Zei Gerrit dat?'

'Nee, zeg ik.'

'Maar jullie hebben pistolen, jullie bedreigen me, laten me hier vastgeketend liggen. Het is toch logisch dat ik bang ben.' Mijn woorden zijn standvastig. Voor het eerst klinkt de emotie niet door in mijn stem.

'Jij bent onze buit. Voor jou kunnen we veel geld krijgen. Als ze het geven, ben je zo vrij, Tos.'

'Wat vragen jullie dan voor mij?' Hij geeft me geen antwoord.

'Wat moet mijn familie betalen om mij hieruit te krijgen?'

'Jij hebt pech. We wilden jouw man,' zegt hij, mijn vraag ontwijkend.

'Maar het was toch net zo erg geweest als u mijn man had ontvoerd?' Ik merk dat mijn stemgeluid toch weer omhoogschiet.

'Minder erg voor jou, Tos.'

'Net zo erg!' zeg ik ineens fel. Ze hebben geen idee. Ik verbijt me om mijn boosheid niet uit te spreken.

'Alles was voorbereid om jouw man te pakken...'

Dan kan ik me niet meer inhouden en mijn woede komt eruit. 'Mijn man had zich niet laten vastbinden. Hij is met nog geen vijftien ontvoerders tegen te houden. Hem zouden jullie nooit in dit tentje hebben gekregen. Hij zou gevochten hebben voor zijn leven! Dus wees maar blij dat je mij te pakken hebt!'

'Ssst, Tos. Als jij niet doet normaal, ik ga weg.'

Mijn nagels druk ik in de palmen van mijn handen, om mezelf weer te beheersen.

'Jij moet mij geven antwoord. Wie is de baas van alle motels?'

'Dat zijn alle kinderen van de familie Van der Valk. Mijn man, zijn broers en zussen.'

'Hoeveel kinderen?'

'Elf.' Hij knikt even kort en krabt dan met de hand waar de kromme pink aan zit in zijn nek. Die muts zal wel jeuken.

'Is Gerrit de baas?'

'Nee, de hele familie is de baas.'

Hij lijkt na te denken. Hij houdt zijn hoofd iets gebogen en kijkt over zijn knieën naar de punten van zijn schoenen. Wat zou er in zijn hoofd omgaan? Is dit iets wat hij vaker gedaan heeft? Of is dit ook voor hem de eerste keer? Is dit een mishandeld kind? Dat hoor je vaker over criminelen. Moordenaars zijn geloof ik in vijftig procent van de gevallen in hun jeugd geslagen of vernederd. Zou dit bij hem ook het geval zijn? Als ik me over hem ontferm als een moeder, zou ik hem dan misschien ervan kunnen overtuigen om mijn kettingen los te maken? Rustig aan, niet te snel. Stap voor stap moet ik ervoor zorgen dat mijn band met deze mensen sterker wordt. Ze moeten me gaan zien als de moeder die ze zelf hadden willen hebben. Ja, ik moet me over mijn haat heen zetten en een surrogaatmoeder voor hen worden. Ik wil net mijn mond opendoen om iets te zeggen, als hij me voor is.

'Tos, jij moet zeggen wie is goede contactpersoon.'

'Wat bedoel je met goede contactpersoon?'

'Jij moet mij telefoonnummer geven van persoon waarmee wij kunnen onderhandelen.'

Als een razende denk ik na. Wie moet ik die vreselijke taak toebedelen? Wie is er stabiel genoeg, bedachtzaam genoeg en blijft onder alle omstandigheden rustig? Meteen schiet de naam van onze beste vriend Rinus Michels door mijn hoofd. Maar nee, dat kan niet, want hij woont momenteel in Duitsland en ik ken zijn nummer niet uit mijn hoofd. Er schieten me nog een paar namen van goede, betrouwbare vrienden te binnen, maar ook zij zijn niet geschikt omdat hun kinderen nog zo klein zijn. Ik zou hen niet met zo'n risicovolle opdracht willen opzadelen. Ik denk aan een belangrijke zakenpartner van het Van der Valkconcern, maar dat zou ook weer niet verstandig zijn, omdat die vanwege zijn eigen vermogen misschien zelf een prooi zou kunnen vormen voor de ontvoerders.

'Tos, jij moet nu iemand zeggen.' Dan opeens denk ik aan Hans Kersten. Hij is onze bankrelatie bij de NMB en de laatste tien jaar is er naast een zakelijke band ook een vriendschappelijke band ontstaan.

'Hans Kersten.' Ik geef hem het nummer.

Hij kijkt me vorsend in de ogen. 'Is geen politie?'

'Nee, hij is een vriend.' Stiekem hoop ik dat er op de bank rekening gehouden wordt met overvallen of ontvoeringen. Misschien nemen ze alle telefoongesprekken wel standaard op.

Mijn ontvoerder staat op. 'Oké. Jij moet zo slapen.' Dan bukt hij zich en ritst de tent weer dicht. Ik hoor hoe zijn voetstappen zich van mij verwijderen. Het is dus veel later dan ik had gedacht.

'Wacht, ik moet nog naar het toilet.' Ik zie op tegen de lange nacht van donkere uren, waarin mijn gedachten me wakker zullen houden. 'Joehoe. Ik moet plassen.' Gelukkig hoor ik dat de man terugkomt naar mijn tent. Ik moet vaker zeggen dat ik naar de wc moet, neem ik me voor, zodat ik wat beweging krijg. De kettingen om mijn enkels doen zo'n pijn en ik ben vreselijk stijf in mijn rug. Na een lichte aarzeling pak ik de hand die de ontvoerder naar me uitstrekt en ik kom overeind. Ik neem razendsnel de kamer in me op. Het bed naast me is een twijfelaar van ongeveer één meter zestig breed. De ombouw is van donkerbruin hout met een rechthoekig hoofdbord met houtsnijwerk. Op het bed liggen witte lakens met daarover een beige deken. Aan de andere kant van het bed staat een rechte houten stoel met een rieten zitting. Er hangt een zwartleren jas overheen. Tegenover het bed staat een lichtbruine linnenkast met ronde hoeken waar de spiegel is afgehaald. Dat kan ik zien omdat er een ovalen plek op de deur zit. Aan het plafond hangt een peer van niet meer dan 25 watt. Terwijl ik schielijk omkijk naar het raam waaronder mijn tent staat wordt het gebloemde sloop over mijn hoofd getrokken. Ik ben weer een blindeman.

Zondag 28 november – dag 2

Wat zou mama nu doen? Waar heeft ze vannacht geslapen? Behandelen ze haar goed? Wist ze maar dat wij hier zo ongelooflijk met haar begaan zijn. Iedereen is gekomen. Er is een soort permanent crisisberaad waarin mijn Harry, Joep, oom Arie en Ad, samen met pa de leiding nemen. Maar ook de andere jongens zijn zeer betrokken. Ze hebben de pistolen uit Gert-Jans schietschool opgehaald en dragen deze onder hun kleding. Ik heb samen met Carlita geprobeerd om hen wat tot bedaren te brengen, maar vooralsnog is dat niet gelukt. Ik snap het wel. Ze willen iets doen, in actie komen om mama te redden. Pa is ondertussen met zijn eigen strategie bezig. Hij heeft gisteren met de bank gebeld omdat hij het losgeld van twee miljoen onmiddellijk wil betalen. Pa is zelfs al met Joep en Ad bij de NMB langs geweest. Mijn zwager Joep heeft aangegeven zich graag te willen opwerpen als onderhandelaar en woordvoerder. Pa heeft hem gevraagd om een leidende rol te spelen in dit gebeuren, omdat hij bang is dat hij zelf onder deze omstandigheden niet meer de juiste beslissingen kan nemen. Het is goed dat pa dit heeft besloten, denk ik. Bovendien is het een taak die op Joeps lijf geschreven lijkt. Het leek misschien logischer om Ad aan te wijzen, de oudste zoon, maar hij is net als pa emotioneel te veel betrokken. Dat bleek wel toen er vandaag weer gebeld werd.

Het was Ads telefoonbeurt, hij zat net rustig te wachten en prompt ging de telefoon over. Ik zou zelf op zo'n moment misschien niet eens meer hebben kunnen praten van de zenuwen. Ad schrok ook zo erg dat hij van de weeromstuit de verkeerde knop indrukte en het hele gesprek niet opgenomen werd. Hij vond het vreselijk toen hij merkte dat hij had gefaald terwijl dit iedereen had kunnen overkomen. Bovendien was er ook niet meer gezegd door de ontvoerders dan dat ze voortaan met één persoon wilden praten, niet met de hele familie. Daarna werd de verbinding verbroken. Vervolgens werd er urenlang niet meer gebeld. We dachten dat de ontvoerders misschien boos waren dat er was opgehangen. Maar hoe konden we ze duidelijk maken dat het een foutje was geweest? Hoewel pa normaal vaak het hoogste woord heeft leek hij nu zo van slag dat hij de hele middag niets meer gezegd heeft.

De politie informeerde ons dat er permanent iemand bij ons in huis zou komen om de zaak te coördineren. Ze waarschuwden ons voor de persaandacht die er zou ontstaan zodra het nieuws van de ontvoering bekend werd. Er was al een journalist van het *Brabants Dagblad* die er via het restaurant lucht van had gekregen, maar de recherche heeft hem ervan weten te overtuigen om nog even geen aandacht aan de zaak te besteden om mijn moeders leven niet verder in gevaar te brengen. Bij het horen van dit soort zinnen, draaide mijn maag zich om. 'Haar leven in gevaar brengen.' We waren allemaal bezig met haar vrijlating en niet met dat andere scenario. Toch moest ik mijn angstige voorgevoel soms letterlijk onderdrukken. Ik ging dan een eindje lopen, met oma en opa, of ik vroeg of Carlita mee naar het restaurant ging om wat spullen op te halen. Even wat lucht.

Die middag om vier uur was er groot familieberaad met alle kinderen, aanhang, ooms en tantes. De onderzoeksleider Guus Wesselink, onder wie het rechercheteam opereerde, vertelde ons wat ze tot nu toe te weten waren gekomen. Het zou gaan om een groep Italianen en er waren vermoedens dat ze uit het Noord-Italiaanse Bergamo kwamen. Omdat er geen sporen waren, wisten ze verder nog vrij weinig. Guus Wesselink vertelde ons bovendien dat in een telefoongesprek dat een paar uur geleden had plaatsgevonden met Joep, het losgeld was verhoogd naar tien miljoen gulden! Dat had ik nog niet gehoord en blijkbaar was ik niet de enige want er klonk een zucht van ongeloof door de kamer. Iedereen was geschokt door het gigantische bedrag. 'Het was toch twee miljoen?' vroeg ik verschrikt. Guus keek me ietwat streng aan en zei: 'Het was altijd al meer. Ze hadden eerst gezegd "een paar miljoen", niet "twee miljoen".' Verder wist hij te melden dat ze het losgeld wilden in kleine coupures van Duitse marken, Zwitserse franks en Nederlandse guldens. Hieruit concludeerde de recherche dat het om een professionele organisatie ging. Waarschijnlijk de Italiaanse maffia. Er werd ons gevraagd of we alles wat er ooit was voorgevallen in het restaurant of hotel waarbij Italianen betrokken waren, wilden doorgeven. Omdat deze hele ontvoering, nu er al behoorlijk wat mensen op de hoogte waren, niet langer voor de buitenwereld verborgen zou kunnen blijven, werd het besluit genomen om de volgende dag de pers in te lichten. Joep zou het woord doen. Verder werd ons strikt verboden om met derden over de zaak te praten omdat dat hoge risico's zou opleveren voor mama. Bij deze laatste zin duizelde het me even. Natuurlijk moesten we ons niet laten verleiden om journalisten te woord te staan of om uit de school te klappen tegen vrienden. We zouden als familie een gesloten eenheid vormen. Tot slot nam oom Arie het woord en vertelde ons dat het losgeld door de gehele familie zou worden opgebracht. De directeur van de NMB in Eindhoven, Hans Kersten, was al benaderd door pa. Hans zei dat hij het bedrag in anderhalve dag bij elkaar kon hebben, met behulp van de minister van Financiën, de minister van Justitie en De Nederlandsche Bank. Toen stond pa op uit zijn fauteuil en zei: 'We kunnen toch wel meer doen dan klakkeloos betalen. Laten we juist met behulp van de landelijke pers de hele Nederlandse bevolking inschakelen. Als iedereen hier van weet zijn die lui vogelvrij en hebben we ze zo te pakken!' Voorzichtig bracht Guus Wesselink in dat dat niet echt een goed idee was.

'Hoezo?' riep Pa. 'Hoeveel Duits sprekende Italianen wonen er in dit land?' Wesselink zweeg.

Ad drukte de achterkant van zijn ballpoint in gelijkmatig ritme op de tafel. 'Verzinnen jullie dan wat!' zei pa, waarop hij onaangekondigd wegbeende.

Het besef komt steeds weer met een schok. Elke keer als ik wakker word dringt het tot me door dat ik niet thuis in mijn zachte bed lig, maar in een tent in Brussel. Naast me hoor ik niet het zachte gesnurk van mijn man, maar het zware gezaag van mijn ontvoerders. Normaal gesproken ontwaak je uit een nachtmerrie, nu is het precies omgekeerd. De droom is de zalige onwetendheid, de nachtmerrie is de gruwelijke realiteit. Hier in het halfduister probeer ik te bevatten hoe dit heeft kunnen gebeuren. Waarom ik? Mijn hele leven probeer ik niets anders dan mijn best te doen, en dit is het resultaat? Ik begrijp het niet. Ik kan er gewoon niet met mijn verstand bij. Dit doe je niemand aan. Laat de boeven elkaar het leven zuur maken, maar blijf uit de buurt van een brave moeder. Natuurlijk, ze hadden Gerrit willen hebben, niet mij. Maar ook dat is onterecht. Waarom overkomt dit ons? Waarom?

Ik draai me op mijn rug en verplaats mijn voeten om mijn enkels te ontlasten van de pijnlijke drukpunten van de schakels. Het geluid dat het ijzer maakt als ik me omdraai doet me schrikken. Ik ben bang om mijn ontvoerders wakker te maken. Ze zijn zo onberekenbaar dat alles hen uit balans kan brengen. Natuurlijk zijn dit slechts de uitvoerders en niet het brein erachter, maar juist domme mensen kunnen vaak hun driften niet bedwingen. Ik heb hun nervositeit gevoeld en mijn instinct gaf me onmiddellijk in om kalm te blijven. Om hen niet kwaad te maken. Ik vouw mijn handen voor mijn buik en luister naar de slapende mannen. Naast het zware regelmatige gesnurk hoor ik nog iets. Ik kan het geluid niet duiden. Het lijkt wel het geknaag van een dier. Zouden er ratten in de kamer zitten? Ik gruwel bij het idee en trek in een impuls mijn benen op. De kettingen laten echter niet toe dat ik ze helemaal naar me toe trek. Ze zijn te kort. '*Ruhe*,' klinkt het vanaf het bed. Dit keer heeft het rammelende ijzer ze wel wakker gemaakt. 'Sorry,' zeg ik met een droge keel. 'Ga slapen!' wordt me toegesnauwd. Slapen, ja, kon ik dat maar. Ik zou net zolang mijn ogen dicht willen doen en wegzinken in een diepe slaap tot dit verschrikkelijke avontuur voorbij is. Hoe laat zou het zijn? Vier, vijf uur in de ochtend? Morgen is het maandag. Ik twijfel even. Heb ik niet een dag gemist? Nee, dat kan niet. Mijn gedachten gaan steeds weer terug naar Gerrit. Mijn man is alles voor me. Onze band is zo intens, dat kan ik me met niemand anders voorstellen. Ik heb geluk gehad om zo'n fantastische man tegen te komen, nu alweer bijna dertig jaar geleden, tussen Delft en Voorschoten. Stom toeval bracht ons bij elkaar. Zal domme pech ons nu doen scheiden? Ik maak me misschien nog meer zorgen over hem dan over mezelf. Hoe zou het nu met hem zijn? Woorden zijn niet altijd nodig tussen ons. Vaak is een blik genoeg om te weten wat de ander denkt, maar nu zijn er woorden noch blikken, die ons met elkaar kunnen verbinden. Ik kan alleen maar gissen naar hoe hij zich nu voelt. Wat zouden de ontvoerders voor me vragen? Honderdduizend gulden? Tweehonderdduizend? Gerrit zal er alles aan doen om het geld bij elkaar te krijgen om mij te bevrijden. Ineens denk ik aan een gesprek dat we ongeveer een halfjaar geleden voerden.

We zaten in onze woonkamer, Gerrit, Carlita en ik. De avond was net gevallen, buiten kwam de regen met bakken uit de lucht. De eerste stralende lentedag was toch nog geëindigd in een Hollandse hoosbui. Ik wilde wat wijn bijschenken, maar Gerrit hield zijn hand boven het glas. Ondertussen praatte hij bevlogen door. 'Ik begrijp gewoon niet hoe die criminelen konden denken dat er betaald zou worden. Tachtig miljoen franks, dat is toch krankzinnig!' Het ging over de ontvoering van de Belgische industrieel Édouard-Jean Empain, de kleinzoon van een beroemde baron. In de *Panorama* stond een groot artikel over deze zaak uit 1978.

'Nee heb je, ja kun je krijgen.' Carlita had altijd haar nuchtere antwoord klaar.

'Hebben ze niet een vinger afgesneden?' vroeg mijn man.

'Zijn pink, ja. Omdat hij niet meewerkte.' Carlita schoof het blad over de tafel naar haar vader. 'Kijk, hier staat het. De ontvoerders wilden dat hij een briefje zou schrijven aan zijn familieleden om te bewijzen dat hij nog leefde. Maar dat weigerde hij.' Gerrit bromde wat. Dat doet hij wel vaker als hij ergens niet over uit kan.

'Hoelang hebben ze die man vastgehouden?' vroeg ik, want ik had het artikel niet gelezen.

'Ruim twee maanden,' antwoordde mijn dochter.

'Twee maanden?' vroeg ik verbaasd. 'Waar hielden ze hem dan gevangen?'

'In verschillende appartementen in Frankrijk.'

'Maar hadden ze het gevraagde geld dan niet?'

'Jawel, de familie wilde ook wel met het losgeld over de brug komen, maar de politie was het daar niet mee eens.'

Mijn man reageerde fel. 'Terecht! Als je toegeeft, geef je daarmee het signaal af dat iedereen die maar een beetje geld heeft gekidnapt kan worden.'

'Ja, maar ze hadden hem ook dood kunnen maken,' wierp ik tegen.

Gerrit schoof de *Panorama* van zich af. 'Nou, als ze mij ooit pakken, wil ik dat er niks betaald wordt. Nog geen dubbeltje.'

'Maar pa,' vroeg Carlita. 'Stel dat ons zoiets zou overkomen. Wat dan?' Even kruisten onze blikken elkaar, die van Gerrit en mij. Daarna keek hij onrustig weg. Hij pakte het linnen servet dat naast hem op tafel lag en haalde het door zijn handen.

'Pa, wat zou jij dan doen als ze ons zouden pakken?' vroeg Carlita nogmaals. Ik weet niet waarom, maar ik durfde haar niet aan te kijken. Bang dat ik in haar ogen mijn eigen vermoeden zou lezen. Hoever was mijn man bereid te gaan? Trots of familie? Twee zaken die hem evenzeer aan het hart gingen. Niemand zei iets. De regen sloeg onheilspellend tegen de ramen. Toen richtte mijn man zijn blik op ons en zei schouderophalend: 'Als het jullie zou overkomen... tja, dan weet ik het niet.'

Ik mag niet doemdenken. Niet twijfelen of Gerrit alles zal doen om mij te redden. Hij houdt van mij. Hij zou de wereld voor me stilzetten. Maar zal hij zijn principes opzij kunnen zetten? Zal hij zijn trots kunnen negeren? Zal hij de vernedering kunnen verdragen? De druk op mijn borst is zo groot dat ik niet meer stil kan blijven liggen. Ik draai me voorzichtig om. Met gebalde vuisten, mijn armen gekruist onder mijn borst en mijn gezicht tegen het luchtbed van rubber, probeer ik de paniek te bezweren. Ik knijp zo hard in mijn handen dat ze gaan tintelen. Ik mag niet toegeven aan negatieve gedachten. Niet doen, Toos. Niet wanhopen. Concentreer je op iets anders. Desnoods op het snurken van de ontvoerder naast me, dat onverstoorbaar doorgaat terwijl ik hier sterf van de angst. Ook het rare gekraak is weer begonnen. Wat is dat toch? Ineens weet ik het. Het is niet het knagen van een beest, het zijn de knarsende tanden van de andere ontvoerder.

Ik schat dat het een uur of zes in de avond is. Dat baseer ik op mijn maag die taalt naar de avondmaaltijd. Al is het maar een boterham met jam. Er loopt iemand voorbij op hakken. Dan hoor ik hondengeblaf. De voetstappen stoppen. Een vrouwenstem zegt iets in het Frans. Ik kan niet verstaan wat ze zegt, maar haar toon klinkt betuttelend. Ik hoor weer het blaffen van een hond. Een hoge blaftoon, dus een klein hondje. Dan klinken de hakken weer over de stoeptegels en sterft het geluid langzaam weg. Een vrouw die haar hond uitlaat. Ik hoor auto's voorbijrijden. In de verte klinkt een sirene. Het dagelijks leven om mij heen gaat gewoon door. Alleen weet niemand dat er vlak bij hun huis, op de route naar hun werk, in het gebouw waar ze langs fietsen op weg naar school, iemand gevangenzit. Hoe vaak heb ik niet mijn kinderen proberen te behoeden voor gevaren? Heb ik ze wel niet verteld wat kinderlokkers zijn en dat ze nooit met iemand mee moeten gaan, wat diegene ook belooft? Ik heb hen uitgelegd dat niet alle mensen goed zijn en dat niet alles is wat het lijkt. Ik heb hen geleerd te vertrouwen op hun intuïtie. Ze zijn nu bijna allemaal volwassen en er zijn gelukkig nooit rare dingen gebeurd. Maar hoe had ik ze ooit hierop kunnen voorbereiden? Hoe kan ik hen hierna nog ooit overtuigen van de goedheid van de mens?

Marijke, Ad, Carlita, Martien, Gert-Jan, Vincent, Marc. Mijn zeven kinderen, door mij gebaard en opgevoed. Zullen zij nu hun moeder kwijtraken? Kan ik hen ooit nog troosten en ze in hun oor fluisteren dat alles goed zal komen? Marijke, mijn oudste dochter, zal niet meer de zorgen en de vreugde over haar jonge kinderen met mij kunnen delen. Nooit meer gaan winkelen zoals moeders en dochters dat doen. Een van de laatste keren waren we hier, in deze stad, en we hebben een prachtige zwarte jurk voor haar gekocht. Hoe konden we toen vermoeden dat ik hier zo zou eindigen?

Ad, mijn oudste zoon. Ik zie hem nog voor me, om zeven uur ’s ochtends. ‘Waar ben jij van plan naartoe te gaan?’ vroeg Gerrit, die wakker was geworden door de beker melk die hij had omgestoten en die kletterend op de grond was gevallen.

‘Naar de IJzeren Man, papa. Stip moet gewassen worden.’ Stip was zijn pony waarmee hij dag en nacht optrok.

‘Maar je moet naar school!’

‘Dat doe ik daarna wel.’ En weg was hij.

Gerrit kwam terug in de slaapkamer. ‘Dat kind luistert echt voor geen meter!’

‘Hij heeft jouw karakter, liefste. Laat nou maar.’ Ik wist allang dat Ad eerst met zijn pony ging zwemmen en er daarna in draf op naar school reed. Daar bond hij Stip aan het fietsenrek en haastte zich de klas in. Altijd te laat. Ik wist ook dat hij er weinig uitvoerde en vaak spijbelde. Ik wist dat hij een droom had: een paardenfokkerij in Canada. En ik wist dat hij er niets voor voelde om ooit in de zaak te gaan werken. Maar ik vertelde het niet aan mijn man, omdat ik niet op alle slakken zout wilde leggen en omdat ik dacht dat het wel goed zou komen. Het is goed gekomen, nu runt hij al jaren motel Gilze en heeft het nooit meer over paarden.

Carlita, mijn tweede dochter en Gerrits oogappeltje. Als ik met mijn kinderen op straat liep, waren alle ogen gericht op dat kleine meisje met dat poppengezicht en die blonde krullen. Toch was ze heel wat stoerder dan haar schattige uiterlijk deed vermoeden. Ze was een doener, net als haar vader. Iemand die wist van aanpakken en nooit het grote geheel uit het oog verloor. Iemand die van harmonie hield, maar tegelijkertijd koppig was en strijdlustig. Omdat het thuis altijd zo druk was kreeg ik het idee dat de structuur en regelmaat van een internaat wellicht beter zou zijn voor de kinderen. Marijke ging als eerste naar het internaat. Ze volgde er braaf haar lessen en maakte er een heleboel vriendinnen. Zij had het er echt naar haar zin. Maar toen Ad ging, vond hij het er zo vreselijk dat hij expres nullen haalde om ons te dwingen hem er vanaf te halen. Uiteindelijk heeft hij de benen genomen. Helemaal door de polder via de Dommel bij Den Bosch is hij naar huis gelopen. Carlita had gewoon zo'n heimwee dat ze niet meer at en niet meer sliep. Ze had een hekel aan de stijve nonnen en de strenge regels. Ze miste haar broertjes. Na twee maanden heb ik haar opgehaald. Daarna heb ik het opgegeven. Mijn kinderen waren blijkbaar niet geschikt om vastgehouden te worden in systemen, die niet bij onze levensinstelling hoorden. Ze hadden een bijzondere jeugd, anders dan andere kinderen. Als ze uit school kwamen en ze zagen dat de bar volstond met lege glazen begonnen ze deze meteen schoon te spoelen. Ze wilden liever werken in het restaurant dan huiswerk maken. Het was bij ons misschien minder strak geregeld dan bij andere families, maar daar stond tegenover dat er nooit een sleur was, dat er altijd iets gebeurde. Na Carlita volgden er nog vier jongens: Martien, Gert-Jan, Vincent en Marc. Martien was een natuurkind. Die kon urenlang in het bos zitten om vogels te spotten. Hij nam dan een camera mee en liet ons na terugkomst zien wat hij had meegemaakt. Ik herinner me dat hij een boom had gefilmd, minutenlang en dat ik na een tijdje vroeg: 'Gaat er eigenlijk nog iets gebeuren?' 'Kijk dan naar die vogel, mama.' Ik keek maar kon geen vogel ontdekken. 'Waar dan, lieverd?' Hij liep naar de tv en linksboven in de hoek wees hij een donker vlekje aan. Verdraaid, er zat inderdaad een vogeltje.

Gert-Jan was als kind altijd aan het sleutelen. Het begon met het motortje van zijn op afstand bestuurbare auto. Daarna volgde er een gemotoriseerde crossfiets. Vervolgens bouwde hij aan een rubberboot en voerde hij de Puch van zijn zus op tot ongekende snelheid. Zelf was hij toen nog lang geen zestien. En toen hij nog lang geen achttien was reed hij in een crossauto door de bossen. Ik weet nog dat ik hem een keer huisarrest had gegeven omdat hij met zo veel snelheid zijn speedboot over de vijver had gevaren dat de klanten op het terras, vijftig meter verderop, nat werden. Ik zei: 'Jij moet leren waar je grenzen liggen, voorlopig blijf je op je kamer.' Hij was woedend. Toen ik hem 's avonds nog steeds niet had gezien, kreeg ik medelijden en liep naar zijn kamer om te vragen of hij kwam eten. Nietsvermoedend pakte ik de metalen deurklink beet en ik kreeg me een schok van jewelste. Gert-Jan was zo boos geweest dat hij de hele middag had gesleuteld aan een manier om mij terug te pakken. Dat was gelukt. Hij had 220 volt op de deurklink gezet.

Vincent was als kind al een kleine Gerrit. Hij wilde altijd alles weten. Zodra hij uit school kwam, gooide hij zijn boekentas in de hoek en ging naar de zaak, naar zijn vader. Zelfs al zat die in een bespreking over vergunningen en bouwgronden, ook dan wilde hij er met zijn acht jaar bij zitten om te horen wat er werd gezegd. Als ik dan zei: 'Vincent, dat kan niet. Dat is de burgemeester met wie je vader praat,' ging hij naar boven, trok zijn nette pak aan en schoof weer aan. Met Gerrit had hij de afspraak dat hij iets altijd drie keer mocht vragen als hij het niet begreep. Als hij het dan nog niet snapte, hield het op. Dat was een regel waar Vincent zich trouw aan hield. Later zei hij tegen mij: 'Mama, nu ik zelf werk, weet ik pas wat papa toen bedoelde.'

En dan Marc, mijn jongste. De benjamin. Hij was een echt gezelligheidskind en wilde er altijd bij zitten. Hoe vaak ik hem niet naar bed heb gestuurd en later ontdekte dat hij toch nog zat mee te luisteren op de trap. Als Gerrit en ik eens per jaar een weekje alleen op vakantie gingen naar Spanje, pakte hij stiekem zijn koffertje en kroop op de achterbank van de auto. Een keer waren we al voorbij Den Bosch, toen we hem ontdekten. Wat was hij verdrietig toen we hem toch weer naar huis brachten. Het jaar daarna heb ik tegen Gerrit gezegd: 'Laat hem toch meegaan. Het is de jongste.' Ik zie nog dat blije gezichtje voor me. En nu is ook hij achttien en allang geen moederskind meer. Maar kan hij zonder mij? Kunnen mijn kinderen leven met de verdwijning van hun moeder? Met een raadsel dat misschien nooit wordt opgelost? Ik ben de enige die weet hoe het hier is. Maar zal ik het ooit na kunnen vertellen?

Nee, niet aan denken. Het zullen juist mijn kinderen zijn die me hieruit zullen redden. Ik moet op hen vertrouwen. Op hen en op mijn man. We zijn niet voor niets gekomen waar we nu zijn.

Maandag 29 november – dag 3

Ik ging samen met Harry 's avonds om een uur of tien, elf naar huis, naar de kinderen. Het was elke keer weer gek om weg te rijden uit Nuland, omdat het leek alsof ik mama in de steek liet. Maar het was misschien nog wel vreemder om elke ochtend in de villa aan te komen en steeds opnieuw te constateren dat ze er niet was. Ik zag de foto's van mijn moeder aan de muur hangen. Vrolijk lachend met mijn vader in de boot, vlak voor de kust van Spanje. De foto waarop mijn moeder in het midden zat, met ons om haar heen. Ik moest altijd grinniken om haar ietwat geërgerde schuine blik naar Vincent, die niet stil wilde blijven zitten. De foto van hun vijfentwintigjarige huwelijksfeest in Zwitserland, met op de achtergrond de besneeuwde bergtoppen. Ze keek zo gelukkig. Ik moest de tranen die in mijn ogen opwelden bedwingen. Ma leek nog zo dichtbij, zo tastbaar, maar tegelijkertijd was ze zo ver weg.

Ondanks de drukte die er in huis heerste, voelde het leeg. Het was al de derde nacht zonder mama in huis. Het was vreemd om onder zulke spanning te leven, en tegelijkertijd de klok traag te zien voorttikken. We doodden de tijd met klaverjassen, zoals dat spel al zolang ik me kan herinneren een familietraditie is. Uren aan een stuk. Het leidde ons af van de tragedie waarin we gevangen zaten. Van de onmacht die ons ten deel was gevallen. Pa kon daar misschien nog wel het slechtst tegen. Hij was een geboren leider, iemand die gewend was om altijd de touwtjes in eigen handen te houden. Maar nu kon hij niks. Soms ijsbeerde hij door de kamer. Dan weer zag ik hem ernstig staan praten met oom Arie en soms zat hij, met Joep tegenover hem, in zijn bruine fauteuil te schaken. Ikzelf deed niet mee aan het kaarten of schaken. Samen met Carlita en mijn tante was ik liever bezig met het regelen van de slaapplaatsen, wat er aan boodschappen moest komen, hoeveel mensen er mee-aten. Overdag zaten we gemiddeld met twintig man in het huis, maar 's avonds waren het er soms wel veertig en een groot aantal van hen bleef ook slapen. Zoals oom Henk die dag en nacht aanwezig was. Vaak zat hij vermoeid op de bank en verzuchtte: 'Ach, ach, wanneer komt Toosje mijn duifje weer terug?' Er werd zo nu en dan ook gelachen, bijvoorbeeld na de vraag van Ad of we al in de boomhut hadden gekeken. Daar verstopte Martien zich vroeger altijd. Een flauw grapje, maar het zorgde voor zo veel ontlading dat de tranen over onze wangen rolden. Ma zou het gezellig hebben gevonden, al dat gepraat, die opgewondenheid, het gevoel van saamhorigheid. Vreemd hoe er een drukte heerste alsof er iemand jarig was, terwijl de jarige zelf afwezig was. Pa die op dit feest niet de rol had van gangmaker, maar onder de trap in zijn fauteuil ernstig zat te praten met oom Arie en Joep. Hij was zo veel stiller dan normaal. Natuurlijk nam hij zo nu en dan nog wel het voortouw en er kwam nog weleens een grap over zijn lippen – zo riep hij: wie wil er nog wat wijn, het is voorlopig de laatste fles die we kunnen betalen – maar de meeste tijd praatte hij met een getergde frons op zijn gezicht met zijn broer en schoonzoon.

Hij moest iets bedenken, naar mogelijkheden zoeken, actie ondernemen. Zo was hij nog steeds bezig met wat ma bedoeld zou kunnen hebben met 'Love bals'. Hij wist dat ze daar iets mee had willen zeggen omdat de ontvoerder hem hadden gevraagd wie Bals was. Maar hij kwam er niet uit. Als hij niet in zijn stoel zat ijsbeerde hij door het huis. Rusteloos, vol frustratie en ingehouden woede. Als een tijger in zijn kooi, waaruit hij tevergeefs probeerde te ontsnappen. Mijn broertjes, Ad, Martien, Gert-Jan, Vincent en Marc, waren te onrustig om te kaarten. Wat wil je? Ze waren allemaal rond de twintig en dus veel te jong om zich neer te kunnen leggen bij de feiten, te boos om zomaar af te wachten. Ze zaten meestal beneden bij het zwembad met elkaar te praten. Gert-Jan en Ad waren vooral druk met schema's, ze hadden het steeds over Deltadenken. Wat is er gebeurd? Hoe is het gebeurd? Wie kennen we uit de omgeving? En dan vinkten ze af. Welke sporen liepen dood en welke gingen verder? De keer dat ik me bemoeide met de opmerking dat ze misschien in de buurt van vliegvelden of bij leegstaande panden moesten gaan kijken, rolde Gert-Jan met zijn ogen en zei dat ze dat natuurlijk allang hadden bedacht. Daarna liet ik hen maar.

Om twee uur die dag kwam Wim Draaijer van het rechercheteam naar ons toe. Hij werd voorgesteld door Guus Wesselink met de mededeling dat deze doorgewinterde rechercheur de situatie thuis zou gaan begeleiden. Bovendien konden zo de telefoongesprekken die binnenkwamen beter gecoördineerd worden en zouden we voortaan door Wim Draaijer geïnformeerd worden over de gang van zaken. Het leek me op zich een aardige man van een jaar of veertig, hij kwam beschaafd over. Toch voelde het vreemd om iemand in huis te halen bij onze vertrouwde familiekring. Vooral de jongens hadden daar moeite mee. Ik denk dat we hem die hele middag een beetje hebben genegeerd, en ik zag duidelijk dat Wim Draaijer zich daar ongemakkelijk bij voelde. Toen we hem een paar glaasjes whisky hadden geschonken ontspande Wim zich en leek hij ineens niet meer zo'n indringer. Uiteindelijk was het allemaal voor de goede afloop en we gingen ervan uit dat het hele drama niet langer dan een paar dagen zou duren. Er was die dag echter nog geen enkel telefoontje gekomen van de ontvoerders. We hadden nog steeds geen teken van leven ontvangen.

Aan het einde van de middag vond de persconferentie plaats. Ik was niet meegegaan. Het leek me een kermis waarin ik me niet thuis zou voelen. Mijn man Harry ging wel mee, om op de voet te volgen wat er allemaal gebeurde en om eventueel bij te springen. Toen Harry, Joep, oom Arie en pa terugkwamen zagen ze er allemaal enigszins opgelucht uit. Volgens hen was het uitstekend verlopen. Het resultaat konden we zien op het achtuurjournaal. 's Avonds zaten we met z'n allen rond de televisie. Het was benauwd in de huiskamer ondanks het feit dat de winter buiten echt was begonnen en het een paar graden vroor. Pa zat in het midden met naast hem mijn opa en oma, ooms en tantes. De kinderen en vrienden van mijn ouders erachter. Het voelde een beetje zoals vroeger wanneer we met z'n allen naar het Songfestival keken, alleen was het programma nu een stuk minder vrolijk. Het was het eerste item van het journaal. Eerst kwamen pa en ma in beeld. Het was een filmpje van de opening van Motel Eindhoven, dat helemaal niet paste bij de berichtgeving. Het was zo raar om mijn moeder te zien op die bewegende beelden, zo ongedwongen en vrolijk glimlachend. Daarna volgde de persconferentie waarop Joep liet weten hoezeer de familie het betreurde dat zijn schoonmoeder weg was. Hij vertelde dat de familie geschokt was over het feit dat een onschuldige vrouw zomaar kon worden ontvoerd uit haar huis. Dat de recherche en de familie alles zouden doen om haar weer terug te krijgen. En dat hij hoopte dat de mensen met ons mee zouden leven, maar wel op afstand, om de privacy van de familie te kunnen waarborgen en het onderzoek niet in gevaar te brengen. Hij deed het zo goed, dat het leek of hij geboren was met een microfoon onder zijn neus. Hij eindigde zijn verhaal met een oproep aan iedereen die iets wist over deze zaak of de ontvoerders. De familie zou een bedrag van honderdduizend gulden uitloven voor de gouden tip. Ik keek Harry met grote ogen aan. Aan zijn reactie merkte ik dat hij dit allang wist. Wat zou dat wel niet voor valse informatie opleveren, dacht ik meteen. Wie wil er niet snel een ton verdienen? Daarop krijg je natuurlijk allemaal idioten die beweren dat ze de ultieme aanwijzing hebben. Mensen die ons zouden lastigvallen met de meest onbruikbare tips.

Meteen na het item zette pa de tv uit. Iedereen zat er verslagen bij. Het leek alsof er een dikke mistige wolk was neergedaald in de kamer die alles troebel maakte. Mijn oma Van de Cappelle begon onbedaarlijk te snikken, ze maakte zich grote zorgen om haar dochter. Opa troostte haar door met zijn hand zachtjes op haar been te kloppen. Precies zoals hij eigenlijk de hele tijd bij zichzelf deed. Carlita vroeg of iemand iets wilde drinken. Er kwam geen antwoord. Pas toen pa had gevraagd of er iemand zin had om te schaken, ontdooide de boel weer een beetje. Joep wierp zich meteen op als vrijwilliger. En iedereen begon weer te bewegen. 'Goed gedaan, Joep,' zei ik welgemeend. 'Ach, het moet gebeuren,' zei Joep en hij ging naar de tafel waarop het schaakbord al klaarstond.

'Is het nou wel zo verstandig om een beloning uit te loven voor de gouden tip?' vroeg ik aan Harry toen we even samen in de keuken stonden. Waarop hij zei: 'Lieverd, als we niet alles proberen, zal niemand het zichzelf later vergeven. Dus al komen hier gekken en geldwolven op af, we moeten elke kans die we hebben met beide handen aangrijpen.'

Hoe groot het effect van dit journaal was, bleek toen Harry en ik rond tien uur naar huis reden. Wim Draaijer had ons al gewaarschuwd, maar dat het zo erg was had ik zelfs in mijn wildste fantasie niet kunnen vermoeden. Op het parkeerterrein van Nuland stonden verschillende auto's. Koplampen die richting ons huis schenen. Maar ook langs de ventweg stond het vol met journalisten, camera's en microfoons. Ik vroeg me af wat ze in het donker in godsnaam konden filmen. Ons huis was een burcht geworden en iedereen stond in de startblokken om ons te belagen. Harry draaide de auto het grindpad af en passeerde een auto die bijna recht voor de inrit stond. Een andere auto gaf ineens gas. Alsof ze ons probeerden te stoppen. 'Kom op, doorrijden!' zei ik tegen Harry, die plankgas gaf en hen allemaal voorbijreed.

'Tos, hier ontbijt.' Weer een lange nacht voorbij. De rits wordt met een snelle beweging opengetrokken en in de opening verschijnt de bivakmuts van een van de twee ontvoerders. Ik kan niet meteen zien wie het is. Hij zet mijn eten voor de tent. Met stramme ledematen kom ik overeind. Mijn rug! Ik ben gebroken. Ik merk dat ik opgelucht ben als ik de kromme pink zie. Gelukkig, het is de minst erge van de twee. 'Heeft mijn man het geld al toegezegd?'

'Eten,' krijg ik als enige antwoord.

'Maar ik moet eerst naar het toilet.'

'Oké, momentje.' De man loopt de kamer uit en roept iets in het Italiaans tegen zijn kameraad. Dan komt hij teruggelopen, haakt de sleutelbos van zijn broeksriem en maakt me los. Ik wrijf over de beurse plekken op mijn enkels. Als ik opkijk zie ik dat mijn bewaker alweer klaarstaat met het gebloemde kussensloop. Aan mijn arm word ik meegenomen naar de badkamer. Als ik over de drempel dreig te struikelen hoor ik mijn bewaker zeggen: 'Voorzichtig, Tos. Gaat het?' Zou deze plotselinge beleefdheid voortkomen uit zijn jeugd? Misschien komt hij niet uit een asociaal milieu, maar hebben zijn ouders hem een nette opvoeding gegeven. Zou ik meer moeten appelleren aan de moraal die hem als kind is bijgebracht en die ergens ver weggestopt nog steeds aanwezig is? Ja, ik moet zinspelen op zijn morele besef, op de lessen die hem ooit geleerd zijn en hem daarmee vervreemden van de anderen, die niet dezelfde beschaving kennen.

Als ik naar de wc ben geweest, kijk ik in de spiegel naar mijn bleke gezicht. Nooit heb ik mezelf verwaarloosd. Geen dag ga ik door het leven als een slons. Ik ben trots op mezelf en ik verzorg mezelf goed. Ik koop zachte crèmes voor mijn gezicht, doe altijd wat make-up op en ga minstens een keer per maand naar de kapper. Ik ben een vrouw die van stijlvolle kleding houdt. Niet de vrouw die ik nu in de spiegel zie. Als vanzelf gaan mijn handen door mijn haren en ik probeer het enigszins in model te duwen. Toen de oorlog net voorbij was hoorde ik als kind mijn moeder met vriendinnen praten over de vrouwelijke gevangenen in de concentratiekampen. 'Die vrouwen kregen niets om zich te verzorgen. Geen kam om hun haar mee te kammen, geen zeep om zich te wassen. Zelfs als ze hun periode hadden, kregen ze geen verbandje, geen reep stof om zich mee schoon te houden. Dat is toch mensonwaardig!' Ik kan me nog herinneren dat ik me verbaasde over dat gesprek. Als het gaat om leven of dood doet het er toch niet meer toe hoe je eruitziet en of je wel of niet stinkt? Nu begrijp ik dat het er wel degelijk toe doet. Je wilt altijd de controle houden over jezelf. Slechts het zieke dier likt zichzelf niet meer schoon. Als dat gebeurt is het einde nabij en zal het arme beest spoedig sterven.

Ik draai de kraan open en gooi koud water in mijn gezicht. Nog steeds zitten er mascararesten onder mijn ogen.

'Tos, opschieten!' hoor ik achter me. Opschieten, waarom? Is er nieuws dan? Of vindt hij het gewoon vervelend om voor de deur op mij te moeten wachten. Ik werp een laatste blik op mijn spiegelbeeld en haal diep adem. Ik moet trots blijven, waardig, wat er ook komen gaat. Mij zullen ze niet kapotmaken. Dat laat ik niet gebeuren. Ik knik naar mezelf, draai me om en loop naar de deur, waarachter mijn bewaker ongeduldig wacht. Hij staat er niet alleen. De kleine ontvoerder is er ook bij gekomen. Ze zullen toch niet met z'n tweeën hebben staan luisteren hoe ik mijn behoefte heb gedaan, hoop ik. Ik wil er niet aan denken.

Als het sloop weer van mijn hoofd is getrokken, zie ik dat de dikke een krant in zijn handen heeft.

'Ga hier maar even staan, Toos.' De lange wijst op een plek voor de witte muur, naast de linnenkast. 'We gaan een foto van je maken.' Met mijn spiegelbeeld nog vers op mijn netvlies, voel ik me bijna beschaamd dat mijn familie me straks zo zal zien. Misschien zelfs heel Nederland. Ik krijg de krant in mijn handen gedrukt en probeer te lezen wat erin staat. 'Recht vooruitkijken!' wordt me direct toegebeten. Het enige wat ik heb kunnen zien is dat het een Engelse krant is, de *Herald Tribune*. Terwijl ik de krant voor me houd, schiet het door mijn hoofd dat dit misschien wel de allerlaatste foto is die er van mij gemaakt zal worden. Na dit bewijs dat ik nog leef, word ik waarschijnlijk doodgemaakt. Mijn knieën worden week. De klik van de polaroidcamera is mijn doodvonnis. Nu is het nog maar een kwestie van minuten voor ze me zullen omleggen. Ik krijg vlekken voor mijn ogen. Mijn benen zijn zo zwak dat ze mijn gewicht niet langer kunnen dragen. Net als ik mezelf wil laten vallen, voel ik twee handen die me ondersteunen.

'Rustig maar, Tos. Het is al gebeurd,' zegt de stem naast me. Voorzichtig kruip ik in mijn tentje. Vaag voel ik dat ik weer word vastgebonden. De wereld om mij heen draait en ik draai mee.

Later komen ze terug naar mijn tent met een pen en een blocnote. Ik moet opschrijven dat het goed met me gaat. Dat de familie mee moet werken, anders ben ik er geweest. Ik kan niets bedenken waarmee ik mijn familie zou kunnen laten weten waar ik zit. Het enige waar ik op kan komen is een 'Salut', aan het einde van de brief. Maar of ik daarmee iemand duidelijk kan maken dat ik in Franstalig België zit, dat vraag ik me af.

Mijn buik doet zo'n pijn dat het lijkt of ik stenen heb gegeten. Mijn spieren voelen als te strak aangespannen veren. Mijn geknevelde enkels lijken langzaam te breken. Mijn voeten zijn ijsklompen. Ondertussen maken mijn hersenen overuren. Wat kan ik doen om mijn kansen te vergroten? Hoe kan ik ontsnappen? De uren verstrijken traag. Op al mijn vragen krijg ik geen of slechts een heel kort antwoord. Op het verzoek om wat frisse lucht, wordt schamper gelachen door mijn twee vijanden. Nu lig ik alweer minstens drie uur in mijn eentje in de tent zonder dat er iets gebeurt. Mijn gedachten vliegen alle kanten op. Van de geboorte van mijn jongste kleinkind tot de dood van mijn zusje. Nu ik zelf mijn leven dreig te verliezen, lijkt het alsof mijn overleden zusje dichter bij me is. Raar genoeg voelt dat heel veilig. Ik kom uit een liefdevol en beschermd nest in Delft. Als oudste van drie zusjes was ik al snel een verantwoordelijk en serieus meisje. Mijn zusje Truus was vijf jaar jonger en mijn babyzusje Connie scheelde maar liefst vijftien jaar met mij. Zij was als een levende pop voor me. Ik verschoonde haar luiers en klopte haar zachtjes over haar rug als ze een boertje moest laten. Ik weet nog dat ik haar voor de eerste keer vast voedsel gaf van een klein zilveren lepeltje: appelmoes die door mijn moeder was gemaakt, met kaneel en rietsuiker. Ik vond het de lekkerste appelmoes in de wereld, maar mijn zusje trok een heel vies gezichtje. Later is ze die appelmoes ook heerlijk gaan vinden. Zo lekker dat ze ooit tegen Gerrit heeft gezegd dat we naast de gewone 'Van der Valk-appelmoes' ook de speciale 'Van de Cappelle-appelmoes' moesten gaan serveren. Maar Gerrit zei dat ze die speciale appels dan maar zelf moest gaan plukken, schillen, koken en inmaken. Daar zag ze toen toch maar van af. Connie was het oogappeltje van de hele familie. Van mijn ouders, van mij, van Truus, van Gerrit en zelfs van de hele familie Van der Valk. We waren heel vaak samen. Ook toen ik verkering had met Gerrit zochten we elkaar wel drie, vier keer per week op. Ze zat op de kweekschool toen ze op een dag plotseling flauwviel. Dit gebeurde niet één keer, maar een paar keer achter elkaar. De directeur van de school bracht een bezoek aan mijn ouders om te zeggen dat er iets mis was. Hij maakte zich zorgen en raadde mijn ouders aan om meteen met haar naar een arts te gaan. Tot dan toe was er eigenlijk nooit iets aan de hand met mijn zusje. Ja, ze was wat tenger en soms leek het wel of ze meer ongelukjes had dan andere kinderen, maar verder at ze goed, werd ze groter dan ik ben en was ze altijd actief. Maar toen ze bijna achttien was ging het mis. De diagnose van de arts was keihard. Ze had acute leukemie. Nog hooguit één jaar zou ze te leven hebben. Afschuwelijk, hoe de toekomst van zo'n mooi, vrolijk meisje plotseling werd weggenomen. Over het naderende einde durfde ik niet met haar te praten. Ik dacht dat het beter was om dat onderwerp te mijden. Ze zou er alleen maar verdrietig van worden. Achteraf denk ik dat ik de dialoog aan had moeten gaan. Om haar op zijn minst de kans te geven om er iets over kwijt te kunnen. Gerrit praatte wel met haar over de dood. Hij luisterde naar haar, beurde haar op en liet haar vechten voor meer tijd. En het lukte. Uiteindelijk heeft ze nog vier jaar geleefd. Op haar eenentwintigste is ze gestorven. Nog steeds zie ik mijn moeder voor me die zo hartverscheurend huilde om de dood van haar jongste kind. De baby die ze nog op latere leeftijd had gekregen. Het meisje dat haar evenbeeld was. En nu zit ze waarschijnlijk in Nuland te wachten tot ik, haar oudste dochter, levend terugkom. Zij, die er altijd voor mij was, die altijd voor mijn kinderen zorgde als Gerrit en ik er even tussenuit gingen, die nooit klaagde over het feit dat ik zo weinig in Delft kwam. Die zich altijd achter mij schaarde ook al wist ik dat ze vond dat ik te hard werkte. Mijn moeder die altijd haar goede humeur heeft bewaard ondanks de zorgen die ze had. Maar dit... Ze zal het niet overleven als er nog een van haar kinderen sterft. Mijn lieve, wanhopige moeder zal bidden, elke minuut van de dag, voor mijn leven.

'Tos, jij moet niet huilen.' Ik had niet gehoord dat er iemand binnen was gekomen. Het is de lange. 'Van huilen jij krijgt hoofdpijn.' Haastig veeg ik mijn tranen weg, strijk mijn rok glad en kom overeind, tegenover de ontvoerder die gehurkt voor mijn tent zit. Schuin achter hem zie ik ook de andere bewaker staan.

'Is er al nieuws?'

'Geen nieuws. Jouw familie is lastig. Groot.'

Ik lach cynisch. 'Had dan een andere familie genomen.'

'Wij wilden andere familie nemen, maar andere familie, andere problemen.'

'Waarom moesten jullie ons hebben?'

'Jullie parkeerplaats altijd vol. Van wie is mooie blauwe Mercedes?'

'Hoezo?'

'Is nieuw die Mercedes, ook mooie grote Amerikaanse auto.'

Ze staan gewoon te posten bij de villa! De Mercedes waar hij het over heeft is van oom Arie en de Amerikaan is van Harry en Marijke. Dit is vreselijk. Hoe kan ik mijn familie duidelijk maken dat de vijand zo dichtbij is?

'Veel mooie auto's bij Van Valk. Veel klanten, veel geld.'

'Veel klanten, veel wérk,' werp ik tegen.

'Veel werk, veel geld,' gaat hij door.

'Hoeveel geld willen jullie van ons?'

'Een klein beetje. Niks.' Dit zegt de andere ontvoerder die op de punt van het bed is gaan zitten.

'Ga net als wij werken voor je geld!' roep ik hem toe.

'Jij moet oppassen, anders...' Hij gaat met zijn vlakke hand langs zijn nek. Alsof hij mijn strot door zou snijden. Zou hij het menen? Zouden zij daadwerkelijk in staat zijn mij te vermoorden? Ik vrees van wel. Mijn stuurse houding is in elk geval geen extra reden om me te laten leven. Ik moet me niet impulsief of emotioneel opstellen, maar als een naïeve en dankbare vrouw, die blij is met iedere broodkruimel die ze toegeworpen krijgt, waardoor ze zich uiteindelijk verbonden gaan voelen met mij.

'Hoe heet de broer van jouw man?' vraagt de lange aan me.

'Hij heeft meerdere broers. Zijn oudere broer heet Klaas, dan komt Kees, dan Arie en daarna Martien. Waarom?'

'Arie was bijna gepakt. Maar was lastig in Voorschoten.'

'Wat bedoel je?' Ze geven me geen antwoord, maar beginnen iets in het Italiaans met elkaar te overleggen.

Dus Arie hadden ze ook in hun vizier gehad. Stel je voor dat ze hem hadden willen pakken en dat zijn vrouw hier nu gezeten had. Ik kan me er niks bij voorstellen: mijn altijd zo opgewekte schoonzusje hier aan de cv vastgebonden. Maar eigenlijk kun je het je bij niemand voorstellen. Mijn familie kan zich thuis in Nuland natuurlijk ook geen beeld vormen van de beestachtigheid waarmee ik hier word behandeld. Ik trek met mijn handen aan de kettingen wat meer gerammel oplevert dan ik had verwacht. Meteen staken de twee ontvoerders hun gesprek en kijken gealarmeerd mijn kant op.

'Mogen de kettingen alsjeblieft los? Ik kan toch nergens heen,' vraag ik zo aardig mogelijk.

'Nee Tos, dat is verboden. Orders van de baas,' zegt de lange.

'Wie is jouw baas?' De woorden ontsnappen me.

'Dat zou jij wel willen weten, hè,' bijt de ander me toe. Weer moet ik mezelf toespreken. Laat niet merken dat je op zoek bent naar informatie, Toos. Doe alsof je geen idee hebt waar je bent en wat je weet.

Het lijkt of de lange mijn gedachten kan lezen, want hij vraagt: 'Tos, jij weet waar wij zijn, toch?' Dit moet een strikvraag zijn.

'Hoe moet ik dat nou weten? Ik kon toch niks zien toen we hiernaartoe reden.' Hoewel ik nooit goed ben geweest in het verkondigen van leugens, lieg ik nu met veel overtuiging.

'Misschien ken jij alle wegen uit je hoofd.'

'Als je geblinddoekt wordt raak je al snel je oriëntatie kwijt. Trouwens, ik heb een bril. Zelfs zonder blinddoek kan ik geen bord lezen.' Die laatste leugen voeg ik er spontaan aan toe. Als ze toevallig ontdekt hebben dat ik door de wol van de muts heen kon kijken, moet ik ze hiermee kunnen overtuigen. Zonder nog iets te zeggen loopt de dikke onaangekondigd de kamer uit. Blijkbaar weet hij genoeg. Ook de lange maakt aanstalten om te vertrekken. Hij gaat traag rechtop staan, waarbij allebei zijn knieën hard kraken. Dan loopt ook hij, zonder iets te zeggen bij mij weg.

'Wacht,' zeg ik tegen zijn rug. 'Mag ik mijn kinderen bellen? Ik mis mijn kinderen. Ze zullen zich ongerust maken, ik wil hen zeggen dat het goed met me gaat. Dat jullie mij goed behandelen en dat ik terugkom zodra er betaald is. Mag dat? Alsjeblieft, mag ik mijn kinderen bellen?'

'Ga slapen, Tos' zegt hij, en loopt hoofdschuddend de deur uit.

Alleen in de tent laat ik me weer achterovervallen op het luchtbed, waarbij mijn hoofd de harde vloer raakt. Het luchtbed is slapper geworden. Ook dat nog. Een lek luchtbed in een kindertent. Ik zoek naar het ventiel en blaas mijn levenslucht in het enige stuk comfort dat ik hier heb. Hoewel ik blijf hopen op een spoedige verlossing, stel ik me langzaam in op een langere periode in gevangenschap. Aan alles merk ik dat dit niet zomaar een ondoordachte daad is. Deze hele ontvoering is goed voorbereid. Dit gaat niet om kruimeldieven. Dit is een organisatie die veel groter is dan ik waarschijnlijk ooit zal weten. Misschien horen ze wel bij de Italiaanse maffia. Ik sluit mijn ogen en hoop dat de slaap snel zal komen.

'Tos, rechtzitten!' Ik schrik van de stem vlak voor mijn tent. Ik herken hen nu aan hun stemgeluid. Dit moet de dikke zijn. Als ik overeind kom en het gedrongen postuur van de man voor de tent verschijnt, zie ik dat ik het goed heb. 'Je hebt bezoek.' Meteen duik ik naar voren. Wie is het? Is het Gerrit die me komt halen? Mijn vreugde is van korte duur als ik achter hem twee mannen met bivakmutsen in de schemerdonkere kamer zie staan. 'Zij willen bandopname maken.'

'Wat voor opname?' Hij zwijgt en gaat op de hoek van het bed zitten. Wat is dit? Wat gaat er gebeuren? Ik merk dat mijn handen beginnen te trillen. Een van de twee mannen komt naar de tent en buigt zich voorover. Ken ik hem? Is dit een van de vier die me vrijdagnacht meenamen? 'Jij moet boodschap inspreken voor Valks.' De andere man zet een cassetterecorder op de grond en ontrolt een snoer waar een microfoon aan zit.

'Wat moet ik zeggen?'

'Jij zegt dat het gaat jou goed. Zij moeten betalen geld en geen politie.' De andere man houdt inmiddels de microfoon voor mijn neus en legt zijn vingers op de recordknop. Wat kan ik zeggen? Zouden ze de hint over Beltz begrepen hebben? Welke andere hint kan ik geven om hun thuis te laten weten dat ik in Brussel zit? 'Klaar?' Ik zou kunnen zeggen dat ik weer wafels met hem wil eten, of dat hij goed op moet letten of het kleine mannetje wel goed plast. 'En geen geintjes.' Ik kijk naar de man die steeds het woord voert, degene die waarschijnlijk de lakens uitdeelt in dit ontvoerderskwartet, en besluit het dan over een andere boeg te gooien.

'Ik zal alles doen om jullie te helpen. Ik zal mijn man ervan overtuigen om het geld te betalen, maar behandel me alsjeblieft niet zo onmenselijk. In de gevangenis krijgen criminelen een betere behandeling, ook al hebben ze nog zo veel gedaan. Ik heb niks gedaan. Geef me een lamp en iets te lezen en ik zal jullie niet tot last zijn. Alsjeblieft.' In de rechthoekige opening van zijn bivakmuts probeer ik aan zijn ogen te zien of mijn woorden zijn aangekomen.

'We kijken wat we kunnen doen. Eerst inspreken.' De baas knikt naar zijn handlanger, die meteen daarop de rode en witte knop indrukt. Ik begin in het Nederlands te praten.

'Lieve familie. Ik maak het goed. Er wordt goed voor me gezorgd. Jullie moeten het losgeld betalen en laat de politie zich er niet mee bemoeien. Onderschat de ontvoerders niet.'

'Wij gaan dit laten vertalen. Dus als jij iets hebt geprobeerd, wij zullen jou straffen.'

Dinsdag 30 november – dag 4

We kregen een bandje te horen met mama's stem. Ze klonk erg aangedaan en ik moest een brok in mijn keel wegslikken. Ik zag dat iedereen er moeite mee had. In elk geval werd het bewijs geleverd dat ze nog leefde. Hoewel, het kan natuurlijk zijn dat haar stem al eerder is opgenomen. Maar daar gaan we niet van uit. Pa was samen met Hans Kersten druk bezig om het geld in de juiste coupures bij elkaar te krijgen. Het bleek een behoorlijke klus te zijn. Wanneer en hoe het geld uiteindelijk moest worden afgeleverd, dat bleef de grote vraag. Een vraag die nog niet werd beantwoord door de ontvoerders. Het enige wat ze steeds opnieuw zeiden was: 'Geen politie!' Alsof dat nog mogelijk was. Er stonden nu echt de hele dag mensen voor ons huis. We leefden in een bunker. Een vestiging, waarvoor de strijdtroepen zich verzamelden. De kranten stonden bol van de ontvoering. Het was allemaal voorpaginanieuws. Zelfs de buitenlandse kranten berichtten erover.

Niet lang na het telefoontje waarin de ontvoerders ma's stem lieten horen werd er nog een keer gebeld. Omdat we niet hadden verwacht dat ze zo snel weer zouden bellen, nam Marc nietsvermoedend op. Hij schrok zo dat hij de hoorn bijna uit zijn handen liet vallen en zijn gezicht direct van kleur verschoot. Daarna wist hij niet hoe snel hij de telefoon aan Joep moest geven. Joep bleef heel kalm. Op een zakelijke toon zei hij tegen de ontvoerders: 'Dat bandje is geen teken van leven. We willen een recente foto.' Daarna hing hij tevreden op. Het was gelukt, ze zouden een foto maken.

Ook met de aanwezigheid van Wim Draaijer bleef het een chaos in Nuland. Steeds weer de paniek als de telefoon ging. De opdracht van de politie om de ontvoerders zo lang mogelijk aan de praat te houden zodat ze hen konden traceren, was nog niet zo gemakkelijk en werd vaak meteen vergeten zodra iemand de ontvoerders sprak. De jongens trokken zich ondertussen ook niet veel aan van de tips van de Draaijer, zoals we hem steevast noemden. Ze voerden de hele dag een soort geheim overleg. Harry vertelde me dat ze alle makelaars in Den Bosch hadden gebeld met de vraag welke huizen er onlangs waren betrokken door Italianen. Vervolgens gingen ze erlangs om te kijken of ze iets verdachts konden ontdekken. Zo stonden Martien en Vincent de hele dag te posten bij een oude schuur. Gert-Jan was ondertussen druk met het installeren van grote zendbakken in de auto's zodat ze met elkaar konden communiceren. Toen ik in de auto van Vincent keek om te zien hoe zo'n zendbak er precies uitzag, zag ik dat de hele achterbank vol lag met bloemen, felgekleurde gerbera's. Ik vroeg Gert-Jan of Vincent misschien in bloemen was gaan handelen. Gert-Jan had zijn schouders opgehaald, en gezegd dat hij geen idee had wat die bloemen daar deden. Binnen zocht ik Vincent op. Ik vond hem aan tafel waar hij druk doende was met een aantal telefoonlijsten. 'Waar zijn die bloemen voor?' vroeg ik, terwijl ik voor hem ging staan. Hij keek niet eens op. 'Voor mama,' antwoordde hij, terwijl hij aandachtig naar de lijst met nummers bleef staren. 'Die heb ik vast gekocht, voor als ze terugkomt.'

Iedereen was op zijn eigen manier bezig met een plan. Iets waarmee we de bevrijding konden versnellen. Ma's ontvoering was nog steeds ongelooflijk moeilijk te verkroppen, onze onmacht was om gek van te worden. Het maakt ons radeloos en deed onze bloeddruk stijgen. Ik had het er met mijn moeders zus over. Ook zij had last van permanente hartkloppingen, van maagpijn en slapeloosheid, net als ik. En we waren niet de enigen. 'Wij zijn het niet gewend om in problemen te denken maar in oplossingen,' zei oom Arie. Pa beet zijn kaken stijf op elkaar en schudde zijn hoofd. Alles valt feitelijk op te lossen, was altijd zijn credo. Hoe moeilijker de puzzel des te groter de uitdaging. Alleen lag dat nu wat gecompliceerder. Ik zag hem malen. Zijn bijna manische blik sprak boekdelen. Hij zocht en zocht maar vond geen uitkomst. Hoe hij ook praatte met de Draaijer, of belde met Guus Wesselink op het hoofdkantoor, de oplossing kwam niet dichterbij. Zijn vrouw, onze moeder, bleek onbereikbaar voor hem en het maakte hem hoorndol. Pa was pa niet meer. Nooit had hij zich uit het veld laten slaan door welke emotie dan ook, maar nu leken het gemis, zijn verdriet en het onvermogen om iets te doen hem te breken. Gisteravond had ik hem stil naar boven zien gaan. Na een uur klopte ik op zijn slaapkamerdeur. Toen ik niks hoorde liep ik zachtjes naar binnen. Daar zat hij aan zijn bureau met voor zich grote vellen papier, met schema's, namenlijsten en tijdcodes. Ik vroeg hem of hij wel gegeten had. Waarop hij van zijn papieren op keek en zei: 'Marij, wie maakt er zich deze dagen nou druk om of ik wel of niet gegeten heb?' Daarna ging hij weer door met zijn plannen. Ik legde mijn hand op zijn schouder en zei: 'Pa, ik maak me druk of je wel of niet gegeten hebt, omdat ma dat zou willen.' 'Ik heb gegeten, Marij,' zei hij toen.

Carlita hoorde ons gesprek en kwam naar me toe. 'Vind jij ook niet dat pa er slecht uitziet, moeten we de dokter niet bellen?' Ik was het met haar eens, maar wist ook dat pa koppig was, dus spraken we af om het nog een dag aan te zien. Misschien dat pa zou opleven als er meer duidelijk werd over wanneer de geldtransactie zou plaatsvinden. Zo niet, dan zouden we met onze huisarts overleggen.

Het ontbijt wordt me elke ochtend toegeschoven als een hond. Het toiletrondje is de enige manier om mijn ledematen te strekken en om me even te verlossen van de pijnlijke kettingen rond mijn enkels. Maar dan moet ik weer terug naar mijn spreekwoordelijke hok waar ik alleen gelaten word met de kwellende gedachte dat ik dit niet ga overleven. O God, help me, haal me hieruit.

Als ik het goed heb, en niet een etmaal heb gemist, moet het nu woensdag zijn. Zou dit de dag kunnen zijn waarop het geld wordt betaald? De dag waarop ze mij vrijlaten, hier in deze vreemde stad, ver van huis. Zou het? Zou het geld betaald zijn? Als de lange bewaker mijn lege ontbijtbord komt halen, spreek ik hem aan.

'Is er al nieuws?'

'Als er is nieuws, ik kom jou zeggen.'

'Niet weggaan. Ik wil je wat vragen.'

'Jij vraagt zo veel, Tos.'

'Dan vraag ik niks. Dan praat ik met je.'

'Waarover praten, Tos?'

'Over wat er in de wereld gebeurt.'

'Niks gebeurd.' Ongeduldig staat hij voor me. Ik moet zijn aandacht vasthouden.

‘Heb je misschien een krant voor mij?’

‘Tos, ik moet gaan.’

‘Blijf.’

‘Nee.’ Hij draait zich van mij af en loopt de kamer uit.

In gedachten noem ik hem vanaf nu de Raaf. Hij loopt een beetje krom en draagt soms in plaats van een bivakmuts een groot vest met een capuchon die over zijn gezicht valt als een lange snavel. De andere noem ik de Rat, omdat ik hem niet vertrouw. De Rat boezemt me ongelooflijk veel angst in, want meerdere malen heeft hij zijn pistool tevoorschijn gehaald om me te intimideren. Bij de Raaf heb ik een veel beter gevoel. Met hem moet ik een band zien op te bouwen. Ik moet hem laten zien dat ik een mens ben van vlees en bloed. Iemand met een verleden én iemand met een toekomst.

Als vanzelf gaan mijn gedachten terug naar mijn jeugd. Ik ben opgegroeid in Delft, waar de sportvelden overgingen in weiland. Ik denk aan moeder die me meenam naar de binnenstad om naar etalages te kijken, waar de chicste jurken hingen. We waren niet arm thuis, maar zulke mooie jurken konden we ons niet veroorloven. Het was ook een lastige tijd. Het was eind jaren dertig en het ene na het andere bouwproject waar mijn vader als bouwkundig ingenieur aan werkte, sneuvelde. Toch kan ik me nauwelijks iets herinneren van die crisisjaren. Mijn jeugd was veilig en onbezorgd, tot de oorlog uitbrak. Ik zie nog de strepen in de lucht voor me van de bombardementen op Rotterdam. Tien jaar oud was ik en me nog niet bewust van de omvang van het drama dat zich aan het voltrekken was. Het leek meer op een spannend verhaal. De officiële aankondigingen op de radio, de mitrailleurs die klaarstonden op de voetbalvelden naast ons huis, de militairen die door de straten marcheerden. Op een dag werd mijn fiets afgepakt door twee jonge Duitse militairen. Het was een fiets met van die ouderwetse harde banden, zonder lucht, maar het was mijn eerste fiets en ik was er supertrots op. Ik smeekte de mannen om me mijn fiets terug te geven, maar hoe ik ook snikte, het hielp niks. Lachend reden ze weg op mijn eigendom. Uiteindelijk ben ik naar huis gerend, waar mijn vader en moeder alles door het raam van de eerste verdieping hadden gezien. Mijn vader had erop af willen gaan, maar mijn moeder had hem tegengehouden. 'Zie je wel,' had ze tegen hem gezegd toen de jongens later die dag mijn fiets kwamen terugbrengen. 'Ze vallen heus wel mee.'

Toen een jaar later een jongen uit onze buurt werd doodgeschoten door de Duitsers omdat hij een paar bielzen uit het treinspoor had gestolen, voor brandhout, zei mijn vader: 'Zie je nou dat ze helemaal niet meevallen.' Maar het kan zijn dat ik me zijn woorden heb ingebeeld.

Toch ervoer ik die oorlogstijd niet als heel beangstigend. Ik zat op een nonnenschool en we hadden elke dag gewoon les. Soms waren er kolen, dan was het warm, en andere dagen waren de kolen op en zat ik met mijn winterjas en een paar wanten in de klas. Ik was redelijk onbezorgd en had pret met mijn klasgenootjes, net zoals elke andere tiener. Pas vrij ver in de oorlog voelde ik de bedreiging. Toen ik mijn moeder met een brief in haar handen aan de keukentafel zag huilen, had ik door dat dit veel meer was dan een spannend verhaal met een goed einde. Ze las de oproep voor mijn vader, die met de post was gekomen. De Duitsers stelden iedere gezonde Nederlandse man te werk in fabrieken om de oorlogsindustrie op gang te houden. Hoewel mijn moeder nog geneigd was om mee te buigen, was mijn vader vanaf het begin heel pertinent. 'Ik ga niet. Voor geen goud!' Meteen daarna is hij begonnen met het timmeren van zijn schuilplek. In de slaapkamer op de bovenverdieping had hij een dubbele wand gemaakt. Via een kast die ervoor stond, kon hij er door een luik inkruipen. Door de jassen, mutsen, hoeden en rommel kon je de geheime ingang niet zien. Ik ben er een keer voor de grap ingekropen met mijn vriendinnetje, maar daar was mijn vader zo boos over, dat ik vanaf dat moment de kamer angstvallig meed. Nadat mijn vader zijn eigen schuilplaats had gemaakt, ging hij door met het ontwerpen van schuilplaatsen voor vrienden en bekenden. De Duitsers moeten een vermoeden hebben gehad want toen ze onze buurman oppakten, werd er door de wanden geschoten om er zeker van te zijn dat daar niemand verstopt zat. Ik herinner me de dag dat mijn vader naar boven snelde omdat de Duitsers aan onze voordeur klopten om hem op te halen. 'Niks zeggen, hoor,' beet ik mijn zusje toe vlak voor ze binnenkwamen. De angstige blik van mijn moeder zal ik nooit vergeten. Ze gebaarde me stil te zijn, keek me streng aan, streek met haar handen haar rok glad en opende de deur: 'Wat kan ik voor de heren doen?' Ik had snel wat tekenpapier en een paar potloden op tafel gelegd en zat samen met mijn zusje te tekenen. Mijn moeder liet hun het hele huis zien, en kwam toen met de twee militairen, maar zonder mijn vader, weer naar beneden. Ze vroeg of de twee heren wat wilden drinken. Ze bedankten haar voor het aanbod en liepen het huis uit met de mededeling dat mijn vader zich onmiddellijk moest melden zodra hij thuiskwam. Met de belofte dat hij dat zeker zou doen, nam ze afscheid van de vijand. Mijn vader heeft nog zeker twee uur in zijn schuilplek gezeten, eer mijn moeder hem dorst te halen. Pas later zag ik op het papier van mijn zusje een getekend huis staan met een extra kamer.

En nu zit ik hier, in een geheime kamer verborgen voor de buitenwereld. Het is geen oorlog, de mensen zijn vrolijk en vrezen niets, maar ik beleef de meest angstige tijd van mijn leven.

'Tos, jij oké?' Voor mijn tent zit de Raaf. Ik had hem niet binnen horen komen. Ik richt me zijlings op. Hij draagt zijn vest met de capuchon, die hij bijna helemaal over zijn hoofd heeft getrokken. Over zijn gezicht valt een schaduw waardoor ik niets kan zien van zijn gelaatstrekken.

'Het gaat.'

'Jij moet wachten. Net als wij.'

'Ja, maar jullie wachten is een stuk aangenamer dan het mijne.' Ik probeer hem te bereiken met mijn blik, maar ik heb geen idee of hij me aankijkt.

'Ik weet, is niet makkelijk. Maar daarom wij hebben besloten, jij mag kettingen af.'

Het lijkt even of ik het niet goed gehoord heb. 'Mag dat echt?'

'Ja, maar jij moet beloven dat jij geen gekke dingen doet.'

'Nee, nee, natuurlijk niet. Hoe zou ik dat ook kunnen hier?'

Hij haalt de sleutelbos van zijn broek en maakt het slot los. Terwijl hij de kettingen van mijn enkels draait is het alsof ik weer vrijuit kan ademen en er veel meer zuurstof mijn longen binnendringt. 'Jij bent echt het aardigst van iedereen,' flap ik eruit. Ik weet niet of ik het me inbeeld maar ik meen een kort snuiflachje te horen. Ik moet gebruikmaken van zijn sympathie. 'Ik weet natuurlijk niet hoe oud je bent, maar ik denk dat je jong genoeg bent om een kind van mij te zijn.'

'Ik zeg niet hoe oud ik ben.'

'Dat wil ik ook helemaal niet weten. Ik zeg ook niet hoe oud ik ben.' Weer dat korte snuiven. 'Weet je dat ik vijf zonen heb? De jongste is achttien, de oudste is zesentwintig.'

'Ik weet het.'

'Ja, je weet waarschijnlijk alles van mij. Hoelang hebben jullie ons bespied?' Ik krijg geen antwoord. 'Nou?'

'Een jaar.'

'Een jaarlang?'

'Ja.'

Bij het idee dat we een jaarlang door deze monsters in de gaten zijn gehouden, gaat er een rilling door mijn lijf. Wat weten ze allemaal van ons? Van mijn kinderen? Mijn kleinkinderen? Waarom hebben we het nooit gemerkt? Was het naïef om te geloven dat zoiets ons nooit zou overkomen? Ik geloof altijd in de goedheid van de mens. Maar was ik niet ongelooflijk dom? Zit de wereld niet veel rotter in elkaar dan ik altijd gedacht heb?

'Een jaar is niet lang. Goede voorbereiding, goede ontvoering, goede afloop.'

'Dat hopen we, ja.'

'Tos, hebben niet plan jou te vermoorden. Wij willen alleen geld.'

'Waarom ga je niet gewoon werken voor je geld? Je bent er slim genoeg voor.'

'Ik zat op universiteit. Ik wilde ingenieur worden, maar ik heb geduld niet. Dus ik ben gestopt.'

'En nu? Dit kun je toch niet de rest van je leven blijven doen?'

Hij haalt zijn schouders op. 'Wij hebben al een paar keer gedaan. Dus experts.'

Het is zo raar dat deze jongeman, die mijn kind had kunnen zijn, hier naast me zit en wij samen onder deze bizarre omstandigheden dit absurde gesprek voeren. 'Heb je dan nooit spijt van die ontvoeringen?' Het blijft een moment stil. Zit hij na te denken, of kan hij elk moment opstaan om de kamer te verlaten?

'Een keer het was een kindje. Was lastig.'

'Omdat het zieliger is om een kind te ontvoeren.'

'Ook misschien. Maar was vooral lastig omdat ouders niet konden betalen losgeld.'

'En toen? Wat gebeurde er toen?'

'Het hele dorp heeft meebetaald. Allemaal geld bij elkaar gelegd en de jongen was vrij.'

'Gaat dat met mij ook gebeuren?'

'Ja, Tos. Als jouw familie geeft geld en alles komt goed.'

'Beloofd?'

'Beloofd.'

'Wanneer dan? Vertel me wanneer het geld wordt betaald.'

'Geen vragen Tos.'

Woensdag 1 december – dag 5

Gert-Jan, Martien en Marc hadden die avond de halve nacht bij een of andere schuur in de buurt van Gestel in de sloot gelegen. Ze waren eerder op de avond langsgegaan bij iemand die ze kenden uit het woonwagenkamp. Daar kregen ze een tip over een verlaten gebouw waar verdachte dingen zouden gebeuren. Ze besloten er meteen op af te gaan en volledig bewapend hebben ze daar liggen wachten tot er iemand zou komen. Hun schoenen waren doorweekt en ze kregen het ondanks de spanning en de adrenaline steenkoud. Vooral Gert-Jan rilde als een rietje. Omdat er na een hele tijd nog niks gebeurde, besloten ze vervolgens om poolshoogte te nemen. Met getrokken pistool slopen ze naar de donkere schuur. Toen Martien omkeek zag hij dat Gert-Jan niet meegekomen was. 'Kom nou!' had hij gefluisterd. Op dat moment kreeg hij pas door dat Gert-Jan helemaal niet meer reageerde. Hij bleek te zijn flauwgevallen. Toen ze hem weer bij hadden gebracht zijn ze – gelukkig – meteen naar huis gereden. Volgens Gert-Jan was het absoluut niet nodig dat we de dokter zouden bellen, hij was gewoon onderkoeld geraakt, dat was alles. Maar 's ochtends hebben we toch de dokter laten komen. Wat bleek: Gert-Jan had de ziekte van Pfeiffer en mocht voorlopig zijn bed niet uitkomen. Ik was er wel blij om, zo kon hij tenminste ook geen rare dingen meer doen. De

Draaijer probeerde de jongens wel in toom te houden, maar gisteravond hadden ze hem een extra glas whisky gegeven waarna ze toch het huis uit geglipt waren. Ik maakte me elke dag meer zorgen om mijn broers met hun pistolen. Vandaag of morgen zouden ze echt een crimineel treffen en ik wist al wie er dan als eerste zou schieten. Niet een van mijn broers. Was Pfeiffer niet besmettelijk? Stiekem hoopte ik dat ze het allemaal zouden krijgen.

Carlita sprak de dokter aan met het verzoek om eens met pa te praten. Daarop gaf hij onmiddellijk gehoor. Wat mijn vader en hij precies bespraken, wisten we niet, maar ze hebben zeker een uur bij elkaar gezeten. Ik kreeg de indruk dat het hem goed had gedaan. Pa moest voor ons en iedereen natuurlijk de hele tijd sterk blijven. Nu had hij in elk geval zijn hart eens kunnen luchten.

De sfeer in huis leek iets kalmer te zijn geworden. Er werd nog steeds gepraat over waar ma zou kunnen zijn en gespeculeerd over de verschillende opties, maar toch heerste er iets minder zichtbare paniek. Dat dat slechts uiterlijke schijn was bleek toen we weer met een heel stel aan tafel zaten te kaarten en er ineens een harde claxon vlak bij het huis klonk. Tante Truus viel prompt achterover met stoel en al. We leefden allemaal op de toppen van onze zenuwen en hielden elkaar op de been met onze oprechte pogingen positief te denken.

Carlita wilde een soort geheime boodschappen plaatsen in een paar dagbladen, stel dat ma een krant in handen zou krijgen, dan zou ze meteen doorhebben dat die oproep voor haar was bedoeld. Het zou haar moed geven. Bovendien konden we haar op die manier laten weten dat we alles in het werk stelden om haar vrij te krijgen. We hebben meteen de daad bij het woord gevoegd en een advertentietekst opgezet onder de kop *Getova*, dat stond voor Gerrit, Toos en vele anderen. Ook onze boot in Spanje heette zo. Ik hoopte maar dat het ergens toe zou leiden.

Die dag werd de hele telefooninstallatie naar boven verplaatst naar de ouderslaapkamer. Dat was het idee van de Draaijer. Hij vond het te onrustig in de woonkamer voor de eventuele telefoontjes die er binnenkwamen. Bovendien werden alle gesprekken nu standaard opgenomen zodat er geen fouten meer gemaakt konden worden met het indrukken van knoppen. Ook was er een brief uitgegaan naar alle familieleden en naar de motels dat er in geen geval meer gebeld mocht worden op ons huisnummer, maar alleen naar de receptie van Motel Nuland. Dat was een goede beslissing, want het was steeds zo'n schrik dat we bijna een hartverzakking kregen als de telefoon weer overging. Het vreemde was dat er die dag helemaal niks gebeurde. Ze hebben geen enkele keer gebeld. Het was om gek van te worden. Zou het iets te maken kunnen hebben met onze harde eis dat we echt bewijs wilden dat ma nog leefde? We konden niks anders doen dan wachten en voelden ons afschuwelijk machteloos.

Oom Arie en de Draaijer waren steeds degenen die de familie bijpraatten. Joep informeerde dagelijks de pers. Hij werd daarbij begeleid door Guus Wesselink en Havinga, van huis uit een psychiater, dus dat zat wel goed. Havinga vroeg vandaag of er nog iemand van ons behoefte had aan een gesprek. Niemand zei boe of bah. Toen zei hij maar: 'Nou ja, mocht iemand er behoefte aan krijgen, ik ben er voor jullie.'

Wat ik heel confronterend vond was dat we ineens een bekende familie waren. We ontvingen zakken vol met brieven en kaarten van mensen die met ons meeleefden, maar er zat ook een nare keerzijde aan al dat medeleven en die aandacht. Vroeger was men alleen geïnteresseerd in wat er op het menu stond. En de meest gestelde vraag die we kregen was: 'Waarom staat er een toekan op jullie motel en geen valk?' Dan legde ik altijd weer uit dat dat een overblijfsel was uit de oorlog. Dat mijn grootvader een aantal jaren na de bevrijding een logo wilde voor de restaurants en hotels. De valk leek veel te veel op de arend uit het wapen van nazi-Duitsland, dus dat was geen optie. Toen zei een van de kinderen: waarom gebruiken we geen toekan die hebben we ook in Avifauna bij oma. Bij zo'n vrolijk gekleurde vogel krijgt iedereen een goed gevoel. Een vakantiegevoel.

Maar nu hadden ze het in de kranten over het Van der Valkimperium met een gigantische omzet. We waren van de ene op de andere dag gebombardeerd tot steenrijke horecaondernemers. Er werden nog altijd geruchten verspreid dat pa deze hele ontvoering zelf in scène zou hebben gezet. Er waren zelfs Kamervragen over gesteld. Dat was toch niet te geloven? Wat hadden wij ooit misdaan om deze verdenking op ons te laden? Om deze hetze te ontlokken? Mijn moeder was ontvoerd, dat was wat er aan de hand was. Mijn lieve moeder was meegenomen. Ik begreep de wereld soms niet meer.

Ik heb zo diep geslapen dat mijn droom nog tastbaar lijkt. We waren op vakantie in Spanje met de kinderen en Gerrit had een verrassing voor ons in petto. Een nieuwe speedboot lag in de haven. Een diner in een heel chic restaurant. Voor alle kinderen een hypermoderne waterscooter en voor iedereen een schelp waarin je de zee kon horen ruisen, voor als we weer thuis waren. In een leuk klein strandtentje werd ik overvallen met nog meer champagne, dure wijn en oesters. Ik keek Gerrit lachend aan en vroeg waar al die verwennerij goed voor was. 'Vind je het niet leuk dan?' vroeg hij. 'Natuurlijk wel...' begon ik, maar hij liet me niet uitpraten. 'Mooi,' zei hij opgewekt, 'want deze plek heb ik ook gekocht.' Daarop zakte hij op zijn knieën en haalde een klein doosje uit zijn broekzak. 'Gerrit, doe niet zo gek,' zei ik nog, maar hij ging gewoon door. 'Lieve Toos, ik geef je deze ring als blijk van waardering en liefde.' Toen ik keek wat hij in zijn handen hield schrok ik. 'Maar Gerrit, die ring heb ik toch al.' In het doosje zat mijn geluksring. 'Maar weet je het dan nog niet, lieverd?' klonk de vraag van mijn man. Een windje stak op en blies onze haren omhoog. Ik kreeg een unheimisch gevoel. 'Wat moet ik weten?' 'Die ring ben je kwijtgeraakt in je leven op aarde.' 'Hoe bedoel je, mijn leven op aarde?' De kinderen kwamen nu heel dicht om me heen staan. Ik zag dat de omgeving was verdwenen, we zaten in een open ruimte met alleen licht en lucht om ons heen. 'Gerrit ben ik...?' Ik durfde het woord niet uit te spreken. Hij knikte. 'Ja, maar je bent bij ons en wij zullen ervoor zorgen dat je nooit meer meegenomen wordt. Toch, jongens?' Gerrit keek me aan en ik wist dat het waar was. Hij zou mij nooit meer van zich laten afpakken.

Met een schok werd ik wakker. Meteen voelde ik of mijn geluksring nog in mijn bh zat. Niks. Hij was weg. Paniekerig begon ik mijn tentje te doorzoeken. Met mijn handen tastte ik in de deken op het luchtbed, naast het luchtbed, in de hoeken van de tent. Ik sloeg de deken uit, maar hoorde niets vallen. Hij leek te zijn verdwenen. Hij zou toch niet in de wc gevallen zijn? Dit kon niet. Het mocht niet. Als ik deze ring, het eerste cadeautje dat Gerrit me ooit gaf en dat mij sindsdien altijd geluk had gebracht, kwijt was dan... Ik durfde er niet aan te denken en zocht koortsachtig verder. Ik tilde het luchtbed op en toen, helemaal links onder in de hoek, zag ik hem liggen. Geelgoud met de witte glimmende stenen in de vorm van een bloem. Mijn ring. Ik pakte hem in mijn bevende handen en stopte hem heel zorgvuldig weg. Hij zou niet nog een keer uit mijn bh vallen. Mijn geluksring is terug. Ik mag de moed niet opgeven.

De Raaf is net bij mijn tent geweest om de kettingen los te maken. 's Nachts moeten ze vast, maar als ik me gedraag mogen ze overdag af. Wel doen ze de deur van mijn kamer nu steevast op slot. Ik zie de verlossing van de enkelbanden als een privilege waar ik zelf voor heb gestreden. Zie je, mijn invloed is groter dan ik aanvankelijk dacht. Langzaam zal ik steeds meer terrein winnen, tot ze me uiteindelijk vrijlaten. Zo zal het gaan. Maar ik moet geduld hebben en mij mentaal wapenen tegen tegenslagen, dan komt alles goed.

Nu zit ik in kleermakerszit met mijn rug zo recht mogelijk. Op deze manier kan ik mijn rugspieren wat trainen. Het is jammer dat ik nooit aan yoga heb gedaan. Een aantal vriendinnen van mij heeft op yogales gezeten maar ik vond het eerlijk gezegd spirituele onzin, nu heb ik daar spijt van. Ik had mijn geest dan beter kunnen ontspannen. Ik had kunnen wegzweven met mijn gedachten naar het strand en kunnen kijken naar de steeds weer aanzwellende golven. Ik had het ruisen van de wind kunnen horen zonder schelp aan mijn oor en de spanning in mijn verkrampte schouders kunnen loslaten. Maar helaas heb ik nooit yoga beoefend en zijn de schamele pogingen tot ontspanning die ik nu doe onvoldoende voor mijn onrustige geest. Toch ben ik iets kalmer dan gisteren. Waarschijnlijk is het nergens op gebaseerd, maar het gesprek met de Raaf heeft me wat vertrouwen gegeven. Niet eens zozeer door de belofte die hij me deed, maar doordat ik hem meer als een mens ga zien en minder als monster. Ik moet de afstand tussen ons zien te overbruggen en een dusdanig contact met hem maken dat hij medelijden met me krijgt. Misschien helpt hij me wel ontsnappen? Ik kan hem een aanbod doen. Iets aantrekkelijks in het vooruitzicht stellen – zijn studie betalen, hem werk aanbieden – zodat hij weer een toekomstperspectief heeft. Uiteindelijk wil toch iedereen trots zijn op wie hij is en wat hij doet. Iedereen heeft toch een geweten? Alleen geestesgestoorden kunnen zo gewetenloos zijn. Deze jongen lijkt me niet gek. Hij heeft zelfs gestudeerd. Misschien is zijn moraal aangetast, wordt ze getekend door traumatische gebeurtenissen, haat en pijn, maar ze is er wel.

Mijn warme lunch wordt bij me neergezet door de Rat. Ik bedank hem allervriendelijkst maar hij reageert niet. Ik vraag me af of het opzet is dat de Raaf alle gesprekken met me voert en dat de Rat zich afzijdig houdt. Of dat de Raaf gewoon beter Duits spreekt dan de Rat? Ik ben er eerlijk gezegd wel blij mee, want telkens als de Rat binnenkomt voel ik me erg slecht op mijn gemak. Op hem heb ik totaal geen grip en daardoor lijkt hij veel onberekenbaarder. Het kan ook te maken hebben met het pistool dat hij altijd zichtbaar aan zijn broekriem draagt. Ik weet dat de Raaf ook een pistool heeft, maar dat zit meestal verscholen onder de wijde sweaters die hij draagt.

Ik eet gulzig van de ravioli. Het zijn eenvoudige maaltijden die ik krijg, maar als je gevangenzit en niks te doen hebt, ben je blij met alles wat je maag kan vullen en je wat afleiding bezorgt. Ook de vitaminepil neem ik nu steeds zonder tegensputteren in. Overleven betekent goed eten. Het ritme van de dag is vrij constant. Elke ochtend krijg ik twee boterhammen met jam met een beker melk en een kop thee. Dan een warme lunch van meestal pasta, en soms een klein stukje vlees. 's Avonds krijg ik dan weer een broodmaaltijd met Franse kaas en wat fruit. Meestal zijn het mandarijnen die ik altijd eerst een paar minuten in mijn handen houd voor ik ze verslind. Vers fruit voelt alsof ik iets dichter bij mijn vrijheid sta. Soms vraag ik om meer, maar dat krijg ik nooit.

'Tos, ik heb iets voor jou!' De Raaf komt de kamer binnen. 'Ik heb iets te lezen voor jou en lamp.' Verrast kijk ik op.

'Meen je dat?'

'Ja, Tos, je weet ik ben geen grappenmaker.'

'Wat heb je dan te lezen?'

'Momentje.' Hij zakt door zijn knieën voor mijn tent en laat een klein schemerlampje zien met een roze kap. 'Ik zet hem hier neer, dan kan hij in het stopcontact.' Hij ontwart het snoer en stopt de stekker in de contactdoos onder de verwarming. Dan haalt hij iets uit zijn broekzak. Even denk ik dat dit de *Herald Tribune* is waarmee ze me een paar dagen geleden op de foto hebben gezet, en ik voel me blij gemaakt met een dooie mus. Maar als ik de grote *Telegraaf*-kop zie ben ik blij verrast. Niet alleen is dit iets te lezen, het is contact met de buitenwereld. Het is nieuws. Ik pak de krant met een welgemeend 'Heel erg bedankt', en vouw hem open. Op het moment dat het lampje wordt aangeknipt, valt mijn oog op een foto van mijn man.

'Tos, ik dacht ik maak jou blij, nu niet weer huilen.'

'Het is mijn man,' zeg ik tegen hem, terwijl ik naar de foto wijs. 'Dit is Gerrit van der Valk, mijn man.'

'Ik laat jou,' zegt de Raaf. 'Geen rare dingen doen anders afgelopen met plezier. Oké?'

Ik knik afwezig, mijn aandacht wordt volledig opgeslokt door het krantenbericht. TWEE MILJOEN VOOR ONTVOERDE VROUW GEËIST, zo luidt de kop. Wat verschrikkelijk! Ze eisen twee miljoen gulden voor mij. 'Wij vragen maar een klein beetje.' Ik hoor het hem nog zeggen. Nou, als ze dit bedoelen met een klein beetje... Dit kan mijn familie nooit betalen! Met mijn hand voor mijn mond schud ik mijn hoofd. Hoe is het mogelijk dat ik dacht dat dit om een paar ton ging? Hoe bestaat het dat ze denken dat ik twee miljoen waard ben? Dat is een gigantisch bedrag. Ach, dat is natuurlijk ook de reden dat ik hier nog steeds zit. Waar krijgt mijn familie zo snel twee miljoen gulden vandaan? Dan lees ik de tekst die onder de foto van Gerrit staat: *Gerrit van der Valk zegt alles te zullen doen om het leven van zijn vrouw Toos te sparen.* Lieve man van mij. Ik weet dat je alles zult doen, hoe kon ik daar ooit aan twijfelen? Als je hier zit wordt ineens alles onzeker. Maar aan jou twijfel ik niet. Ik beloof je dat ik vertrouwen zal houden. Dat ook ik alles wat binnen mijn macht ligt zal doen om ons gezin weer te herenigen. Er valt een dikke druppel op het grijze krantenpapier. Hij vlekt meteen uit tot een grote donkere plek. Snel veeg ik mijn gezicht schoon en lees wat er over mij geschreven wordt. Ze weten niks, helemaal niks. Mijn hints over Beltz en dat ik in Brussel zit zijn nooit begrepen. Verdorie! Elke avond voor het slapengaan herhaal ik alles wat ik weet: *Ik zit in Brussel, bij de afslag zag ik de plaats 'Waveren' op het bord staan. Dat was toen nog rechtdoor. We maakten een bocht naar links en een bocht naar rechts. Toen telde ik zes lantaarnpalen. Vandaar zijn we doorgereden, een korte rit. Aan de rechterkant zag ik reclameborden staan en een verlicht huisje, daarna reden we de garage van een flat binnen. De vloer in de hal heeft zwart-witte tegels. Ik zit op de eerste etage of op de benedenverdieping.* Ik mag deze informatie niet kwijtraken. Zeker nu ik weet dat dit nog een tijdje kan duren, moet ik nog meer in me opnemen. De geluiden van mijn omgeving, de geuren, de woorden van mijn ontvoerders, de kenmerken, alles.

Voorzichtig scheur ik de foto van Gerrit uit de krant en stop hem in mijn linkerborstzak. Ik leg mijn handen op mijn borst. Gerrit zal me helpen. Hij zal me de kracht geven om het juiste te doen.

'Tos, ik moet jou weer vastmaken.' De Raaf staat met de capuchon over zijn hoofd getrokken bij mijn tent.

'Mag ik nog wel even lezen?'

'Mag wel, maar als wij gaan slapen, jij moet lamp uitdoen.' Terwijl hij me de kettingen omdoet, kan ik zijn kin en een gedeelte van zijn kaak zien, doordat het schemerlampje van onderen op hem schijnt. Ik zie wat stoppels, maar een zware baardgroei heeft hij nog niet. Zie je wel, het is nog maar een jongen.

'Ik zal het licht zo uitdoen.' Doordat ik een stuk van zijn huid zie, de paar pukkeltjes en de scherpe kaaklijn, lijkt hij nu ineens intiem dichtbij. 'Zeg eens, vind jij twee miljoen veel of een klein beetje?' Ik weet niet of het wijs is, maar ik kan mezelf niet inhouden. Hij tilt zijn hoofd schuin naar me op, waardoor de schaduw helemaal over zijn gezicht valt en ik weer in een zwart gat kijk. 'Je zei dat je een klein beetje wilt van ons geld.'

'Nee, ik vind het niet een klein beetje, maar voor jullie is het maar weinig.'

'Echt niet! Het is zelfs zo veel dat ik nog steeds hier zit! Waarom denk je dat mijn familie nog niet heeft betaald?'

'Tos, we zijn bezig met losgeldoverdracht. Jij moet kalm blijven.'

'Kalm blijven is heel lastig als je de hele dag alleen maar kunt nadenken. Fantaseren over wat er allemaal mis kan gaan!'

'Tos ophouden!'

Ik haal adem en bind in. Dit heeft geen zin. Het werkt eerder averechts. 'Sorry. Dank je nog voor de krant. Mag ik morgen nog een krant?'

'Ik denk het niet. Deze komt van baas. Hij is niet elke dag vrolijk.'

Ik heb de krant inmiddels drie keer gespeld. 'Mag ik een pen of een potlood? Dan kan ik de kruiswoordpuzzels oplossen,' vraag ik aan de Raaf die binnen is gelopen en iets uit de kast pakt. Een soort rieten mand.

'Tos? Jij zegt jij hebt bril, maar jij kunt krant goed lezen.' Ik schrik. Ze geloven dus nog steeds niet helemaal dat ik niet weet waar ik ben.

'Ik ben bijziend. Dat betekent dat ik in de verte niks kan zien. Alleen dichtbij kan ik goed kijken. Daarom heb ik ook nog steeds geen leesbril, omdat het bij mij juist omgekeerd is, plus en min. Snap je?' Hij knikt, maar ik heb geen idee of hij me gelooft. Hij staat naar me te kijken met de mand in zijn handen en gaat dan door zijn knieën. De mand die leeg blijkt te zijn zet hij naast zich neer. Waarvoor is dat ding? Om vuile was te verzamelen? Dan mogen ze mijn kleren ook weleens wassen. Ik wil er net iets over zeggen als hij begint te praten.

'Tos, jij komt uit dorp of stad?'

Geen idee waar deze vraag vandaan komt of waar hij op doelt. 'Ik kom uit Delft, aan de rand van de stad.'

Hij knikt. 'Ik kom zelf uit dorp. Is fijn, kleine groep.' Terwijl hij dit zegt maakt hij met zijn handen een cirkel.

'Mijn familie is als zo'n groep,' zeg ik. 'Iedereen helpt elkaar, we staan altijd voor elkaar klaar.'

'Dat is oké. Mijn familie woont niet daar. Ver weg.'

'Heb je broers of zussen?'

'Geen vragen. Ik heb familie verloren lang geleden.'

'Dat doet pijn.' Even wordt er niks gezegd. Hij heeft zijn hoofd schuin voor zich uit naar de grond gericht. Ik vraag me af waarom hij dit allemaal zegt. 'Het spijt me voor je.'

'Ik heb dorp. Klein. Goed. Als familie.' Ineens krijg ik een idee. De adrenaline stijgt meteen naar mijn hoofd. Dit is een goed moment om hem een voorstel te doen. Ik zal hem een half miljoen beloven. Dat is waarschijnlijk meer dan hij zelf ooit zal krijgen voor deze actie. Ik heb maar één kans om hem te overtuigen. Terwijl ik twijfel over de juiste woorden, geeft hij me de perfecte opening.

'Tos, jij weet niet wat is om uitgestoten te worden.'

'Nee, maar ik weet wel dat iedereen een nieuwe kans verdient. Jij verdient een nieuwe kans.'

'Wat bedoel jij?'

'Jij zou mij kunnen helpen en ik help jou...'

'Sst, Tos, niet verder praten. Dit moet ik aan mijn baas vertellen.'

'Ik ben een moeder. Ik zou ook voor jou...'

'Sst. Niet praten! Jij moet slapen.' Aan zijn stem hoor ik dat ik te ver ben gegaan. Hij staat op en loopt bij me vandaan.

'Het spijt me,' zeg ik. 'Ik wilde alleen...' Het heeft geen zin meer. Hij is de deur al uitgelopen.

Ik heb het lampje uitgeknipt en ben achterover gaan liggen op mijn luchtbed. Ik trek de dunne sprei op tot mijn kin. Het is koud, zo koud dat ik het gevoel heb dat mijn botten bevroren zijn en elk moment kunnen breken. Gisteren hebben ze op mijn verzoek de verwarming wat hoger gedraaid maar vandaag voelen de buizen weer steenkoud. Ik had beter kunnen vragen om het hier wat warmer te maken in plaats van het idiote idee te opperen dat hij mijn handlanger zou kunnen worden. Heb ik zojuist mijn eigen graf gegraven? Of had ik eerder ter zake moeten komen en een geldbedrag moeten noemen? Ik weet het niet. Ik heb nog een klein beetje hoop dat hij bij me terugkomt, om op mijn voorstel in te gaan.

Mijn hersenen maken zo veel overuren dat ik soms het gevoel heb dat ik mijn realiteitszin verlies. Ik weet niet meer wat goed of slecht is. Wat verstandig of dom is. Of het woensdag of donderdag is. Hoe lang ik hier nou precies lig? Op de krant stond dat het dinsdag 30 november is, maar het kan een krant van gisteren of eergisteren zijn. In luchtledigheid probeer ik houvast te vinden. Probeer ik te zoeken naar iets wat me herinnert aan het leven dat ik nog zo kort geleden leidde, dat nu een melkweg van mij verwijderd is.

Donderdag 2 december – dag 6

Het was een rare nacht. Ik was al naar huis waar Harry's ouders bivakkeerden om op de kinderen te passen, en wilde net naar bed gaan omdat ik moe was, toen om twaalf uur Harry belde. De ontvoerders hadden gebeld dat er een foto van moeder te vinden was. De foto zou in een blikje zitten en langs de A16 ter hoogte van Hendrik Ido Ambacht langs de weg liggen. Ik was meteen weer klaarwakker. Een foto van ma, langs de snelweg. Zou dit dan daadwerkelijk bewijzen dat ze nog in leven was? Eigenlijk twijfelde ik daar zelf geen seconde aan, maar ik begreep ook wel dat het niet veel zin had om een geldtransactie te doen van tien miljoen – tien miljoen!– als niet zeker was of ma nog leefde.

Harry was samen met de politie gaan rijden en had bijna de hele berm langs de A16 uitgeplozen. En daarna ook nog eens de andere kant, want ze hadden er niet bij gezegd in welke richting het langs de snelweg zou liggen. Maar het resultaat was nihil. Niks. Dat het nacht was en pikkedonker hielp ook niet natuurlijk. Gefrustreerd kwam hij om drie uur thuis, waar ik nog steeds klaarwakker op hem lag te wachten.

De volgende ochtend zijn ze opnieuw gaan zoeken en uiteindelijk vonden ze een halfopen colablikje met daarin de foto. Het was een polaroid waarop mama met haar rode blouse van vrijdagavond stond, maar zonder het jasje. Ze hield een krant voor haar neus, de *Herald Tribune*. De datum was heel lastig te lezen, maar met een vergrootglas erbij had de politie geconstateerd dat het de krant van maandag moest zijn. Dat was drie dagen geleden! Dus nog altijd niet echt een bewijs. De foto ging via pa door alle handen en eindigde ten slotte weer bij pa. Ik zag hoe hij naar ma keek en moeite had zich te beheersen. Of hij in woede zou uitbarsten of in verdriet, kon ik niet voorspellen, maar dat hij emotioneel op breken stond was wel duidelijk. Carlita legde een arm om hem heen en vroeg of het ging. 'Ongelooflijk waar die lui mee bezig zijn. Laaghartig en zo laf!' zei hij kwaad.

'Wat bedoel je, pa?' vroeg Carlita.

'Nou, een foto met een krant van drie dagen geleden, daar trapt toch geen hond in.'

'Ze zullen wel snel met iets nieuws komen, anders krijgen ze ook geen geld,' bracht ik in.

Pa keek me geërgerd aan. 'Nee, Marij, ze zijn alleen de boel aan het traineren. Dat is wat ze doen. Elke dag opnieuw willen ze ons laten voelen dat zij aan het roer staan. Dat zij oppermachtig zijn. Een stelletje honden, dat zijn het.'

Ik wist niet wat ik moest zeggen, maar pa verwachtte ook geen antwoord. Hij zuchtte heel diep, drukte de foto in mijn handen en ging naar de slaapkamer. Daarna is hij zijn kamer niet meer uitgekomen. Zijn gezicht was grijs en onder zijn ogen zaten donkere kringen. Zo kende ik papa niet. Hij was zichzelf niet meer in deze situatie.

Wat ik al verwachtte over die tips voor de enorme beloning die er tegenover stond, bleek uit te komen. De Draaijer gaf ons een gigantisch lange lijst met aanwijzingen die er binnen waren gekomen. De meeste kwamen van helderzienden. Dat waren ook meteen de lastigste tips omdat ze nergens op gebaseerd waren.

Zoals de helderziendheid van een vrouw uit Oss haar ingaf dat 'de man in het donkere bos aan de 's Gravelandseweg zijn schuur altijd heel goed sloot, omdat er binnen gegild werd'. Doodeng. Wat moest je nou met zoiets? Of de cryptische omschrijving van een paragnost uit Helmond die zei: 'De sleutel naar Toos is gelegen op een donkere plek in een oude kapel in Limburg. Van daaruit zullen de geplaveide wegen jullie leiden naar het slot waarop de sleutel past.' Ik geloof dat we wel vijf minuten lang hebben zitten schudden van het lachen om de voorspeller die beweerde dat ze kaalgeschoren was en op een berg in Tibet zat bij de Dalai Lama. Blijkbaar lagen verdriet en humor dicht bij elkaar. De jongens gingen in overleg met de Draaijer alles wat er binnenkwam uitpluizen.

Het leek nu nog meer alsof we zelf politietje aan het spelen waren. We gingen tips na. Keken op gastenlijsten van Motel Nuland wie er de laatste tijd allemaal hadden gezeten en probeerden verbanden te leggen. Aan het begin van de avond ging ik samen met Harry en de jongens mee op pad. Ondanks de ernst van de situatie waande ik me in een actiefilm. Hoe de jongens met hun walkietalkies in de auto met elkaar praatten! En dan hadden ze ook nog allemaal een schuilnaam bedacht. Zo waren Harry en ik blauwe fazant, want wij hadden een blauwe auto. En de schuilnaam van Ad was gele kanarie, want hij had dus een gele auto. En dan Martien, die een jachtvergunning had en de hele tijd met zijn jachtgeweer over zijn schouder liep. Een ogenschijnlijk komische situatie, maar ondertussen was het bloedserieus. Bovendien met gevaar voor ons eigen leven. 'Waar zijn we in godsnaam mee bezig met zijn allen?' vroeg ik me hardop af naast mijn man in de auto.

'Marij, we moeten alles, echt alles proberen,' antwoordde Harry overtuigd. 'Ook al lijkt het onzin.' Misschien had hij gelijk, maar het voelde als volslagen waanzin. We trokken een tip na van een medium dat ma bij de Acht Zaligheden in Bergeijk zou zitten. Ruim twee uur hebben we daar in de struiken liggen posten bij een lege schuur. Het avontuur werd beëindigd met de codeboodschap: 'Gele kanarie aan blauwe fazant. Loos alarm. Terug naar het nest!'

'Zie je wel,' zei ik somber tegen Harry. 'Al deze tips zijn waardeloos.'

'Dat kun je niet weten,' zei Harry.

'Hoezo dan niet? Geef me één voorbeeld van een tip die wel iets opgeleverd heeft.'

'We zijn gisteren nog op een illegaal gokhuis gestuit. Nou, daar klopte een heleboel niet,' zei Harry ter verdediging.

'Da's fijn voor de politie, maar het heeft toch niet naar mama geleid.' Daarin moest Harry me gelijk geven. Ik was heus geen doemdenker, en ik geloofde ook dat het goed was dat de jongens iets omhanden hadden, maar als hun zelf iets zou overkomen waren we nog verder van huis.

Sowieso had ik gehoopt dat al die acties allemaal niet nodig waren geweest. Dat we niet via allerlei wildwestpraktijken bij ma terecht hoefden te komen, maar dat we haar gewoon via de onderhandelingen terug zouden krijgen. Dat we, nu we die foto hadden, over konden gaan tot de daadwerkelijke transactie. Maar zo simpel bleek het niet te zijn. En hoe onderhandel je met ontvoerders die maar eens in de twee dagen bellen? Die de hoorn er meteen opgooien als iets hen niet zint? En die een machtsmiddel hebben waarmee ze de prijs, de spanning en de tijd telkens weer kunnen oprekken? Pa had gelijk.

Ik stink. Ik heb me nu al een week niet meer gewassen, nog steeds draag ik de kleren waarin ze mij op vrijdagavond hebben gepakt. De blouse die mijn angstzweet geabsorbeerd heeft, de rok die verfrommeld om mijn heupen zit. Het ondergoed, dat ik weg zou willen gooien, de dikke panty's die jeuken aan mijn benen. Ik begrijp niet dat ze daar niet aan gedacht hebben toen ze deze ontvoering beraamden. Ik neem me voor om me er opnieuw over te beklagen.

Bij het kleine lampje spel ik nog een keer de krant. Het artikel dat over mijn ontvoering gaat heb ik al zeker dertig keer gelezen. Het lijkt wel of ik op een dwangmatige manier aan mezelf wil bewijzen dat het waar is wat er staat. Ik ben ontvoerd. Nu al bijna een week. Of langer, ik weet het niet meer. Wat voor de meeste mensen smeuïg nieuws is, is voor mij bittere werkelijkheid. Ik zit hier vast en mijn familie beleeft angstige dagen, maar bij de slager, de bakker en de groenteboer ga ik over de tong. 'Goh, die is nu al een week weg. Die leeft echt niet meer.' 'Nee, dat denk ik ook niet.' Het open einde van een sensationele zaak. 'Ik leef nog!' zou ik willen schreeuwen.

In stilte moet ik lachen. Dit is misschien de eerste keer dat ik voel dat mijn lippen zich omhoogkrullen. Ik moet denken aan alle James Bond-films die ik heb gezien. Ik ben een groot fan van die actiefilms en ik stel me voor hoe gemakkelijk ik me zou kunnen bevrijden als ik James Bond was. Hij zou een multifunctioneel apparaat aan de binnenkant van zijn dijbeen hebben verstopt waarmee hij het raamkozijn uit zijn sponning zou tillen en fluitend naar buiten zou springen. Of hij had via een ingenieuze satellietverbinding contact met een van zijn invloedrijke vrienden die hem zouden komen bevrijden. Of hij was via de verwarmingsbuis naar een luik in het plafond gekropen en had zich dan via het labyrint aan tussenwanden en onderaardse gangen een weg naar buiten gebaand.

Ik denk aan mijn vader die mij zeker zou kunnen zeggen waar de loze ruimtes in deze flat zich bevinden. Een plek waar ik zou kunnen verdwijnen, net zolang tot ze het zoeken opgaven en het gebouw hoofdschuddend zouden verlaten, waarna ik rustig mijn gevangenis uit zou wandelen. Er moet toch iets te verzinnen zijn? Ik kijk naar het roze lampje. Ik zou de krant in brand kunnen steken door de gloeiende peer ertegenaan te houden. Er zou rook ontstaan en in de paniek zou ik kunnen ontsnappen. Nee, dat is niet reëel. Ik zou de vork, die ik vaak bij de lunch krijg, in het stopcontact kunnen steken om zo kortsluiting te maken. De lichten zouden uitvallen in de hele woning en in het donker zou ik wegglippen. Nee. Ik zou het porseleinen bord kunnen breken en met de scherpe rand een oppervlakkige inkeping kunnen maken aan de binnenkant van mijn polsen. Daarop zou ik alle tomatensaus kunnen smeren die ik heb verzameld en heel hard gaan gillen. Als ze mijn kamer binnengestormd kwamen zou ik mijn bewustzijn verliezen. Ik zou het zo goed nabootsen dat ik, terwijl zij hun bazen belden om hulp, vliegensvlug zou vertrekken. Eind goed, al goed. Wacht, ik heb het. Ik vraag nog een keer om een potlood of pen om de raadsels in de krant op te lossen. Dan maak ik een briefje en smokkel het naar buiten. Door een opening in de muur, een kier in de sponning van het raam. Ineens herinner ik me het rooster in de badkamer. Elke keer als ik naar de wc ga, zie ik tegenover me in de muur een soort aluminium rooster zitten. Al een paar keer heb ik daarachter geluid gehoord. Een soort getimmer en iets wat leek op zagen. Dit rooster zou uit kunnen komen op de gang of op een soort werkplaats van de conciërge. Het zou zelfs via een luchtkoker naar buiten kunnen leiden. Dit is het. Een plan dat daadwerkelijk kans van slagen heeft. Terwijl ik nadenk over deze reële optie merk ik dat de binnenkant van mijn handen nat worden. Op mijn voorhoofd ontstaat koud zweet. Ja, dit zou kunnen werken. Ik moet hen alleen overhalen om mij een pen te geven.

Ik wacht nu al een uur tot er iemand komt. Misschien moet ik de boel versnellen. 'Joehoe,' roep ik. Meestal duurt het nu niet lang of een van de twee komt me halen voor het toilet. Ik neem me voor om nog eens precies te kijken hoe dat rooster eruitziet en hoe moeilijk het is om met de deur op een kier het briefje ongemerkt daarin te stoppen. Ook al verwacht ik iemand, ik schrik toch van de deur die opengaat. Het is de Rat. Ik heb het gevoel dat de Raaf me sinds het gesprek van gisteren mijdt. Het ontbijt werd vanochtend ook al door de Rat gebracht. Ik hoop niet dat mijn banale poging om de Raaf over te doen lopen naar mijn kamp consequenties heeft. Ik ben inmiddels gaan rekenen op de persoonlijke gesprekken die we voeren. Op de vertrouwensband die is ontstaan.

Op de wc heb ik gezien dat het rooster groot genoeg is om er een briefje doorheen te duwen. Dit zou kunnen werken. Als de Rat me heeft teruggebracht naar de tent, hou ik de krant met het kruiswoordraadsel omhoog en vraag ik nogmaals om een pen. 'Alsjeblieft,' voeg ik eraan toe. 'Het zou me helpen om niet aan thuis te denken.' Of mijn woorden aankomen weet ik niet. Zonder commentaar pakt de Rat de ontbijtspullen van de grond en loopt ermee de kamer uit. Dan hoor ik dat hij de deur achter zich op slot draait. Ik ben weer alleen. Alleen in mijn tent. Ik laat me moedeloos achterovervallen en staar naar de punt waar de twee tenthelften samenkomen. Alles eindigt in deze punt. Mijn toekomst, mijn hoop. Zou ik de tentstok die daardoorheen loopt kunnen gebruiken om hun hersens mee in te slaan? Zou ik met de scherpe uiteinden in hun ogen kunnen prikken? Het tentzeil kunnen gebruiken om hen te verstikken? Nee, het is louter kinderlijke onnozelheid dat ik denk te kunnen ontsnappen. Uit mijn borstzak pak ik de uitgescheurde foto van Gerrit en ik kijk naar hem. Hij wist me altijd te kalmeren. Met zijn sterke armen om mij heen en zijn geruststellende woorden. Als ik 's avonds in bed met mijn hoofd op zijn borst lag, resoneerden de bastonen zo zacht tegen mijn wang, dat ik er meteen rustig door werd. Zijn laagzoemende stemgeluid is mijn gevoel van veiligheid. Kon ik nu maar op zijn borst liggen en meedeinen op zijn vertrouwde klanken. Ik druk de foto tegen mijn gezicht en bid in stilte. Geef me kracht, Gerrit. Geef me moed.

Ik ruik het middageten al. Raar is het dat mijn maag na een paar dagen steeds verlangender reageert op de geur van voedsel: knoflook, uien, spek. Dat mijn maag het feit dat de handen van mijn vijand die maaltijd hebben bereid, volledig negeert. Vreemd dat lichamelijke impulsen en behoeften het toch winnen van mijn geestelijke weerzin. Ik heb honger en dus eet ik wat mij wordt voorgezet. De periode tussen het moment dat ik het eten begin te ruiken tot het moment dat mijn bewakers met een gevuld bord in mijn kamer staan, duurt vaak tergend lang. Vandaag lijkt het nog langer te duren dan normaal. De Raaf staat voor me met een bord eten. 'Jouw lunch,' voegt hij er onnodig aan toe. Hij heeft de bivakmuts weer over zijn gezicht. Ik vraag me af wat ik kan zeggen om ons contact te herstellen.

'Wat staat er vandaag op het menu?' vraag ik met gespeelde opgewektheid. Hij kijkt op het bord. Blijkbaar heeft hij zelf geen idee.

'Het is vlees met groenten.' Als hij door zijn hurken gaat en het bord voor mijn neus zet, zie ik wat doorgebakken stukjes vlees liggen met erwten en boontjes.

'Kook jij of kookt je collega?' vraag ik geïnteresseerd.

'Mijn collega. Ik ben slechte kok.'

'Dan hebben we iets gemeen,' zeg ik, terwijl ik een glimlach om mijn mond forceer. 'Ik kan ook helemaal niet koken.'

'Maar jij moet toch koken voor jouw kinderen?'

Natuurlijk, hij is Italiaan, daar is de mama de motor van het gezin en de absolute koningin in de keuken. 'Ik ben altijd beter geweest in de verzorging: het wassen van hun kleren, de verschoning van de bedden, het lezen van verhaaltjes en het luisteren naar hun problemen. Ieder zijn talent.'

'Niet alle moeders hebben talent,' voegt hij er mompelend aan toe. 'Smakelijk eten.'

'Het spijt me.'

'Wat spijt jou?'

Ik leg voorzichtig mijn hand op zijn arm. 'Het spijt me dat ik probeerde om... Het is omdat ik je aardig vind dat ik dacht...'

'Sst Tos, wij praten niet meer over. Ga nu eten.' Ik neem het bord op schoot en prik een stukje vlees aan mijn vork. De Raaf lijkt te aarzelen. Ik kijk naar hem op.

'Is er iets?'

'Tos, wat is verschil tussen ontvoerder en ontvoerde?'

'De ontvoerder is degene die iemand ontvoert. Dus jij bent de ontvoerder en ik ben de ontvoerde.'

'Dat snap ik,' zegt hij droog en strekt dan zijn benen, waardoor hij weer rechtop staat. Ik stop het vlees in mijn mond en begin traag te kauwen. 'Jij wilt pen, toch?' Zijn vraag komt totaal onverwacht en ik verslik me bijna. Hij grijpt naar zijn achterzak en haalt een doorschijnende pen met een blauw dopje tevoorschijn. 'Hier.'

Ik neem hem aan, zeg: 'Dank je, dat is aardig,' terwijl ik mijn best doe om mijn opwinding te verbergen.

Eerst ben ik begonnen aan de kruiswoordpuzzel om geen argwaan te wekken. Toen de Raaf weer binnenkwam om mijn bord mee te nemen, vroeg hij of het lukte. Ik zei dat ik een paar synoniemen niet wist, maar dat hij me de oplossing waarschijnlijk niet kon geven. Verder voegde ik er met een kleine glimlach aan toe dat ik nog wel even tijd had om erover na te denken. Nu schrijf ik met een onzeker handschrift tussen de geboorte- en rouwadvertenties een gedicht dat bij me bovenkomt.

Eenzaamheid is dichterbij dan je denkt.
Het kan je zomaar overkomen.
Afgesloten van ieder die je kent
In een wereld met slechts dromen.

Mijn alleen zijn is een feit
Man en kinderen afgenomen
Al mijn smeekbedes ten spijt
Is verlossing niet gekomen

De nachten hier, zo lang en koud
Verlangen naar mijn onderkomen
Mijn thuis waar wordt gerouwd
Terwijl mijn tranen eenzaam stromen

Dan verzamel ik al mijn moed, schrijf in blauwe inkt, op het randje van pagina zeven, mijn lievelingsgetal, met onzekere hand, de volgende woorden: ‘Toos van der Valk (België). SOS ben ontvoerd.’ Voorzichtig scheur ik het randje af en vouw het heel klein op. Dan roep ik: ‘Joehoe.’ Het duurt lang voordat er wordt gereageerd. Nog een keer verhef ik mijn stem. Dan, een paar tellen later klinkt er gemorrel aan de deur. Ik wil het briefje in mijn bh stoppen en heb mijn blouse al iets opengeknoopt, maar dan zie ik dat de rand van mijn bh wat uitstaat en ben ik bang dat het briefje zichtbaar zal zijn. Op het laatste nippertje stop ik het opgevouwen briefje in mijn mond, aan de binnenkant van mijn wang. Mijn hart gaat als een razende tekeer, het zweet staat op mijn bovenlip.

'Naar toilet?' Het is de Raaf die me dit keer komt halen. Ik knik en sta langzaam op.

'Wat is er, Tos, ben jij ziek?'

'Eh... een beetje buikpijn, dat is alles.'

'Wil jij dat ik koop medicijnen?'

'Nee, nee, het gaat wel.' Had ik het briefje toch niet beter in mijn bh kunnen stoppen of onder de tailleband van mijn panty? Dan had mijn speeksel het niet nat kunnen maken en hoefde ik geen moeite te doen om zo normaal mogelijk te klinken. Voor het eerst ben ik opgelucht als het kussensloop over mijn hoofd getrokken wordt. Zo hoef ik de Raaf niet aan te kijken en kan ik mijn mond een stukje openhouden. Ja, ik heb er juist goed aan gedaan om dit stuk papier met mijn noodkreet in mijn wang te verstoppen. Nu kan ik het snel en onopvallend tevoorschijn halen. En stel dat ik onverwacht word gesommeerd me uit te kleden, dan kan ik het briefje altijd nog doorslikken. Te veel films, Toos, te veel fantasie, fluistert mijn alter ego in mijn oor. Maar ik kan er niet naar luisteren. Ik moet me richten op het slagen van mijn missie en niet twijfelen.

Als ik alleen word gelaten in de badkamer geef ik de deur nog een extra tikje met mijn elleboog zodat hij bijna dichtvalt. Door de smalle kier kan ik niet zien waar de Raaf is gaan staan. Ik laat mijn onderkleding zakken en met moeite kan ik een kleine plas laten horen. Dan wacht ik een paar tellen, sta op, trek mijn onderbroek, panty en rok op, en doe twee passen naar de wastafel. Ik draai de warme en de koude kraan open en hou mijn rechterhand onder de straal. Met mijn linkerhand haal ik het gevouwen stukje krant uit mijn mond. Terwijl de kraan nog loopt pak ik de handdoek van het rekje en begin mezelf af te drogen. Daarna vouw ik onder de handdoek het dunne papier open. Ik draai me een halve slag en werp een vlugge blik op de deur. Ik kan niemand zien vanaf hier, dus ik ga ervan uit dat ze mij ook niet zien. Nonchalant laat ik de handdoek op de tegelvloer vallen, precies voor het rooster. En terwijl ik me buk om hem op te rapen stop ik het briefje in een van de gaten. Even dreigt het zichtbaar te blijven hangen. Met mijn vingers druk ik het helemaal naar achteren, waar het ten slotte verdwijnt in een zwart gat. Ik ga weer rechtop staan en draai de kraan dicht. Ik kijk mezelf aan en zie dat de huid onder mijn linkeroog trilt. Ik wrijf er zacht overheen. De trilling verdwijnt. Mijn missie is geslaagd.

Terug in mijn tent raast de opwinding nog steeds door mijn bloed. Mijn hersenen zijn niet meer te stoppen. Steeds opnieuw bedenk ik scenario's voor wat er nu gaat gebeuren. Wie zal het briefje vinden? De conciërge. Een buurvrouw. De vrouw met de hond die ik elke ochtend en elke avond hoor langslopen. Wat zullen ze doen? Zal er een politie-inval komen? En wat als mijn noodkreet verdwijnt in een vuilcontainer? Ik kan het me niet voorstellen. Ik heb echt geluiden gehoord aan de andere kant van de muur. Voor het geval dat het briefje ondersteboven is geland en achteloos op de grond blijft liggen of wordt betreden met vuile schoenzolen, zal ik er misschien nog een moeten schrijven en nog een. Maar ik geef niet op. Ik laat me niet van mijn overtuiging afbrengen dat ik zelf invloed heb op mijn lot. Mijn familie doet vanuit hun positie ongetwijfeld alles om me te helpen en ik zal van hieruit mijn kansen vergroten. Tot het lukt en ik dit donkere hol mag verlaten. Het zal lukken. Het moet. Ik haal de foto van Gerrit uit mijn borstzakje en kijk naar hem. Het lijkt of hij terugkijkt en zegt: 'Goed gedaan Toosje, ik ben trots op je.' Plotseling hoor ik dat het slot van de deur wordt omgedraaid. Snel steek ik de foto van mijn man weg en buig me over de kruiswoordraadsels waarin nog een paar lege hokjes staan. Het is weer de Raaf die binnenkomt.

'Hi Tos, gaat goed?'

'Ja hoor.' De Raaf komt voor mijn tent op de vloer zitten. Zijn capuchon zorgvuldig over zijn gezicht getrokken. Hoewel ik het altijd prettig vind als hij bij me komt zitten, was ik nu liever alleen gebleven. Ik had willen doormijmeren over wat ik gedurfd heb. Over de mogelijkheden en de kansen. Ik had in gedachten tegen mijn man willen praten over ons leven samen, dat zo veel geluk kent. Over onze kinderen. Maar mijn vijand zit weer bij me en zoekt gezelschap als een vriend.

'Tos, jij zegt toch steeds: ik ben een moeder. Iedereen heeft moeder en vader. Dat is gelijk.'

'Wat bedoel je?'

'Als jouw man hier had gezeten, had hij steeds gezegd: "Laat me vrij, laat me gaan, ik ben vader?" Nee, denk ik niet.'

'Mannen zijn net zo gek op hun kinderen, maar zij hebben hen niet gebaard, hen niet gevoed met hun melk.'

'Ik heb vader gekend die doodging voor zijn zoon. Om hem te redden.'

'Jouw vader?' De Raaf blijft stil. Ik weet niet of ik dat als een 'ja' moet interpreteren. Even zeggen we geen van beiden iets. Ik weet dat ik geen vragen mag stellen. Hij weet dat hij geen antwoorden mag geven. Het enige wat ik kan doen om zijn sympathie voor mij te vergroten, is iets van mezelf met hem te delen. Maar ik kan op dit moment nergens opkomen.

'Is het fijn om rijk te zijn?'

Ik schiet spontaan in de lach. 'Rijk? Mensen hebben altijd een heel gek idee van mensen die veel geld hebben. Maar om de investeringen te kunnen terugbetalen, om het bezit te kunnen behouden, moeten we elke dag keihard werken. Wij hebben geen weekenden vrij zoals de meeste mensen. We werken geen acht uur per dag, maar tien of twaalf.'

'Misschien wij hebben niet goede familie gekozen.'

'Nee, daar ben ik wel zeker van.'

'Zeg dan, Tos, wie is wel goede familie?'

Wat vraagt hij nu van mij? Dat ik welgestelde families voor hem ga opsommen, zodat ze die hierna kunnen pakken? 'O, dat weet ik niet, hoor. Ik ken niet zo veel echt rijke mensen.'

'Wie ken jij wel?'

Ik zwijg. Ik ga geen namen noemen, ik ben niet gek.

'De familie van het bier. Heineken. Of van de winkels?'

'Die ken ik niet. Ik weet niet of zij rijk zijn.'

Hij snuift hoorbaar in. Door de lichtval van mijn lampje zie ik zijn kaak kort heen en weer bewegen.

'Tos, is het waar dat Nederlandse vrouwen veel minder eh...' hij zoekt naar zijn woorden '... minder verlegen zijn dan Italiaanse vrouwen?'

'Misschien, ik ken niet zo veel Italiaanse vrouwen. Maar volgens mij kun je Nederlandse vrouwen wel spontaan noemen.'

'Ik val op Nederlandse vrouw, blond, goede moeder, maar ik val niet op makkelijke vrouw. Je weet wel.'

Nu pas begrijp ik dat hij suggereert dat Nederlandse vrouwen vrijer zijn met mannen. 'O, nee dat is niet hetzelfde als spontaan.'

'Mooi. Tos, jouw dochters heb verkering? Mooie moeder, mooie dochters.'

Denkt hij nou werkelijk dat hij ooit kans maakt om Carlita of Marijke... ' Ze zijn getrouwd, alle twee.'

'Was grapje, Tos. Ik maakte grapje.'

'Weet jij wat grappig is?'

'Nee, Tos, ik weet niet.'

'Dat ik nooit jouw gezicht zal zien en dat we elkaar hierna nooit meer zullen ontmoeten, maar dat we elkaar altijd zullen blijven herinneren.'

'Ik begrijp niet grap.'

'Wat ik bedoel is dat jij vanaf nu een onderdeel bent van mijn leven en ik van het jouwe. Hoe we ook ons best zullen doen om het uit ons geheugen te wissen.'

'Jij denkt dat ik jou wil wegvegen uit mijn hoofd? Dat is niet waar, Tos. Ik mag jou graag.'

Ik moet me verbijten. Een ontvoerder die mij graag mag. Wat zegt dat over mij? Of zegt het meer over hem? Ik begin langzaam de greep op de werkelijkheid te verliezen.

'Maar je gaat toch spijt krijgen?'

'Nee, want ik behandel jou goed. God is mijn getuige. Tos, gaat het?'

Ik probeer te zeggen dat alles goed is, maar mijn keel zit dicht.

'Tos?'

Ik begraaf mijn hoofd in mijn armen. Dan voel ik zijn arm op mijn onderbeen. Ik verstijf onmiddellijk. Til mijn hoofd op en zie hoe hij met zijn hand goedmoedig probeert te kloppen. Zijn rechterhand, die met de kromme pink. 'Alles komt goed, Tos. Alles komt goed.' Dan staat hij op en loopt de kamer uit.

Vrijdag 3 december – dag 7

Het was ongelooflijk wat er in Nuland allemaal gebeurde. De pers had zelfs gesprekken in ons huis afgeluisterd. Hoe ze het gedaan hadden, wisten we niet, maar hele zinnen uit het gesprek van pa met de huisarts waren letterlijk in de krant terechtgekomen! Ze konden ons dus echt horen, of iemand uit huis luisterde dingen af en lekte deze naar de pers. Dit leek een onwaarschijnlijke gedachte, maar we durfden niets uit te sluiten. De sfeer die hierdoor ontstond, was heel onaangenaam. Je kreeg de hele tijd de neiging je te verdedigen dat jij niet degene was die praatte. Zo idioot. Maar dit was nog niet alles. Niet alleen de journalisten konden met ons meeluisteren. De ontvoerders hadden blijkbaar ook door wat zich bij ons afspeelde. Ze zeiden letterlijk dat wij ervoor moesten zorgen dat de pers opkraste. Ze vroegen ons waarom er altijd een politieagent in burger tussen de journalisten stond. En van wie de donkerblauwe Mercedes op de inrit was die steeds weer om één uur 's nachts verdween. Ongelooflijk. Ik durfde bijna het huis niet meer uit. Wat was dit voor een professionele bende? Volgens de Draaijer leek het erop dat het om echte onderwereldfiguren ging. Dus niet om een klein clubje criminelen. Het moest wel een grote groep goed georganiseerde misdadigers zijn.

Wij, kinderen, familieleden en vrienden, werden niet van alles op de hoogte gehouden door de recherche. Dat deden ze bewust om ons niet in gevaar te brengen. Daarbij was de kans aanwezig dat als een grote familie als de onze zich overal in zou mengen, er onderling onenigheid zou ontstaan. Dat klonk mooi, maar ze wilden gewoon geen lastige vragen. Prima, wij hielden ons wel op de achtergrond, maar ik vroeg me toch af of ze wellicht iets aan hun eigen opzichtige rol moesten doen nu de ontvoerders doorhadden dat de politie bij ons thuiszat. We hielden hierover familieberaad en we waren het met elkaar eens. Hoewel ook nog altijd in ons achterhoofd speelde dat misschien een van ons niet te vertrouwen was. Mede daarom werd er ook besloten om niet iedereen meer toe te laten in de woning. Alleen naaste familieleden en naaste vrienden.

Ik maakte me zorgen. Zonder ma leek de boel uit elkaar te vallen. Pa zag er zo slecht uit. Toen ik hem vroeg hoe het ging, zei hij: 'Marijke, wat jouw moeder en ons wordt aangedaan is erger dan de meest vreselijke ziekte. Erger dan doodgaan.' Ik wist niet hoe ik daarop moest reageren. Uiteindelijk zei ik dat het allemaal vast wel mee zou vallen en ik vroeg of ik wat te drinken voor hem kon inschenken. Ik kreeg geen antwoord. Toen ik even later in de keuken stond, liet ik een fles Spa Rood uit mijn handen glippen. De fles viel kletterend op de grond maar brak niet. De hele familie kwam de keuken in gesneld om te kijken wat er gebeurd was. 'Niks,' zei ik. 'Er is niks gebeurd.' Ik keek naar de geschrokken gezichten van mijn familieleden. En terwijl ik mijn mondhoeken omhoog probeerde te drukken voor een glimlach, begon ik spontaan te huilen.

Gelukkig had pa dit niet gezien. Hij zat alweer boven op zijn slaapkamer. Carlita was veel bij hem. Ze beurde hem op met haar nuchtere commentaar: 'Pa, dat je vrouw is ontvoerd is één ding, daar kun je weinig aan doen, maar dat je stropdas al de hele dag scheef hangt, daar kun je wel iets aan veranderen.'

Het lijkt wel alsof ze aan de andere kant van de deur harder praten dan normaal. Zouden ze onderling ruzie hebben gekregen? In een taal die je niet kunt verstaan lijkt een gewoon gesprek al snel op een verhitte discussie. Zeker met die Zuid-Europese tongval. Als ik het gemorrel aan de deur hoor, ga ik rechtop zitten. De deur zwaait open en ik zie onmiddellijk dat er iets mis is. Niet een maar alle twee mijn bewakers lopen mijn kamer in. In hun handen geen bord of beker maar een pistool. Hun ogen hard en vurig. Paniek doet me terugdeinzen.

'Tos, jij bent fout!' Het is de Raaf die tegen me schreeuwt.

'*Puttana, puttana!*' roept de ander erdoorheen.

'Je bent een vuile verrader! Wij zorgen goed voor jou en jij...' Dreigend komt hij dichterbij. Ik probeer mezelf te beschermen door achter in mijn tent te kruipen. De lamp valt om, het licht dooft. 'Hier komen!'

'Wat is er gebeurd? Ik heb niks gedaan,' piep ik. Hard word ik aan mijn benen naar buiten getrokken. 'Niet doen, alsjeblieft...' Met zijn vlakke hand slaat de Raaf me in mijn gezicht. 'Niet, ik... Help me...' Aan mijn haren word ik omhooggesleurd. Mijn armen worden op mijn rug gedraaid. Ik schreeuw, smeek om me geen pijn te doen. Dan wordt het sloop wild over mijn hoofd gedaan en ik voel de loop van het pistool tegen mijn slapen. Nu pas dringt het tot me door. Het SOS-briefje, mijn ontsnappingspoging, zij hebben het gevonden. O god, nee. Laat dit niet gebeuren. 'Wij denken jij bent verstandige vrouw. Jij hoer!' Aan mijn armen trekken ze me naar de badkamer. Al struikelend kom ik mee. Is dit het? Mijn einde? Het sloop wordt van mijn hoofd getrokken. Ik val op mijn knieën en smeek: 'Help me, alsjeblieft, ik zal alles doen... maar laat me leven. Alsjeblieft.'

'Wat is dit, hè? Nou?' Voor mijn neus zwaaien ze heen en weer met het stukje krant waarop ik heb geschreven. 'Dacht je nou echt dat wij dom zijn, trut?'

'Nee, nee. Het was een fout. Het spijt me.'

'Wij mannen geven jou straf. Jij verdient pijn!' De Rat spuugt de woorden in mijn gezicht. 'Uitkleden!'

'Nee, niet doen. Niet...' Aan mijn haar word ik weer rechtop gezet.

'Uitkleden nu!' De Raaf strekt de arm met het pistool verder naar me uit. 'Nu, Tos. Anders...'

'Niet schieten, ik doe het al. Ik...' Trillend begin ik mij uit te kleden. Mijn rok, mijn panty, mijn handen trillen zo dat ik de knopen van mijn blouse niet open krijg.

'Vooruit!' Ik trek de blouse over mijn hoofd en meteen valt de uitgescheurde foto van Gerrit naar beneden. Ik duik naar beneden om hem te redden. Maar de Rat is sneller. 'Valks, hè? Wij gaan zijn vrouw pakken, hoer! Uitkleden!'

Huilend trek ik mijn hemd uit.

'Alsjeblieft, ik zal het goedmaken, maar doe dit niet...'

'Vooruit, anders...' Hij richt het pistool op mijn voorhoofd. Ik tast naar de sluiting van mijn bh. Het gaat de Rat niet snel genoeg. Agressief trekt hij aan een schouderbandje en laat het terugschieten op mijn huid. 'Nu!' Dan lukt het mijn verstijfde vingers de sluiting open te krijgen. Ik hoor iets vallen op de tegelvloer. 'Wat is dat? Wat heb je daar?' Ik kijk zoekend naar wat het kan zijn. Ik kan niet meer nadenken. Maar dan zie ik het. Het is mijn ring, mijn geluksring is gevallen. Ik duik eropaf, maar word door vier handen tegengehouden. 'Nee, dat is mijn ring! Geef alsjeblieft, geef!'

De Rat pakt de ring en stopt hem in zijn broekzak. 'Kop houden!'

'Nee!' Niet mijn geluksring. O, hemel. Dit was het, ik ben er geweest. Ze gaan me verkrachten en vermoorden. Mijn einde is gekomen. O God. Mijn Heer, help me. Help me dan toch.

De wereld om mij heen vervaagt. Ik hoor mezelf gillen, smeken. Ik vecht voor mijn leven. Zoek naar de uitgang. Verlossing. Vlekken voor mijn ogen. Krabbende nagels. Trappende voeten. Bijten, bijten. Nee, nee. Ik wil niet dood, ik wil niet. Word steeds teruggeduwd, bevolen. 'Liggen!' Op mijn blote knieën kruip ik over de tegels en schreeuw: 'Help me. Help!'

'*Arresta!*' Plotseling is het stil. Ik knijp mijn ogen dicht. Zet me schrap voor de aanval. Probeer mijn geest weg te laten zweven. Wacht op wurgende handen, een verlossend schot, maar er gebeurt niks. De taal om mij heen klinkt steeds harder. Beeld ik het me in of zijn er ook andere stemmen? Schichtig kijk ik op. Nu staan er vier monsters in de badkamer. Zwarte koppen zonder gezicht. Duivels uit de onderwereld. Gaan ze me alle vier aanranden? Er wordt geschreeuwd. Niet tegen mij maar tegen elkaar. Ik bid hardop. 'Alsjeblieft, God, laat me leven. Alsjeblieft.' Ik durf niet te kijken. Te hopen. De ruzie loopt nog verder op. Mijn twee bewakers worden de kamer uitgestuurd. 'Tos, wat jij hebt gedaan, is héél erg.' De stem trilt van woede. 'Nog één keer en jij bent dood. Begrepen?'

'Ja, ja begrepen,' fluistert mijn hese stem. Is dit mijn redding? Word ik echt gered? Dank je, heer. Dank.

'Aankleden!'

Ik graai mijn kleren bij elkaar en zittend op de stenen vloer probeer ik mijn bevende lijf te bedekken en me snel aan te kleden.

Zaterdag 4 december – dag 8

De vorige nacht waren de jongens gewapend naar Eindhoven gegaan om bij een of ander louche pand te posten. Gert-Jan was niet mee, want die lag nog steeds met Pfeiffer in bed, maar de andere vier gingen op pad. Ik kwam er zelf pas achter wat er gaande was, toen de Draaijer naar me toe kwam met de vraag of ik wist waar mijn broers waren. 'Bij het zwembad,' antwoordde ik, omdat ik hen daar naartoe had zien gaan. Maar volgens de Draaijer was er beneden helemaal niemand. Ze waren hem dus gesmeerd via de schuifpui. Harry vertelde me dat het ging om een verdacht pand waar steeds dure auto's af- en aanreden. Pas om halfvier waren ze terug. Ik lag al te slapen, maar Harry was bij de telefoon blijven zitten. Ze waren daadwerkelijk iets op het spoor gekomen en hielden zich schuil tussen de auto's op het parkeerterrein tot het moment waarop ze konden toeslaan. Er werden vrouwen gebracht en gehaald en er reden mannen af en aan met verdachte pakketjes. Net op het moment dat Vincent en Ad dichterbij waren geslopen om een soort inval te doen – hoe ze zich dat precies hadden voorgesteld weet ik ook niet – werd er heel hard geschreeuwd door een van de bezoekers. Onmiddellijk ontstond er opschudding en ze zagen hoe de politie het terrein opreed. Ze schrokken zich rot omdat ze daar zelf met illegale wapens in hun handen stonden. Het is uiteindelijk allemaal met een sisser afgelopen, maar het bleek dat ze inderdaad een bende op het spoor waren. Alleen waren het geen kidnappers maar drugsdealers. De politie had deze bende allang in de smiezen en die avond zou hij worden opgerold. De hele actie liep bijna uit de hand, omdat de familie Van der Valk het plan doorkruiste. Hierna hebben de jongens een enorme berisping gekregen. Er mocht echt nooit meer op eigen houtje worden geopereerd. Voortaan moesten ze zich bezighouden met de honderden tips van paragnosten die binnenkwamen. Je zag hoe ze hiervan baalden. Om hen een beetje tegemoet te komen ben ik toen ook een paar waarzegsters gaan bezoeken. Zo deelden we het leed een beetje.

Een vrouw in Den Bosch had me gevraagd om naar de Grote Markt in Den Bosch te komen. Ze vertelde me dat ze een gediplomeerd wichelaarster was. Ik wist niet dat daar ook een diploma voor bestond, maar goed. Ik herkende haar direct. Ze droeg wijde paarse kleren en had knalrood haar. Zo ziet een professionele wichelaarster er natuurlijk uit, dacht ik bij mezelf. Toen ze me zag, wilde ze eerst geld hebben, maar ik zei dat ik pas achteraf zou betalen. Daarop twijfelde ze, maar ze haalde toch haar wichelroede uit haar tas. Het leek wel een wensbeentje, maar dan heel groot. Aan het uiteinde hing een draadje met daaraan een stokje en dat begon te trillen toen de wichelaarster de twee uiteinden van de roede in haar handen nam. Daarna liepen we de bewegingen van het stokje achterna. We wandelden richting het station en de roede leidde ons via de stationstrappen het derde perron op en wilde ons laten instappen in de trein naar Groningen. Dat ging me toch echt te ver. Ik zei dat ik niet geloofde dat mijn moeder in Groningen zat. De vrouw keek me vanonder haar roodgeverfde wenkbrauwen aan en zei: 'Wil jij je moeder terugvinden of niet?' Ik knikte, maar ik had inmiddels de tijd opgerekt zodat de intercity voor onze neus vertrok. Het stokje wees alle kanten op. Toen de windvlaag was gaan liggen, gaf de roede aan dat we naar Hilversum moesten. Ik hield het voor gezien. De wichelaarster bekeek me zeer ernstig. Ze aaide me over mijn wang en zei: 'Ik heb iets beters voor jou.' Vervolgens haalde ze een handvol zwarte stenen uit haar tas. 'Dit zijn gitten. Ik wil dat je die onder je kussen legt voor je gaat slapen. In je dromen zul je de antwoorden krijgen op al je vragen. Waar je moeder zit en wie haar vasthoudt. Doe het alsjeblieft. Je hoeft me pas te betalen als je het weet.' Tot slot gaf ze me een dikke pakkerd en verdween met de stoptrein naar Rosmalen.

Over de stand van zaken met de ontvoerders op dat moment kreeg ik weinig te horen. Ik wist dat er hevig werd gediscussieerd over het op afstand houden van de pers. Ook de politie zou zich moeten terugtrekken omdat de ontvoerders niet over de brug kwamen zolang zij zo prominent in beeld waren. Pa was die dag zo kwaad dat ik hem boven hoorde schreeuwen. Ik dacht meteen aan de afluisterpraktijken van de kidnappers en dacht: doe nou een beetje zachtjes. Maar toen realiseerde ik me weer dat er die dag transistorradio's in de vensterbanken waren geplaatst, om de zenders waarmee ze ons afluisterden te verstoren. Toch bleef de vraag erg door mijn hoofd spoken wat pa zo van slag maakte. Carlita wist het ook niet en pa leek zelf onaanspreekbaar.

Toen ik 's avonds thuiskwam in Vught en ik onze twee dochters onschuldig in hun bedjes zag slapen, moest ik aan ma denken. Hoe ze elke avond mijn slaapkamer binnensloop om me eerst een zachte aai over mijn hoofd te geven en dan een kus op mijn wang te drukken. Ik deed dan meestal alsof ik sliep. En als ze dan weg wilde lopen pakte ik snel haar hand. Daar moest ze altijd om lachen.

Ik leef nog, maar wat voor leven is dit? Dit doe je toch niemand aan? Dit is onmenselijk en onwaardig. De ontsnappingspoging heeft me alleen maar dieper in de ellende gestort. Mijn bewakers zeggen geen woord meer tegen me. In hun ogen heb ik hun vertrouwen zo beschaamd dat ze me niets meer gunnen. Het lampje, de krant en de pen zijn me afgenomen. De kettingen moeten ook overdag weer om. Mijn eten wordt naar binnen gesmeten. En als ik naar de wc moet, duwen ze me ruw vooruit. 'Jij Tos, bent slechte vrouw.' 'Jij denkt wij dom. Jij, jij dom, Tos.' 'Nog een keer en jij bent dood.' 'Jij bent niets waard voor jouw kinderen.' 'Jouw man houdt niet van jou als hij niet betaalt.'

Ik vraag me af of ik niet al levend ben begraven. Ben ik niet al dood? Mijn gehavende enkels zijn verdoofd. Mijn gebroken rug is gevoelloos. Mijn angst lijkt langzaam weg te ebben. Is dat niet het begin van het einde? Wat je bij dieren ziet als hun ogen dof worden. Als elke reflex verdwijnt en er geen impulsen meer opvlammen. Als ze zich neerleggen bij de laatste eenzame fase van hun leven.

Mijn hand die het tentzeil van binnen aanraakt, lijkt los van mij te zweven. Alsof ze niet meer bestuurd wordt door mijn eigen geest. Ze beweegt over het nylon als was het een streling. Een liefdevolle aai over een kinderhoofd met glanzend haar. Ik maak schaduwen met mijn vingers op het tentzeil. Het zijn de figuren die we vroeger op de muren maakten. Mijn zusjes moesten raden welk dier ik uitbeeldde. Ze kregen de slappe lach als ik na lang gissen zei dat het een rendier met een groot gewei was. Volgens hen leek het nergens op. Een krokodil lukte beter. Met zijn grote bek at hij het konijn dat werd gevormd door mijn andere hand, in één hap op. Mijn jongste zusje schaterde het uit.

Wat zullen mijn ouders een verdriet hebben. Ze hebben al een kind verloren, het verlies van nog een dochter zouden ze niet overleven. Mijn moeders hart zou breken. Mijn vader die al zo nerveus geworden is door alles wat hij heeft meegemaakt. Bij hem slaat het allemaal naar binnen. Kon ik ze maar een teken van leven geven. Ik, hun oudste dochter, die al zo jong het ouderlijk huis verliet. Ik had er misschien meer voor hen moeten zijn. Maar het leven met Gerrit, onze kinderen en de zaak slokte me helemaal op. Heb ik hen verwaarloosd? Ik heb zo veel goede herinneringen aan mijn kindertijd en ik mis de etentjes die we de laatste jaren eens per maand met hen hadden. Maar had ik niet vaker naar hen toe moeten gaan? En naar mijn zusje Truus en haar man en kinderen? Ik hoop dat mijn familie me vergeeft dat ik opgenomen werd in een heel warme maar ook drukke familie, waardoor er weinig tijd overbleef voor hen. Ik sluit mijn ogen. Over mijn wangen stromen stille tranen.

Ik mag de moed niet verliezen. Niet toegeven aan de kwade geesten die me gevangenhouden. Aan zieke geesten die zo ongelukkig zijn dat ze overgaan tot een daad als deze. Een vrouw ontvoeren die hun moeder had kunnen zijn. Nee, ik moet me sterk houden en mijn zenuwen de baas blijven. De menselijke geest is flexibel, heeft mijn huisarts me weleens verteld. Ik was voor de vierde keer zwanger en heel vermoeid. De laatste weken had ik alleen nog maar op bed gelegen, terwijl ik daarvoor tot op het laatst bleef doorwerken in de zaak. Bovendien was mijn buik zo groot, dat ik bijna zeker wist dat het om een tweeling ging. Vlak voor de geboorte sprak mijn huisarts het vermoeden uit dat er iets mis was. Hij kreeg gelijk. Ik beviel van een meisje dat niet goed was. Nog maar nauwelijks bijgekomen van deze zware slag, kreeg ik opnieuw weeën. Er ontstond weer hoop. Dit kindje zou misschien wel gezond zijn. Het was weer een meisje, maar ook zij was ongezond.

Kort daarna vertelde mijn huisarts me dat de menselijke geest emotioneel flexibel is. 'Mevrouw Van der Valk, wij kunnen meer aan dan we zelf voor mogelijk houden,' zei hij terwijl hij me een bemoedigend klopje op mijn hand gaf. Waarna hij me adviseerde om nooit meer zwanger te raken. 'De kans dat het weer misgaat is te groot. We weten niet precies wat de oorzaak is, maar in dit soort gevallen zie je vaak dat de geschiedenis zich herhaalt.' Natuurlijk trok ik me dat aan. En in eerste instantie waren we voornemens om geen kinderen meer te krijgen. Maar in die tijd kon je de natuur nog niet zo naar je hand zetten. Bovendien was het mijn oerwens om moeder te zijn van een groot gezin. En dus raakte ik weer zwanger. Het werd een jongen, een gezonde jongen. Daarna volgden nog drie zonen. Wie had dat gedacht? Ik was de trotse moeder van zeven kinderen. Maar, het leven loopt vaak zoals je het niet verwacht, en ik raakte nog een keer zwanger. Gerrit had de babykamer al ingericht samen met de kinderen. Met een wit ledikantje en kleine zachte knuffelbeesten. Ik beviel van een meisje. Weer een ongelukkig meisje. Ze stierf in mijn armen. Ik heb geen zeven kinderen. Ik heb tien kinderen.

De uren rijgen zich aan elkaar. Mijn somberheid wordt steeds groter, mijn hoop op een goede afloop van dit afschuwelijke drama slinkt met de seconde. De ontvoerders negeren me alsof ik al dood ben. De eenzaamheid is beklemmender dan mijn boeien zijn. Slechts in mijn gedachten besta ik nog. Mijn gevangenis is steeds kleiner geworden: België, dit appartement, deze kamer, de tent, mijn hoofd. Zonder voedsel sterf je een hongerdood. Zonder menselijk contact sterf je een geestelijke dood. Hoe hou ik dit vol? Tijdens de lange nachten droom ik over donkere maskers en grijze tegelvloeren. In mijn onderbewustzijn probeer ik te verwerken wat ik overdag niet aankan. Schijnbaar schreeuw ik er luidruchtig bij, want al een paar keer wordt er midden in de nacht aan mijn tent geschud. De mannen uit mijn nachtmerries maken me wakker met een bot: '*Ruhe!*'

Zondag 5 december – dag 9

Onder het motto: baadt het niet, dan schaadt het niet, had ik die nacht toch met de gitten onder mijn kussen geslapen . Helaas droomde ik helemaal niets. De avond ervoor gebeurde er weer zoiets idioots. Martien, Marc en Gert-Jan – die ondanks het advies van de dokter toch uit zijn bed was gekropen – waren 'm weer gesmeerd. Ze hadden een nieuwe, snelle Mercedes meegenomen en gingen naar Heeswijk-Dinther waar een verdachte woning stond. Er zouden mensen in- en uitgaan die er niet hoorden. Ze gingen posten bij dat huis maar er gebeurde zo weinig dat Gert-Jan op een gegeven moment zei: 'Kom op, we moeten naar binnen.' Misschien dat Gert-Jan overmoedig was geworden door een week op bed, of had hij het gevoel dat hij dat moest compenseren, in ieder geval wilde hij tot actie overgaan. Martien zou hem met een geladen pistool dekking geven, terwijl Marc op de uitkijk bleef staan. Gert-Jan tikte een ruitje in alsof hij een doorgewinterde inbreker was en wurmde zich erdoor naar binnen, waarbij hij zijn arm nog openhaalde ook. Met een getrokken wapen struinde hij kamer voor kamer af. Er was niemand thuis en alle vertrekken bleken leeg te zijn. Geen enkel spoor van ma, zelfs niet het geringste teken dat er iets mis was daar. Met lege handen, maar een arm onder het bloed, waarmee hij ook een heel spoor had gemaakt door de woning hield hij het voor gezien. Op dat moment kwam er een auto aangereden. Marc sloeg alarm door heel hard te schreeuwen. Hij wilde natuurlijk niet dat zijn broer ontdekt werd, maar met zijn geroep maakte hij zo'n beetje de hele buurt wakker. Martien wist niet of hij nou terug moest rennen naar de auto, of dat hij Gert-Jan uit het huis moest redden en hij bleef als versteend met zijn pistool op zijn schuilplek staan. Gert-Jan wist via de achterdeur naar buiten te glippen en over de heg en het pad van de buren weer bij de auto te komen. Daarna zijn ze als gekken weggereden. Ze namen een sluiproute via de dijk, maar hun snelheid was veel te hoog voor die bochtige weggetjes. Het gebeurde vrij snel. Martien zag de haakse bocht niet en hij kon niet meer op tijd gas terugnemen. In volle vaart reden ze met die nieuwe auto de dijk af. Marc kwam het meest ongelukkig terecht. Hij heeft met zijn schedel het raam eruit getikt. Het was nog even spannend of het wel goed met hem zou aflopen. De dokter is er nog bij geweest, maar Marc was ervan overtuigd dat er niks mis was met zijn hoofd. Mijn kleine broertje dacht daar zelf anders over en is sindsdien zijn bed niet meer uitgekomen. Marc schaamde zich dood dat die nieuwe auto total loss is, want het was zijn idee om hem mee te nemen. Ofschoon Martien reed, voelde hij het ongeluk als zijn verantwoordelijkheid. De jongens hebben de Mercedes laten ophalen en hem verstopt in een garage. Het bleek ook nog eens de vehikel te zijn waarmee de geldtransactie zou moeten plaatsvinden. Ze wachtten beiden op een goed moment om het pa te vertellen, maar ik vroeg me af of dat moment ooit zou komen.

In de stad stond alles ondertussen in het teken van Sinterklaas. De etalages in het centrum van Den Bosch lagen vol met ingepakte cadeautjes, er klonken liedjes over de goedheiligman door de straten en er liepen Zwarte Pieten met grote zakken pepernoten. Maar het hele kinderfeest werd dit keer doodgezwegen door onze familie. Ik hoorde er niemand iets over zeggen, terwijl we elk jaar surprises maakten voor elkaar en de meest hilarische gedichten schreven. We moesten er nu niet aan denken. Het leek of we in een grote bubbel leefden die was afgesloten van de buitenwereld, waar alles maar gewoon doorging. En in dit afgesloten vacuüm bewogen wij ons heel voorzichtig. We probeerden niets stuk te maken en zetten ons schrap voor het moment dat de bel uit elkaar zou spatten en alles uiteen zou vallen.

Joep, oom Arie, oom Henk, pa en de Draaijer zaten meestal boven om overleg te plegen. Wij waren opgehouden met het stellen van vragen, over wanneer, hoe en waar de transactie plaats zou vinden. Soms was het een kwestie van uren, dan hadden ze het weer over dagen. Waarom zat er zo weinig schot in de zaak? Toen ik bij pa op de kamer kwam om hem een glas wijn te brengen, vroeg ik hoe het met hem ging.

'Marij, je kent toch mijn uitspraak? Mondje dicht, oogjes open en...

'Handjes laten wapperen,' vulde ik hem aan.

'Ja. Ik denk dat ik hierna nooit meer mijn handjes wil laten wapperen.'

'Wat bedoel je?' vroeg ik hem verbaasd.

'Nou, waarom zou je nog werken als het zo gemakkelijk is om je geld te verdienen? Je haalt een vrouw uit haar huis en als beloning krijg je zomaar miljoenen toegeschoven.'

'Pa, het belangrijkste is dat ma terugkomt.'

'Het belangrijkste is dat ma lévend terugkomt,' corrigeerde hij me.

Er lijkt iets gaande te zijn. Ik hoor hard gepraat, en de sfeer lijkt losser. Zou er misschien toch iets gebeurd zijn? Zou het geld betaald zijn? Ja, er wordt zelfs gelachen binnen. De deur van mijn kamer wordt geopend. Ik ruik koffie. De Raaf ritst mijn tentje open en reikt me een kop aan. Daarna volgt er een gebakje op een schoteltje. Verbaasd neem ik het aan. 'Tos, we hebben verjaardag. Ook taart voor jou.' Dit zijn de eerste aardige woorden die ik in dagen hoor. Ik moet mijn neiging om hem even aan te raken onderdrukken. Zo dankbaar ben ik voor dit gebaar, deze menselijkheid die zich plotseling weer aan mij openbaart. Zouden ze mij vergeven hebben? Zou hun gevoel van mededogen het toch gewonnen hebben van hun boosheid? Ik zou zijn hand in mijn handen willen nemen en hem willen zeggen dat er heus wel een manier is om die kromme pink recht te laten zetten. Hij is gewoon nooit goed gespalkt geweest. Ik kan de ziekenhuiskosten betalen. Maar in plaats van hem aan te raken met mijn troostende, mijn vergevingsgezinde handen, stamel ik schor: 'Dank je wel.' De Raaf reageert niet of nauwelijks. Hij haalt heel even zijn schouders op, gaat dan rechtop staan en verlaat de kamer. Ik kijk naar de mok met koffie, waar blijkbaar al een scheut melk in is gedaan want hij is lichtbruin. Ik vraag me af of er ook suiker in zit. Een lepeltje ontbreekt. Ze zijn natuurlijk bang dat ik daar iets mee uit zou halen. Alsof een koffielepeltje me uit deze benarde situatie zou kunnen bevrijden. Ik neem de beker in mijn handen en zet hem voorzichtig aan mijn mond. De koffie is bijna lauw, maar nog net warm genoeg als ik hem meteen opdrink. Ik neem voorzichtig een slok. Het is de eerste kop koffie sinds ik ben ontvoerd. Ik proef het bitterzoete vocht en schiet bijna vol. Nooit gedacht dat een simpele kop koffie zoveel teweeg zou kunnen brengen. Na de vele glazen thee die ik elke dag te drinken krijg en die ik haat, is er eindelijk weer het door mij zo gewaardeerde vocht. Het brengt mijn thuis dichterbij, de eettafel met het hele gezin na een uitgebreid diner. In de zaak met dienbladen vol gevulde kopjes, waarvan de geur diep in mijn neusgaten doordringt terwijl ik ze uitserveer. In de voorjaarszon op het terras van Avifauna bij mijn schoonouders. 's Ochtends in bed, samen met Gerrit, op een luie maandagochtend. Ik sluit mijn ogen en geniet van de smaak die niet alleen mijn mond maar ook mijn geest lijkt te vullen.

Ik schrik op uit mijn mijmeringen door hard gelach in de woonkamer. De stemmen klinken uitgelaten, joviaal zelfs. Ze zijn afkomstig van meer mensen dan alleen mijn vaste bewakers. Waarschijnlijk zijn het de twee bazen die me het leven gered hebben. Maar wat zou hen nu zo uitbundig maken? Is er iemand jarig? Of zouden ze vieren dat ze het losgeld hebben gekregen? Ik kijk naast me naar het schoteltje met het gebakje. Geven ze me letterlijk een zoethoudertje voor ze me om zeep helpen? Zodat ik ontspannen de dood tegemoet kan treden? Net zoals het stresshormoon het vlees van runderen taaier maakt, zo proberen ze ook mijn vlees mals te houden door me het gevoel te geven dat er niks aan de hand is. Mijn maag knort verlangend naar het taartje. Het is een soort soes met een karamelkleurige laag eromheen en een toef slagroom erop. Een beetje als een bananensoes, maar dan met een lichtbruine bovenkant. Als ik het schoteltje optil en het gebakje ruik, loopt het water me onmiddellijk in mijn mond.

Dan bedenk ik me ineens. Er zal toch niks in zitten? Arsenicum of een ander dodelijk gif? Nee, dat konden ze dan net zo goed in mijn eten doen. Ze hebben genoeg kansen om me te vergiftigen. Daarbij heb ik mijn besluit al genomen. Wel of geen risico, ik wil dit gebakje opeten. Ze hebben er geen vorkje bij gedaan, om dezelfde reden dat ze me geen lepeltje hebben gegeven, vermoed ik. Dan maar met mijn vingers. Ik til het gebakje op en wil het naar mijn mond brengen als mijn oog op het ronde papiertje valt dat achterblijft op het schoteltje. Met een schok zie ik dat het complete adres van de bakkerij erop staat: Boulangerie Gavilan, Elsensesteenweg 24, Bruxelles. Dit lijkt bijna onwerkelijk. Deze fout is te simpel. Ik lees nog een keer het adres, herhaal het in mijn hoofd terwijl mijn lippen meebewegen. Ondertussen hou ik de deur nauwlettend in de gaten. Ze mogen niet weten dat ik dit gezien heb. Als ik het gebakje opeet, zullen ze weten dat ze een gigantische blunder hebben begaan. Nog een keer en nog een keer herhaal ik de gegevens. Met mijn ogen dicht en dan weer open om te controleren of ik het goed heb. Dan zet ik met spijt het gebakje terug op het papiertje. Ik kan, nee, ik mag het niet opeten. Als ik mijn vingers aflik proef ik de zoete smaak van karamel en room. Ik drink de laatste slokken van mijn inmiddels koude koffie. Schuif dan de beker en het schoteltje bij me vandaan en ga achterover in mijn tent liggen. Steeds herhalend wat ik te weten ben gekomen.

Als even later de deur van mijn kamer opengaat en de Rat binnenkomt, zeg ik nog voor hij ernaar vraagt. 'Bedankt, maar ik lust geen gebak.'

Hij kijkt mij aan met zijn gitzwarte ogen, haalt dan zonder commentaar het gebakje bij me weg en loopt mijn denkbeeldige cel uit. Mijn hart raast nog na als de klap van de dichtslaande deur allang is weggeëbd en de Italiaanse stemmen uit de woonkamer weer klinken als tevoren.

Eén ding is zeker. Ik ben mijn geestelijke scherpte nog niet verloren. Ik mag me niet laten meeslepen door mijn emoties, door de angst dat dit mijn laatste levenspost is voor ik zal sterven. Ik moet mijn geest blijven trainen tegen de zenuwinzinking die op de loer ligt. Ik moet mijn weerbaarheid vergroten door bewust die hersencellen aan te sturen, waar mijn gevoel van veiligheid verborgen ligt. Ik heb eens in een artikel gelezen dat uit psychologisch onderzoek bleek dat er wel degelijk zoiets bestaat als positieve stimulering van de hersenen. De onderzoeker liet zijn patiënten steeds weer terugdenken aan dingen die mooi waren in hun leven, waardoor bepaalde delen van de hersenen beter doorbloed raakten en men een beter gevoel kreeg. Dit had dan weer zijn uitwerking op de gedachten waardoor een vicieuze cirkel ontstond van positivisme, en de patiënt na een tijdje genezen was van een depressie. Dat moet ik ook kunnen. Ik moet mijn gedachten kunnen concentreren op fijne herinneringen, waarin de zon schijnt en heel veel liefde is. Ik sluit mijn ogen, probeer het nare gevoel in mijn buik te negeren en ga terug naar het verleden.

Het is zondag, vroeg in de middag en samen met mijn vriendin Jannie fiets ik op de provinciale weg van Delft naar Amsterdam. Daar woonden een oom en tante van Jannie en het was de eerste keer dat we deze lange fietstocht ondernamen. We waren Leidschendam al gepasseerd en reden nu het stuk langs de Vogelplas. Aan de rechterkant schitterde het blauwe water in onze ogen en aan de linkerkant reed het verkeer met, zo leek het, steeds grotere snelheid langs ons heen. Ik had dorst en stelde voor om iets te drinken te halen. Ik schrok van de harde claxon die uit de oude open auto klonk die ons voorbijstoof. 'Laten we maar even achter elkaar gaan fietsen,' zei ik tegen mijn vriendin, ervan uitgaand dat we de auto hadden gehinderd door te ver op de weg te fietsen. We kwamen langs restaurant De Gouden Leeuw in Voorschoten. Een plek die ik goed kende, omdat ik er vaak was geweest met mijn ouders en zusje, en ik er eindeloos lang had geschommeld in de grote speeltuin. In een flits meende ik op het parkeerterrein van het restaurant de auto te herkennen die ons eerder voorbij was gereden. In het centrum van het dorp kochten Jannie en ik aardbeien, appels en bananen, die we in onze fietsmanden legden. Etend van de aardbeien, mijn lievelingsvruchten, bleven we nog even bij de groenteboer staan. Jannie zei dat de paar druppels aardbeiensap die ik op mijn zalmkleurige jurk had gemorst, er met ossengal heel gemakkelijk uitgingen. Vooral bij rode vlekken werkte dat heel goed. Ik lachte en zei dat mijn moeder ooit eens had geprobeerd om haar rode haar met ossengalzeep te wassen om de kleur eruit te krijgen. Waarop mijn vriendin weer zei dat je beter een rode kleur op je hoofd kon hebben dan in je gezicht, refererend aan de kleur die haar wangen bij het minste of geringste aannamen als ze verlegen was. We stonden daar te grinniken als twee bakvissen, toen we weer werden opgeschrikt door een claxon. Hij was afkomstig van dezelfde grote open auto als eerst. De twee bestuurders, jonge jongens nog, wuifden naar ons terwijl ze verder reden. Prompt verschoot Jannie van kleur en we kregen een giechelbui waar we bijna in bleven. Eenmaal weer op weg kwam de auto opnieuw voorbijrijden. De bestuurder minderde vaart en met zijn arm nonchalant op het portier geleund, zei hij: 'Zo, lekker dagje uitgezocht voor een fietstochtje, dames.'

'Ja, een heerlijke dag,' riep ik spontaan.

'En waar gaat de tocht naartoe?' vroeg hij terwijl hij naast ons bleef rijden.

'Amsterdam,' zei mijn vriendin. 'We gaan de duiven voeren op de Dam.'

'Ik weet niet of die van bananen houden, hoor. Dan kun je toch beter naar Artis gaan,' was de snelle reactie van de jongen.

Ik glimlachte naar hem en zag dat zijn ogen felblauw waren, net als die van mij. Een auto achter hen wilde erlangs en begon ongeduldig te toeteren. Als door een wesp gestoken trapte de jongen het gaspedaal in en scheurde weer weg. Jannie keek mij aan en ik zei: 'Nou als die niet op zoek zijn, dan weet ik het niet meer.'

'Wel een grote auto,' zei mijn vriendin veelbetekenend.

'Ja, maar heb je gezien wat een deuken er in de voorkant zitten,' grapte ik.

Enige tijd later remde mijn vriendin plotseling af. 'We stoppen even.'

'Waarom, wat ga je doen?'

'Wacht maar.' Mijn vriendin keek me raadselachtig aan. Vervolgens stapte ze af en zette haar fiets op de standaard. Daarna hurkte ze naast het achterwiel en begon haar wiel te bestuderen. 'Jannie, wat doe je?' Ik was inmiddels ook gestopt.

'Ik vind Amsterdam toch best ver fietsen, jij niet?'

'Jawel maar...' Ze wees achter mij.

Ik keek achterom en zag de auto weer aan komen rijden.

'Sst, Toos. Moet je opletten,' fluisterde Jannie.

Ik keek haar aan of ze gek was, maar ze wist dat ik mee zou spelen.

'Zo,' zei de jonge bestuurder van de auto die naast ons was gestopt. 'Lekke band?'

'Ik denk het,' antwoordde Jannie. 'Het lijkt of hij heel langzaam leegloopt.'

'Misschien moeten wij jullie dan even naar Amsterdam brengen,' zei de jongen. 'Kom op Ben, werk aan de winkel.' Hij zette de motor af en stapte uit. 'Ik zal me eerst eens netjes voorstellen. Gerrit van der Valk is de naam.' Kordaat stak hij zijn hand uit. Niet naar Jannie maar naar mij. 'Hallo, Gerrit,' zei ik, terwijl ik hem een stevige handdruk gaf. 'Ik ben Toos, Toos van de Cappelle.'

Dat was het begin. Ben, de neef van Gerrit was samen met

Jannie achterin gaan zitten. De fietsen staken uit de achterbak. Ik had mazzel en mocht naast de bestuurder zitten, een knappe jongen vol bravoure, die ik met een mengeling van afstandelijkheid en nieuwsgierigheid gadesloeg. Eenmaal in Amsterdam stelde hij voor om de fietsen op de trein te zetten. Ik grapte tegen hem dat onze fietsen geen idee hadden van het spoorwegennet en vast op een verkeerd station zouden uitstappen.

'Dan wachten we hier op jullie en nemen we zowel jullie als de fietsen weer mee terug,' zei hij beslist.

Veel later vertelde Gerrit me dat hij na de tweede keer dat ze ons voorbij waren gereden, tegen zijn neef had gezegd: 'Die met die bruine krullen, daar ga ik later mee trouwen.' Aan het einde van de dag brachten ze ons helemaal terug naar Delft. Van het hele fietsen was dus weinig gekomen. 'Mag ik je volgende week komen halen voor het ringsteken op Koninginnedag?' vroeg hij bij het afscheid aan mij.

'Is goed hoor,' zei ik zo nonchalant mogelijk, maar in mijn buik voelde ik een kriebel opkomen. Zijn vader was boos geweest, hoorde ik achteraf, dat hij de hele dag was weggebleven, terwijl hij alleen maar vlees hoefde te halen. Zijn antwoord luidde: 'Maar pa, ik heb zulk goed vlees gevonden. Dat kon ik niet laten lopen.'

Een paar dagen later kwam Gerrit officieel toestemming aan mijn moeder vragen om mij die zondag mee te nemen naar Voorschoten. Ik zat op school toen hij aan de deur kwam. Mijn moeder had opengedaan en de jongen met de heldere blik zien staan met daarachter een grote open auto. Ze had hem niet binnengevraagd en op zijn verzoek of hij Toos mee mocht nemen die zondag, had ze meewarig geknikt. 'Als Toos het leuk vindt, dan is het wel goed.'

'Dan wacht ik wel even om te horen of ze het leuk vindt,' had Gerrit gezegd in de veronderstelling dat ik thuis was.

'Nee, ze is er niet. Bovendien moet ik het ook nog even aan haar vader vragen.'

Even had hij nog getreuzeld en toen had hij ironisch gezegd: 'Bedankt voor de koffie, mevrouw. Dan ziet u mij zondag verschijnen.'

'Wat is dat voor een vreemde jongen?' vroeg mijn moeder toen ik thuiskwam uit school. Ik wist wat mijn moeder bedoelde. Hij was zo anders dan de jongens die ik kende van hockey. Hij was charmant en knap, maar hij kwam me ook wat brutaal voor en misschien was het wel een flierefluiter. Dus of het zo verstandig was om me in te laten met iemand die het leven als één grote grap leek te zien, wist ik niet. Toch maakten de nieuwsgierigheid en de spanning in mijn buik dat ik ervoor koos om met hem mee te gaan.

Uren had ik getwijfeld ik wat ik aan zou doen. Die heldergele jurk die ik bij een winkeltje in Delft had gekocht? Of de lichtblauwe jurk die mijn moeder voor mij had gemaakt en die precies om mijn lijf paste? Moest ik sokjes aandoen, of was het een gelegenheid voor dure nylonkousen?

De open auto stond vol met bloemen. 'Zo, vond je één bloemetje niet genoeg?' vroeg ik aan Gerrit toen ik naar buiten kwam. 'Die heb ik net gehaald bij de tuinders. We hebben ze nodig voor de Tilbury,' zei Gerrit.

'Voor de wat?'

'Dat is een wagen met een paard ervoor, die wordt gebruikt voor het ringsteken. Met die bloemen moeten we die kar versieren, daarmee kunnen we een prijs winnen. Jij helpt me toch wel?'

Ik begon te lachen. 'Natuurlijk help ik je.'

Toen we in Voorschoten aankwamen, draaide Gerrit de oprit van een boerderij op en stopte voor een grote stal. 'Hier staatie.' Hij hield galant de deur voor me open en drukte me meteen daarna vier of vijf bossen bloemen in mijn handen. 'Ga maar naar binnen.' Wat onwennig liep ik de stal in en daar stond inderdaad een prachtige oude kar. Het paard dat hem zou moeten trekken was nergens te bekennen en liep waarschijnlijk nog te grazen in de wei.

'Het is dus de bedoeling dat die bloemen allemaal hierop komen. Hier is touw, een mes en een schaar...' Hij liet me alle spullen zien die klaarlagen om de bloemen aan de kar te bevestigen. 'Dus tja... begin maar vast.'

Ongemakkelijk draaide ik me naar hem om. 'Hoezo "vast"?'

'Eh... ik moet heel even naar de zaak van mijn ouders. Maar ik kom zo snel mogelijk terug hoor.'

Ik knikte met een geforceerde glimlach op mijn gezicht. 'Ik zal mijn best doen. Tot zo dan.'

Het was een rare situatie, maar ach, ik kon er ook wel om lachen. Neuriënd versierde ik de Tilbury met anjers, tulpen, rozen en gipskruid. Hij begon er steeds mooier uit te zien. Op zich waren dit soort creatieve uitdagingen wel aan mij besteed, dus gaf het me in elk geval de kans om indruk te maken. Toch begon ik me, toen ik bijna door de bloemen heen was, zorgen te maken. Waar bleef hij nou? Ik schrok toen de staldeur plotseling openzwaaide. Het was een man van in de vijftig die iets met z'n been trok terwijl hij naar me toe kwam lopen. 'Jij moet Toos zijn,' zei hij met een ernstige blik.

'Ja, dat ben ik. Is er iets met Gerrit?' Zie je nou wel, er was iets gebeurd. En ik alleen maar denken aan mijn eigen ongemak.

'Er is iets gebeurd in de zaak, ja. Het is er zo druk dat Gerrit niet kan komen. We kunnen beter daarnaartoe gaan.'

'Goed dan,' zei ik terwijl de moed me in mijn schoenen zakte. Ik voelde me ineens belachelijk opgedoft met mijn zwierige blauwe jurk en mijn nieuwe nylonkousen. In de auto op weg naar De Gouden Leeuw stelde de man zich pas voor als Martinus van der Valk, naar later bleek mijn toekomstige schoonvader. Aangekomen bij het restaurant zag ik dat het verhaal in elk geval waar was. Het terras was afgeladen vol. Gerrit kreeg me meteen in het oog. Met een groot dienblad vol met drankjes en ijsjes liep hij naar me toe. 'Is die Tilbury af?' Ik knikte.

'Het spijt me, Toos, maar ik kan hier niet weg.'

'Misschien kan ik beter...'

'Wacht, weet je, ik geef hem wel aan een vriend van mij. Dan doet de mooi versierde kar in elk geval mee aan de race. En zou jij op mij willen wachten tot het wat rustiger is? Misschien kunnen we dan alsnog even gaan.' Op een antwoord wachtte hij niet. Voor de ijsjes zouden smelten en het schuim van het bier nog verder inzakte liep hij naar zijn ongeduldige klanten.

'Kom maar, dan krijg je een ijsje,' zei de oude heer, die achter me was blijven wachten. Hij leidde me naar een klein kamertje dat vol zat met mensen. 'Van welke smaken hou je?' vroeg Martinus. 'We hebben vanille, aardbeien, chocolade en citroen.'

'Aardbeien graag,' zei ik beleefd. Ik wist niet wat ik moest doen. Moest ik gaan zitten of blijven staan? Me voorstellen aan deze mensen of juist niet? Waren dit klanten, medewerkers of familie? Het was er drukkend warm. Benauwd. Iedereen leek druk bezig te zijn met iets. De een met het indraaien van bestek, de ander zat druk te praten, weer een ander gaf op luide toon bestellingen door. De aardige Martinus kwam een ijscoupe met drie grote bollen aardbeienijs neerzetten. Ik vroeg me af of ik dat wel op zou kunnen. 'Alsjeblieft, meisje, als troost.'

'Dank u wel, meneer.'

'Ga toch zitten, meid.' Hij schoof een stoel naar achteren en maakte een uitnodigend gebaar. Ik zeeg ongemakkelijk neer. Het ijsje zette ik voor me op tafel, daarna pakte ik het lepeltje en nam een eerste hap. 'Hoi,' zei een vrouw die eerder met haar rug naar me toe gedraaid had gezeten. 'Wat een drukte, hè, vandaag.'

'Nou,' zei ik, terwijl ik een te grote hap van het ijs nam.

'Ik ben Ina. En jij?' Ze wuifde de rook van haar sigaret voor haar gezicht weg.

'Hmm,' ik slikte de koude hap door en verslikte me bijna. 'Ik ben Toos.'

'Ach ja, jij bent Toos. Gerrit heeft al iets over je verteld,' ze keek me met pretoogjes aan. Ik lachte schaapachtig terug.

'Ina, je pauze is voorbij. Bij het uitserveren is extra hulp nodig.' Het was Gerrits vader die dat tegen haar zei.

'Wat je pauze noemt,' zuchtte Ina. 'Ik zit net drie seconden.' Ze gaf me een snelle knipoog, drukte haar sigaret uit en stond op.

'Als ik ergens mee kan helpen?' vroeg ik verlegen. 'Ik zit hier toch maar.'

'Eet jij nou maar eerst je ijsje op,' zei Gerrits vader, en weg was hij weer. Om vijf minuten later terug te komen met de vraag: 'Meende je dat, dat je zou willen helpen?'

'Natuurlijk,' zei ik.

'Dan mag jij bij de ijsjes staan. Kom maar mee.'

Ik liep achter hem aan naar het ijsbuffet. Daar kreeg ik een schort in mijn handen gedrukt. Terwijl ik dat omknoopte werd me razendsnel uitgelegd wat er in welke bak zat en hoe ik ijs moest scheppen. Ik was begonnen.

Zes uur later, het was inmiddels acht uur 's avonds, werd het eindelijk rustiger. Ik had geen benen meer over. Mijn mooie jurk zat vol spetters en er zat een gat in mijn nylon. Martinus was nog wel vaak komen vragen of alles goed ging, of ik honger of dorst had. Ik had steeds braaf geknikt dat het prima ging en dat ik niks bliefde. Gerrit had ik slechts af en toe in de verte voorbij zien komen. Nu stond hij naast me en vroeg hij of ik nog wat wilde drinken. Ik schudde mijn hoofd en zei dat ik liever naar huis ging. Eenmaal in de auto kon ik mijn tranen niet langer bedwingen. 'Het spijt me, Toos. Echt waar.' Gerrit klopte me troostend op mijn rug. Ik schaamde me voor mijn tranen. Ik had ze in willen houden tot ik thuis was en dan had ik willen besluiten om deze jongen nooit meer te zien. Ineens draaide Gerrit de weg af. Door mijn tranen heen keek ik op. Waren we er al? Dit leek niet op Delft. We stonden op de inrit van een boerenerf. Gerrit zette de motor van de auto af en draaide zich naar mij toe.

‘Toos, geloof me als ik je zeg dat dit niet de bedoeling was en dat ik veel en veel liever met jou naar het ringsteken was gegaan.’ Ik probeerde mijn tranen weg te vegen, en hoopte dat er geen zwarte strepen onder mijn ogen zaten van de mascara die ik gebruikt had.

‘Misschien kan ik je toch nog een beetje opvrolijken,’ ging hij door.

‘Hoe wou je dat dan doen?’ zei ik, terwijl ik mezelf vermande.

‘Door je te vertellen dat de Tilbury, die jij versierd hebt, de eerste prijs heeft gewonnen. De jury vond het unaniem de mooiste kar.’

Nu lachte ik door mijn tranen heen.

‘Zie je,’ zei hij triomfantelijk. ‘Zo maak ik je toch nog een beetje blij.’ Hij streek met zijn vingers over mijn wang en pakte voorzichtig mijn hand. Mijn verdriet maakte plaats voor de opwinding van de vlinders in mijn buik. Ik keek hem in zijn lichtblauwe ogen en wist het. Terwijl hij zijn gezicht langzaam naar me toe boog, wist ik: dit is hem. Onze lippen raakten elkaar voor de allereerste keer.

Vlak voordat we in Delft bij mijn ouderlijk huis waren, vroeg ik aan Gerrit: ‘Wat nou de volgende keer als we afspreken? Moet ik dan weer de hele dag ijs scheppen?’ Hij schudde zijn hoofd. ‘Nee lieve Toos, dan mag je achter het buffet staan of samen met mij in de zaak lopen. Vind je dat goed?’

Ik knikte plechtig. ‘Dat vind ik goed.’

En zo geschiedde. Vijfendertig jaar later liep ik nog in de zaak rond. Tot de dag dat ze me bruut uit mijn huis rukten, om ons al het door ons verdiende geld afhandig te maken.

Maandag 6 december – dag 10

De kamer stond blauw van de rook en de winterzon scheen bleek door de kamer. Toen ik die middag een foto liet zien van toen papa en mama elkaar net hadden leren kennen en samen in een open auto zaten, begon oma spontaan te huilen. Carlita troostte haar en ging een eindje met haar wandelen, maar toen ze weer met oma binnenkwam zag deze nog even witjes als daarvoor.

De Draaijer, Havinga en oom Arie hadden ons ingelicht over de stand van zaken. In overleg met de pers was er besloten om alle berichtgeving over de zaak voorlopig op te schorten. Dit was een unicum in Nederland. Nog nooit was de media het zwijgen opgelegd. Maar iedereen was zich nu bewust dat ma's leven anders ernstig in gevaar gebracht zou kunnen worden. Ook zou het hele politieapparaat minder zichtbaar opereren om de ontvoerders de indruk te geven dat ze zich, in elke geval gedeeltelijk, hadden teruggetrokken. Op dat moment was het wachten op de verdere instructies van de ontvoerders want alles was gereed voor de transactie. We hadden besloten dat Joep de geldoverdracht zou uitvoeren. Iedereen had vertrouwen in Joep en hijzelf was er helemaal klaar voor om tot actie over te gaan. De Draaijer sloot zijn betoog af met: 'En dan zal Toos eindelijk terugkomen.' Toen hij deze zin had uitgesproken kon je letterlijk een speld horen vallen in onze volle woonkamer. Oma hield haar hand op haar borst en schudde haar hoofd. Opa zat naast haar en had zijn ogen neergeslagen. En pa staarde ergens in het niks. De spanning op zijn gezicht was schrijnend. Even kruisten onze blikken elkaar. Ik probeerde naar hem te glimlachen, maar het moet eruit hebben gezien als een soort rare grimas, een spiegel van verdriet en bezorgdheid. We werden gek van de spanning, maar als ik eraan dacht hoe ma het in haar gevangenis moest hebben, verbleekten mijn eigen gevoelens. Want hoeveel afschuwelijker moest het zijn om daar in onveiligheid te zitten en je leven niet meer zeker te zijn? Pa zei op een van de eerste dagen tegen me: 'Mama is een heel slimme vrouw. Die zal alles in het werk stellen om te ontsnappen. Als haar dat niet lukt, dan zal ze er in elk geval voor zorgen dat ze in leven blijft.' Ik hoopte zo dat hij gelijk had.

'Tos, jij moet vragen zeggen.' Het is de Raaf die voor mijn tentje staat.

'Wat voor vragen?' vraag ik achterdochtig.

'Antwoorden zijn voor jouw familie dat jij bent niet dood.'

Nu veer ik overeind. 'Gaan ze het geld geven?' Zou het waar zijn? Gaan ze na dit bewijs dat ik nog leef over tot het betalen van het losgeld?

'Rustig, eerst vragen. Waar zijn jij en Valks getrouwd?'

'In Delft.'

'Op wat voor dag zijn jullie verloofd?'

'Op dodenherdenking.'

'Waarom die dag?'

'Omdat het restaurant om twee uur verplicht dicht moest.' De zaak ging dicht, iedereen was uitgewerkt en ons feest barstte los. Wat lijkt dat nu een eeuwigheid geleden. Ik was tweeëntwintig jaar oud. Een onschuldig meisje nog. En zo verliefd. Goed dat ik toen niet wist wat me dertig jaar later zou overkomen. Daarna volgen er nog een paar vragen. Over het vak dat mijn moeder uitoefende voor ze trouwde met mijn vader. Wat de kleur van de stoel is in onze slaapkamer. Hoe Gerrits vader aan zijn manke been komt. Eenvoudige vragen, maar toch ben ik bang voor foute antwoorden. De Raaf schrijft alles met een potlood op het stuk papier dat hij op zijn knie heeft gelegd. Met een schuin oog probeer ik te lezen of hij daarbij geen fouten maakt, maar hij zit te ver weg en zijn handschrift is te klein. Na een stuk of zeven vragen vouwt hij het papier op en stopt het in zijn achterzak. Daarna haakt hij de sleutels van zijn broekriem en begint mijn kettingen los te maken. Ik schrik.

'Wat gaan we doen?'

'Jij vindt leuk. Televisiekijken.'

'Hoezo? Mag ik televisiekijken?

Mijn hersenen beginnen meteen te ratelen. Wat is hier aan de hand? Eerst die vragen, nu tv kijken?'

'Ga maar staan, Tos.' De Raaf heeft me losgemaakt en steekt uitnodigend zijn hand naar me uit. Ik twijfel, maar pak hem dan toch beet en laat me omhoogtrekken.

Terwijl ik overeind kom, en de lucht lichtjes langs mijn lichaam strijkt, ruik ik mezelf. Ik ruik het zweet dat al negen of tien dagen in deze blouse zit. Ik ruik mijn ongewassen haren, mijn niet gepoetste tanden. Ik ruik de panty en de onderbroek die ik al die tijd al aanheb. Ik ruik mijn verwaarlozing en word draaierig.

'Ho, rechtop blijven Tos. Jij bent niet lekker?'

'Ik ben vies. Geef me nieuwe kleren, laat me mezelf wassen.'

'Tos, ik heb gezegd, je mag televisiekijken. Niet, je mag wassen. Ik zal vragen, morgen.'

Stapje voor stapje loop ik op kousenvoeten achter zijn modieuze puntschoenen aan. Mijn lichaam lijkt te verslappen. Mijn sterke spieren zijn geslonken tot broze draadjes die elk moment kunnen knappen. Ik zou oefeningen moeten doen om sterk te blijven. Zoals je dat weleens in films ziet, hoe gevangenen zich helemaal in het zweet trainen en topfit de cel verlaten. Maar ik heb minder bewegingsvrijheid dan welke gevangene ook. Ik word slechter behandeld dan de grootste crimineel.

Ik hoor het geluid van de tv al. Wat was er met de tv? Zouden ze me iets willen laten zien over de ontvoering op het journaal? Waarom mij na al die dagen ineens tv laten kijken? Ik begrijp het niet. Het sloop wordt van mijn hoofd getrokken en ik sluit automatisch mijn ogen. Misschien omdat ik denk dat ze dat van mij verwachten of omdat ik bang ben voor wat ik te zien zal krijgen. Ik word voorzichtig achterovergeduwd, zodat ik op de bank kom te zitten. Mijn voorhoofd klopt, mijn buik verkrampt.

'Tos jij mag ogen opendoen.'

Knipperend probeer ik mijn ogen te laten wennen aan het felle licht dat uit de beeldbuis komt. Ik probeer mijn zicht scherp te krijgen. Ik moet zo snel mogelijk alles in mij opslaan. Het programma dat opstaat – iets met mannen in regenjassen – de huiskamer, de meubels, de schilderijen aan de muur. Ik knipper nog eens met mijn ogen. Ik mag niet te opvallend kijken. Links naast me op de bank zit de Rat, rechts naast me zit de Raaf. Ik voel dat ze naar me loeren, hoewel ze het niet willen laten blijken. De mannen op tv in regenjassen spreken Duits. Willen ze me laten geloven dat we in Duitsland zijn, of hebben ze iets opgezet wat we alle drie kunnen volgen? Ik voel letterlijk hun hete adem in mijn nek en weet niet wat er van mij verwacht wordt. Wel weet ik dat dit hoe dan ook iets te betekenen heeft. Iets belangrijks.

'Kun je het goed volgen, Tos?' Het is de stem van de Raaf.

'Ja hoor, ik kan het wel volgen.' Dan ineens weet ik het. Ik weet waarom ze me hier voor de tv hebben gezet. Ik heb gezegd dat ik niet goed kon zien zonder bril. Ze willen zeker weten of dat zo is. Stom, het komt natuurlijk door mijn ontsnappingspoging. Op het briefje schreef ik dat ik in België zat. Nu denken ze dus dat ik toch veel meer gezien heb dan ik de hele tijd beweer. Dus is het de ultieme test of ze me na de geldoverdracht wel of niet in leven zullen laten. Het is een val! 'Ik kan het wel verstaan, maar het ziet er heel vaag uit,' zeg ik quasi-nonchalant. 'Zonder bril zie ik nauwelijks iets van veraf.'

'Waarom heb jij niet eerder gezegd, jij kunt niet goed tv-kijken zonder bril, Tos?'

'Omdat alles beter is dan opgesloten zitten in een tent.'

De Rat snauwt de Raaf iets toe. Er ontstaat een discussie. Ik hoor niet wat ze zeggen, maar het lijkt alsof de Rat zijn gelijk probeert te halen. Mijn handen die in mijn schoot liggen zijn nat van de zenuwen. Ik probeer in een normaal tempo adem te halen, maar ik krijg nauwelijks genoeg lucht in mijn longen. Ik moet iets zeggen voor het hier helemaal uit de hand loopt.

'Misschien hebben jullie een bril voor mij?' Ik probeer het geschil te doorbreken met mijn vraag. Bij elke ruzie die er ontstaat, vrees ik voor mijn leven. 'Ik heb min drie bij dit oog en min vierenhalf bij dit oog.' Ik hoop dat ik niet al te veel overdrijf. Ik draag geen bril. Maar omdat mijn kinderen, Ad, Gert-Jan en Marc brillen hebben weet ik er wel iets vanaf.

Nu begint de Rat nog feller te praten. Heb ik toch iets verkeerds gezegd? Dan geeft de Raaf blijkbaar toe. Zijn woorden klinken mat. Zijn houding is gelaten.

'Tos, meekomen.' Hij staat op, trekt het sloop met een gebaar over mijn hoofd en trekt me aan mijn arm omhoog.

Eenmaal terug in de slaapkamer, zegt hij: 'Ik wilde jou best verder laten kijken, ook al kun je niet goed zien. Maar mijn compagnon vond het onzin. Dus je moet weer terug in je tent.'

Ik heb geen idee hoe ik dit moet interpreteren. Is het echt aardig bedoeld of is het allemaal gespeeld? Pas als hij de deur achter zich heeft dichtgedaan kan ik weer rustig ademhalen. Ook deze proeve heb ik doorstaan.

Dinsdag 7 december – dag 11

Toen ik gisteravond laat het etensbord weg ging halen bij pa, zag ik dat hij nog geen hap had genomen van zijn schnitzel. Hij lag op bed met zijn pak aan, zijn handen gevouwen over zijn buik en zijn blik op het plafond gericht. 'Had je geen honger?' vroeg ik aan hem.

Hij tilde zijn hoofd iets op en keek me verwonderd aan. Alsof hij niet eens door had gehad dat er eten voor hem stond. 'Nee, laat maar,' was zijn droge commentaar, waarna hij zijn hoofd weer achterover liet vallen.

'Gaat het, pa?'

'Ja hoor, het gaat prima. Ik ben alleen moe,' antwoordde hij, terwijl hij naar het plafond bleef staren.

'Moet je je dan niet uitkleden? Dan kun je tenminste echt gaan slapen.'

'Ja, dat doe ik zo.'

Daarna liep ik de kamer uit, maar toen hij de volgende ochtend door het huis liep, kreeg ik het vermoeden dat hij zijn pak 's nachts niet had uitgedaan.

Joep trof ik ook nog aan in de kleine uurtjes. Hij was druk bezig met schoensmeer. Ik vroeg wat hij aan het doen was. 'Ik maak mijn gympen zwart om minder op te vallen.'

Ik keek vol verbazing naar hem. 'Wie ziet er nou je schoenen als je in de auto zit?'

'Marijke kom op,' reageerde hij aangebrand. 'Ik zal toch ook een keer moeten uitstappen.' Na zijn schoenen begon hij met het zwart maken van de witte Adidasstrepen op zijn trainingsbroek en tot slot maakte hij zijn gezicht zwart. 'Maar je weet toch niet wanneer je weg moet?' vroeg ik misschien wat onnozel.

Hij snoof luidruchtig. 'Ik weet meer dan je denkt, Marijke.'

's Ochtends werden we eerst opgeschrikt door de bel. Het was pas acht uur en oma deed in haar nachtjapon open. Voor de deur stond Hans Kersten. De eerste woorden die hij sprak waren: 'Mevrouw Van de Cappelle, het leven van uw dochter ligt in mijn handen.'

We waren allemaal haastig uit bed gekomen en Hans vertelde ons dat hij al om kwart over zeven was gebeld door de ontvoerders met de mededeling dat vandaag de dag was. Daarna werd hem opgedragen om Joep mee te nemen naar zijn huis in Best, waar ze moesten wachten op verdere instructies. Ik vond het zo erg voor Hans dat hij tegen wil en dank bij deze zaak betrokken was. Toch bleef hij er zelf vrij rustig onder en liet hij zich niet opjutten door mijn broertjes die met allerlei ongevraagde adviezen aan kwamen zetten. Iedereen wenste Joep en Hans veel succes toe. In ochtendjassen en pyjama's liepen we met ze mee naar buiten om ze nog zo lang mogelijk te steunen. Omdat Joep naar een auto liep die ik niet kende, vroeg ik: 'Wat neem jij nou voor een auto mee?' Carlita stootte me aan als teken dat ik stil moest zijn. De twee mannen reden achter elkaar aan het terrein af. Later vertrouwde Carlita me toe dat Joep een auto van de politie had meegenomen, waarin een speciale telefoon was gemonteerd waardoor hij met de politie kon communiceren. Ik zei dat ik het een dom plan vond om niet met zijn eigen auto te gaan. 'Als die ontvoerders weten wie er hier in- en uitrijden, dan kennen ze ook Joeps auto. En dan weten ze het meteen als hij een andere auto neemt.'

De hele dag hoorden we niks in de villa. Pas om vier uur belde Hans Kersten om de stand van zaken door te geven. De recherche had in allerijl voorbereidingen getroffen in Best en het was hen gelukt om de gesprekken met de ontvoerders op te nemen. In het eerste gesprek eiste Joep antwoorden op een aantal vragen die alleen ma kon weten, om er zeker van te zijn dat ze nog leefde. Het duurde een hele tijd voor er weer werd teruggebeld en de antwoorden gegeven werden. Ze waren correct. Joep had eveneens geëist dat ze nog een keer haar stem mochten horen voor hij daadwerkelijk op pad zou gaan. Daarop hadden de ontvoerders niets meer laten horen. De zenuwen bij ons in Nuland waren inmiddels zo groot dat er voortdurend spullen uit onze handen vielen, kaarten, bestek, kopjes. Dat de radio en televisie niet meer aangingen omdat het geluid ons allemaal irriteerde. En dat er alleen nog maar in halve zinnen gesproken werd.

Mijn leven speelt zich af in een eindeloze herhaling. Dag en nacht worden slechts onderbroken door de regelmaat van de maaltijden. Als ik hier ooit nog uitkom zal niemand mij nog ooit horen klagen over smakeloos eten of slechte wijn. Ik zal mijn mond houden over alle ongemakken, zoals te warm, te koud, te moe, te vroeg. Voortaan zal ik overal kunnen slapen, dat weet ik zeker. Als je op zo'n dun luchtbed op de betonnen vloer kunt slapen, kun je het overal. Ernstig zieke mensen moeten zich net zo weerloos voelen als ik nu. Ze liggen op bed en kunnen niets meer doen omdat hun lichaam niet meer wil, terwijl hun geest nog springlevend is. Daar moet ik steeds aan denken. Een ontvoering is alsof je vecht tegen de dood terwijl je niet eens ziek bent. Een gevecht dat zo eenzaam is. Het is afschuwelijk om het toe te geven aan mezelf, maar ik mis de gesprekken die ik met de Raaf voerde, vlak voordat ze mijn briefje ontdekten. Ik probeer nog weleens een praatje met hem aan te knopen, maar hij reageert niet meer. Misschien is dat zijn opdracht, of is hij nog steeds boos vanwege het verraad dat ik jegens hem pleegde. Maar toch... Ik meende ook van zijn kant enige empathie te bespeuren. Of in elk geval sympathie. Ik kreeg de indruk dat hij blij was wat afgeleid te worden van de dagelijkse routine. Ik mis de gedachte waarmee ik in mijn hoofd speelde, dat ik hem zou kunnen veranderen in een goed mens. Iemand die misschien nog weleens onderdeel van onze zaak zou kunnen uitmaken. Hoe kwam ik erbij? Hoe kon ik zo naïef, zo kortzichtig zijn? Maar het was een vage gedachtegang waarmee ik mijn tijd zo nu en dan kon doden. Nu gebeurt er niks. Helemaal niks. Ik lig alweer een hele lange dag in deze tent. Geen idee hoe laat het is. Geen idee hoe het contact is met mijn familie. Of het losgeld nu betaald is. Als ik ernaar vraag word ik afgesnauwd. Mijn stemmingen wisselen nu zo hevig, dat mijn hoofd op een kookwekker lijkt die een eigen leven is gaan leiden en om de haverklap afgaat. Als ik daaraan denk, komt de paniek weer in golven omhoog. Ik probeer door middel van mijn ademhaling mijn angsten te onderdrukken. Ik mag mijn verstand niet verliezen. Het mag niet. Ik kijk naar mijn handen. Mijn vingers lijken dunner en brozer dan voorheen. Waar mijn geluksring zat, zie ik nog steeds een lichtere plek. Onder mijn gebroken nagels zitten rouwrandjes. Waarom heb ik dat niet eerder gezien? Ik moet ze wassen. Nu meteen. Ik ben vies. Zo vies.

'Joehoe!' Na een paar minuten roep ik nog een keer: 'Joehoe!'

'Tos, wc?' Het is de Raaf.

'Jullie zijn varkens!' Ik spuug de woorden uit.

'Wat is gebeurd?'

'Wat is er gebeurd? Jullie laten mij hier liggen, bijna twee weken. Zonder me te mogen wassen, zonder schone kleren. Dat is mensonwaardig. Dat is vernederend en smerig. Zo smerig zijn alleen maar varkens.' Ik schreeuw de woorden door de kamer. De Rat komt er meteen bij. Met getrokken pistool komt hij op me afgelopen.

'Jij rustig!'

'Rustig ja, ik ben rustig als jullie me als een mens behandelen!'

'Sst, Tos. Sst. Jij mag niet schreeuwen. Wij normaal praten.

Normaal ja?' De Raaf probeert me te kalmeren, hij legt zijn handen op mijn schouders. Fel sla ik ze van me af.

'Zou jij je moeder zo laten vervuilen?'

'Sst Tos, sst. Wat wil jij?'

'Ik wil... ik wil...' mijn stem breekt. 'Ik wil me douchen, ik wil schone kleren, ik wil tandpasta, een tandenborstel en crème.' Mijn tanden zijn geel, mijn huid is zo droog dat ze bijna barst.

'Ik ga vragen voor jou, Tos. Doe mijn best.'

'En kan hij dat ding naar beneden houden?' Ik wijs naar de Rat die nog altijd met getrokken pistool tegenover mij staat. De Raaf zegt iets tegen hem en hij laat zijn revolver zakken.

'Laat hem weggaan, ik wil met jou praten.'

De Raaf stuurt hem de kamer uit en doet de deur achter hem dicht. 'Luister, vriend. Ik mag jou. Ondanks alles mag ik jou. Jij bent een mens, net als ik. En ergens begrijpen wij elkaar, maar dit kun je niet doen.'

'Tos, het zijn orders. Ik mag alleen uitvoeren.'

'Jouw orders zijn om mij zo lang mogelijk te laten leven, om mij zo gezond mogelijk te houden. Dat is je taak. Niet om mij zo wanhopig te laten worden dat ik mezelf van kant zou willen maken. Toch?'

'Ja, Tos. Maar jij hebt gedaan ontsnapping, met briefje. Wij jou niet meer vertrouwen.'

'Luister. Jullie zijn slim en ik zal niets meer ondernemen om mijzelf te bevrijden, omdat ik weet dat het mijn dood betekent. Maar alsjeblieft, behandel mij als een mens.'

'Ik zal mijn best doen, Tos.'

'Je best is niet genoeg. Ik wil vandaag nog nieuwe kleren.'

'Tos, jij bent vergeten dat ik ben ontvoerder en jij ontvoerde, en niet omgekeerd.'

'Zonder mij heb je niks meer om te ontvoeren. We hebben allemaal hetzelfde belang. Dat er betaald wordt en dat er een eind komt aan dit afschuwelijke drama. Ik ben niet bang meer.'

'Ik zal praten met baas. Hij komt vandaag.' De Raaf draait zich om om de kamer te verlaten.

Achter zijn rug bijt ik hem nog toe: 'En ik wil pillen om mijn hoofd te kalmeren.'

Eerder dan ik verwacht had komt de baas binnen. 'Tos, wat is aan de hand?'

'Ik heb al gezegd wat er aan de hand is. Jullie behandelen mij als een beest!'

'Oké Tos, rustig, ik begrijpen. Maar jij moet niet denken is hier een hotel.'

'Een hotel? Een hotel? Wat denken jullie wel niet?' Onverwacht begin ik te snikken. Alsof het woord 'hotel' iets heeft losgemaakt dat niet meer te stoppen is. Onbedaarlijk verdriet. 'Tos, rustig. Jij krijgt wat jij wilt, maar je moet eerst vragen beantwoorden en band inspreken. Dus kalmeer.'

Ik schud mijn hoofd. Hortend en stotend zeg ik: 'Nee, ik werk pas mee als ik krijg waar ik om gevraagd heb. Jullie vinden jezelf flinke kerels, hè. Nou, iemand ontvoeren is de meest makkelijke en laffhartige manier om aan geld te komen, daar is geen enkele moed voor nodig!' De Raaf en de Rat zijn ook binnengekomen. Ze kijken me kwaad aan, maar dan beginnen ze te lachen om iets wat de baas tegen hen zegt. Zie hen daar nu staan met z'n vieren, met hun pistolen achter hun broeksriem en bivakmutsen op hun kop kijken ze neer op een snikkende vrouw op de grond. Is dat nou stoer? Hoeveel lef is er nou voor nodig om een weerloos iemand als ik te ontvoeren? Grote jongens, hoor. Er wordt druk overlegd. Ik zie de Rat ondertussen met zijn pistool spelen. Die vent schiet me nog liever vandaag dan morgen dood. Ik heb zo'n hekel aan hem.

Wanhopig laat ik me achterovervallen. Dan wordt mijn naam weer genoemd. Het is de Raaf. 'Tos, jij moet kalm zijn, anders baas boos. Jij mag douchen en schone kleren.' Hij heeft zich gebukt en hangt met zijn hoofd in mijn tent. ‘Is goed, Tos?’ Ik knik. Eerst zien dan geloven.

‘Tos, hier is handdoek en kleren,’ zegt de Raaf even later. ‘Mannenkleren, niks anders.’ Ik haal mijn schouders op. Het kan me niet schelen. ‘Wij hebben ook toiletspullen en pillen, voor lekker rustig worden.’ Ik lach schamper. Lekker rustig.

‘Toiletspullen zijn in badkamer. Wil je nu douchen?’

‘Ja, graag.’

De Raaf maakt de kettingen los. Het metaal om mijn benen heeft het vlees rond mijn enkels tot moes gemaakt. Ik kreun van de pijn. ‘Alles fijn, Tos?’

‘Nee, niet alles is fijn.’ In een impuls trek ik de donkere panty onder mijn rok naar beneden en laat hem zien hoe mijn onderbenen eraan toe zijn. Blauw, paars en opgezwollen. ‘Alsjeblieft geen kettingen meer,’ zeg ik smekend. ‘Het doet zo’n pijn.’

‘Jij vraagt te veel, Tos.’

‘Nee, ik vraag niet te veel. Ik heb te lang niks gevraagd.’

‘Goed, overdag hoeft niet meer vastgebonden. Maar ’s nachts wel.’

‘Dankjewel.’

Nog nooit heeft het stromende water op mijn lichaam zo weldadig gevoeld. Ik zeep mezelf in, was mijn haren met dezelfde douchegel en denk steeds: meer, meer, ik wil nog meer water. Hoe lang ik daar sta, kan ik niet eens inschatten, maar ik denk niet dat ik ooit meer water heb gebruikt in mijn hele leven.

‘Tos, nu klaar,’ wordt er door de deur geroepen.

Ik trek de handdoek in de douchecel zodat ze me niet naakt kunnen zien, en droog me af. Met de handdoek om me heen stap ik op de koude tegelvloer en loop naar het haakje aan de muur, waaraan ik de kleren heb gehangen. Daarna trek ik een donkergroene herenonderbroek aan, waar de prijssticker nog op zit: 5,95 gulden. Het voelt heel ongemakkelijk. Als ik eerlijk ben, vind ik mijn vuile damesondergoed minder erg dan dit nieuwe herenondergoed. Niet aan denken. Ik schiet snel in het witte hemd om mijn borsten te bedekken. Ik doe alleen de bovenste knopen van de lichtblauwe flanellen pyjamajas open en trek hem over mijn hoofd. Stuntelend stap ik in de pyjamabroek, de sokken houd ik in mijn handen. Ik smeer de Nivea die ze voor me hebben gekocht op mijn gezicht en handen en poets mijn tanden. Mijn haar fatsoeneer ik zo goed en kwaad als dat lukt met de kam die ze voor me hebben klaargelegd. Ik durf ondertussen niet naar mezelf te kijken in de spiegel. Dit wil ik niet zien. Ik wil er geen getuige van zijn hoe ik me heb gehuld in dit gevangenispak. Hoe mijn natte haar slordig van mijn hoofd af staat. Mijn van pijn vertrokken mond. Mijn holle ogen.

Als ik terugkom in mijn kamer zitten ze al klaar met de bandrecorder. 'Jij hebt gekregen wat je wilde, nu jij moet inspreken hoe het gaat.'

'Wat moet ik zeggen?'

'Jij zegt het gaat goed. Jouw familie mag geen politie bijhalen anders ben jij dood.' Hij drukt op 'record' en ik schraap mijn keel.

'Lieve Gerrit en lieve kinderen. Het gaat goed met mij. Jullie mogen er geen politie bij halen, anders...' Ik haper even. 'Anders loopt het slecht af. Geef wat ze jullie vragen. Tot die tijd red ik me wel, Ringo.' Het idee kwam pas op het laatste moment. Misschien dat deze hint ertoe kan leiden dat ze weten dat ik bij de ring van Brussel zit. Hoewel, ze zouden net zo goed kunnen denken dat het de ring van Antwerpen is. Ik bijt op mijn onderlip om mijn eigen onnozelheid.

'Wij gaan laten vertalen, dus geen onzin gepraat?'

'Nee, natuurlijk niet.'

Weer uren later. Weer uren van geestelijke tijddoding. Buiten klinkt er een sirene. Ik hoor ze vaak voorbijkomen. Dat zou kunnen betekenen dat ik vlak bij een politiebureau zit, of bij een brandweerkazerne. Verder hoor ik overdag veel verkeer voorbijrijden. Dat het een drukke weg is, is vooral goed te horen als het regent. Minimaal twee keer per dag komt de vrouw met haar hondje voorbijlopen. Ze moet hier vlakbij wonen. Misschien wel naast het appartement waar ik zit. Ik zou klopsignalen kunnen geven tegen de verwarming. Ik heb daar natuurlijk al eerder over nagedacht, maar de kans dat niet alleen eventuele buren het zouden horen, maar ook mijn ontvoerders is te groot. Verder hoor ik sinds twee dagen constant een soort schurend geluid. Ik hoor vaak aan het einde van de dag gebonk op het luik van de kamer rechts van mij. Dan wordt er iets open- en weer dichtgeschoven en daarna klinken er stemmen. Ik neem aan dat het een van mijn bewakers is die dan weg is geweest voor boodschappen of iets dergelijks.

De Raaf komt binnen met mijn avondmaaltijd.

'Waarom duurt het zo lang?' vraag ik aan hem.

'Is elke dag zelfde tijd.'

'Nee, dat bedoelde ik niet,' zeg ik. 'Waarom duurt het zo lang voordat het geld wordt betaald?'

'Dat gaat nu snel gebeuren, Tos.'

'Echt waar?'

'Ja, maar ik mag verder niks zeggen.' Hij kijkt me even strak aan. 'Geloof mij, Tos, wij willen ook weg hier.'

Ik heb het gevoel dat ik sinds mijn woede-uitbarsting van vandaag weer iets aan respect heb gewonnen. 'Jij bent de beste,' zeg ik in een vlaag van sympathie voor deze man die tot nu het meeste mededogen heeft laten zien.

'Jij weet niet wie ik ben, Tos.'

'Misschien niet, maar ik voel dat jij een goed hart hebt. Dat voel ik gewoon. Want een goed hart liegt nooit.' Ik doe een poging erbij te glimlachen.

De Raaf wendt zijn blik af. Ik denk dat hij weg wil gaan maar in plaats daarvan zegt hij: 'Tos, ik wil jou weleens uitleggen, waarom ik doe dit.'

'Goed, ik zal naar je luisteren.'

'Nu niet. Ik moet gaan. Misschien morgen.'

'Of vanavond. Ik heb toevallig tijd.'

'Misschien, Tos. Misschien.' Daarna loopt hij de kamer uit en laat mij alleen achter. Zou het waar zijn wat hij beweert? Zou vannacht of morgen de geldtransactie plaatsvinden? Ik pak de kop thee in mijn handen en probeer me te warmen, niet alleen aan de drank maar ook aan de gedachte dat het misschien waar is. Dat er hoop is. Er is hoop, ja. Onder welke spanning zouden ze thuis nu leven? Wie zou de hele transactie doen? Hans Kersten wellicht, maar wie nog meer? Zou Gerrit het allemaal aankunnen? Allemaal vragen waar ik geen antwoord op krijg.

Met mijn knieën opgetrokken in de te grote pyjama mis ik ineens mijn eigen kleren. Ook al stonken ze en waren ze ongewassen, ze waren van mij. Ik had me er toch beter, strijdlustiger in gevoeld dan in deze outfit.

De Raaf houdt ineens een glas water voor mijn gezicht. 'Hier Tos, pil. Voor kalmering.'

Ik twijfel.

'Tos, jij hebt zelf gevraagd. Neem.'

Ach, wat kan het mij ook schelen. Als ik maar even weg kan zijn uit deze nachtmerrie. Ik pak de pil, stop hem in mijn mond en slik hem met een grote slok water weg.

Woensdag 8 december – dag 12

Hans Kersten belde toen Joep was vertrokken. Eerst had hij het geld opgehaald dat in de kluis bij de bank lag en daarna zou hij steeds naar een andere plek gaan, waar hij elke keer opnieuw zou worden geïnstrueerd. Carlita begon te huilen van de zenuwen toen ze dit hoorde. Ze had verwacht dat Joep haar nog even zou bellen voor hij echt op pad zou gaan. Maar hij was zomaar weggegaan en de angst dat hem iets zou overkomen sloeg haar ineens om het hart. De Draaijer probeerde haar op zijn eigen nuchtere manier gerust te stellen. 'Joep heeft een kogelvrij vest aan waar zelfs een kanon niet doorheen komt.'

Die hele avond en nacht wachtten we. Dit was het moment waar we allemaal naartoe geleefd hadden. Mijn oom Henk kon geen seconde stil blijven zitten. Hij wipte nerveus heen en weer op de bank tot Gerrit op een gegeven moment tegen hem zei: 'Man, zit toch eens stil!' Er werd niet meer gekaart of gekeuveld. De avondmaaltijd werd overgeslagen. We dronken koffie en cola. We kauwden op pinda's en rookten sigaretten. De blauwe rook was zo dik dat ieders ogen traanden, nog voor er gehuild werd. De spanning was zo achterlijk groot dat ik om het uur naar de wc moest om te plassen, terwijl mijn blaas allang leeg was. Oom Arie zat met pa onder de trap en ze voerden korte dialogen waarvan de strekking steeds op hetzelfde neerkwam.

Om halftwee ging een aantal van ons naar bed. Maar de meesten bleven zitten, omdat we wisten dat er nieuws zou komen. De Draaijer liep zo nu en dan naar boven om telefonisch contact te hebben met het kantoor van de recherche. Hoofdschuddend en zonder enige informatie voegde hij zich dan weer bij de groep. Mijn zus was bleker dan ik haar ooit had gezien. Ze zat zo stil en verdwaasd op de stoel naast de zwarte tv, dat ik me echt zorgen begon te maken. Zo kende ik haar niet. Met haar blonde krullen om haar gezicht leek ze net een engel van porselein. Zoals alles en iedereen in deze kamer me steeds onwerkelijker voorkwam.

Om half vier 's nachts ging eindelijk de telefoon. Pa stond rechtop en nam de hoorn van de haak. Via een kleine speaker konden we meeluisteren met wat er aan de andere kant van de lijn gezegd werd. '*Joep ist ein toter Mann*,' zei de ontvoerder met zwaar geëmotioneerde stem. Carlita sloeg haar hand voor haar mond. '*Was ist loss?*' vroeg pa op strakke toon.

'Jullie schuld dat de losgeldoverdracht is mislukt. Joep is een verrader. De politie was erbij!'

De woorden werden door het toestel geschreeuwd. Ik greep Harry's arm beet en hield mijn adem in.

'En nu?' vroeg mijn vader zakelijk. 'Leeft mijn vrouw nog?' Met zijn ogen samengeknepen, zijn mond in een strakke streep en zijn hand stijf om de hoorn geklemd wachtte hij op antwoord.

'Nee, ze is dood.' Er ging een zindering door de kamer. Oma Van de Cappelle slaakte een gil.

'*Und was jetzt?*'

Pa strekte zijn hand uit naar de balk van de trap, schuin boven zich. Hij keek naar ons met een bijna kille blik. Toen haalde hij diep adem en zei: 'Geef me dan maar haar lichaam voor dat geld.' Daarna klonk er een klik. De ontvoerder had opgehangen. Pa hing in een vertraagde beweging op en zei ijzig kalm:

'Ze is dus dood.' Daarna ging hij zitten en begroef zijn hoofd in zijn armen. 'En Joep, leeft Joep nog?' hoorde ik op de achtergrond roepen. Maar het geluid leek ineens zo ver weg. Alsof alles begon te verdwijnen. Ik kneep zo hard in Harry's armen dat mijn nagel omboog. Ik registreerde het maar voelde geen pijn. Mijn hoofd begon te prikken, zoals wanneer je voet of je arm slaapt. Ik probeerde het eruit te schudden en vroeg me af wie er zo schreeuwde. Harry riep: 'Marij, Marij, stil. Stil maar.' Ik zag de ogen van mijn broer Vincent die plotseling zo dichtbij waren. Ik vroeg me af waar iedereen was. Waarom het zo'n herrie was. Het werd zo raar vlekkerig voor mijn ogen. Mijn bovenlijf viel naar voren. Dubbelgevouwen lag ik op mijn knieën. Waarom kon ik geen lucht meer krijgen? Daarna werd alles zwart.

Na het meest afschuwelijke telefoontje ooit, was ik ingestort. Ik kon dit vreselijke bericht over mijn moeder niet aan, ik kreeg mijn gedachten niet meer bij elkaar, kon mijn gevoel niet meer beteugelen. Na tien dagen leven onder hoogspanning was mijn systeem overbelast geraakt en viel ik letterlijk uit. Mijn lichaam ging over op een soort noodstand en ik viel flauw. Ik kwam pas weer bij bewustzijn toen ik in mijn bed lag en de dokter naast me zat. Een emotionele black-out was ongevaarlijk, vertelde hij me, alsof dat iets was waar ik me op dat moment druk over maakte. Ik dacht aan mama en begon te huilen op een manier die ik nog nooit bij mezelf had gehoord. Met gierende uithalen en klaaglijk kermen. Ik schaamde me om het geluid dat uit mijn binnenste ontsnapte, maar ik kon niets doen om het tegen te houden. De dokter gaf me kalmeringspillen, die ik bijna kokhalzend naar binnen slokte. Maar ik moest die pillen door mijn keel zien te krijgen. Het medicijn werkte gelukkig snel. Vrijwel meteen werd alles zachter, de scherpe randjes verdwenen en ik leek boven het bed te zweven. Mijn hersenen ordenden zich en begonnen weer normaal te werken.

Ik had altijd gedacht dat mijn geest de baas over mijn lichaam was. Het bleek toch echt andersom te zijn. 'Hoe is het met Joep?' vroeg ik aan Harry die bij me op bed zat. 'Goed, hij is terug.' Ik haalde opgelucht adem. In elk geval was zijn leven gespaard gebleven. 'En pa, hoe is het met hem?' Harry streek over zijn voorhoofd. Hij zocht naar woorden. 'Pa is boven, hij wil even alleen zijn.' Ik schoot overeind. 'We kunnen pa niet alleen laten nu! Harry pakte me liefdevol beet. Het is goed Marijke. Havinga heeft net met hem gesproken. Laat hem maar even.' Nadat ik even met Harry had gepraat, kwam psychiater Havinga ook bij me langs. Hoewel ik het nooit zo had op mensen die in je geest gaan wroeten, luchtte het toch op om dingen eens hardop uit te spreken. We probeerden allemaal op onze eigen manier het verdriet eronder te houden om niet onder ogen te hoeven zien waar we allemaal bang voor waren: dat ma niet meer leefde. Pa explodeerde. Ad werd boos, mijn jonge broertjes kwamen in actie, mijn Harry bleef de boel van een afstand analyseren, mijn tantes bleven bijna tegen elkaar ontkennen dat dit echt gebeurde, mijn ooms vergaderden, mijn zus zorgde, mijn grootouders zwegen, mijn vader trok zich terug. We reageerden allemaal anders, en gingen ieder op onze eigen manier om met de innerlijke verscheuring, de twijfel. Iedereen vond op zijn eigen manier de motivatie om door te blijven gaan, om te blijven geloven. Soms leek het alsof we bijna vergaten dat we allemaal hetzelfde doel voor ogen hadden. Dat we allemaal dezelfde persoon misten. Onze moeder, echtgenote, zus, kind, vriendin, Toos. Ik vroeg me af hoe we verder moesten na dit bericht... Wat viel er nu nog te verbergen? Wat was er nog op te houden?

's Middags kwam een lijkbleke Joep verslag doen van wat hij had meegemaakt. Eerder die dag hadden ze antwoorden gekregen op de vragen die ze gesteld hadden en tot slot kwam er nog een bandje met ma's stem. Het bewijs was geleverd dat ma nog leefde. Even was er hier nog consternatie ontstaan over wat ma bedoeld zou kunnen hebben met Ringo. Misschien dat het iets met haar ring te maken had. De trouwring van pa, of haar geluksring? Of een ringbaan, een ringweg? We wisten het niet. Joep had nerveus met Hans Kersten zitten wachten op het telefoontje van de ontvoerders. Na uren werd er eindelijk gebeld. Hij had de naam gekregen van een tankstation in Limburg waar hij als eerste naartoe moest rijden. Daar zou hij in een telefooncel gebeld worden voor verdere instructies. De politie trok hem een kogelvrij vest aan van dikke stalen platen, waarin hij zich nauwelijks kon bewegen. Nadat hij het geld had opgehaald bij de NMB – geen tien miljoen gulden, maar twaalf miljoen! Ze hadden de losgeldprijs weer verhoogd – en het in twee weekendtassen achter in de auto had gezet, begon de rit. De politie volgde hem met vier wagens. Op een gepaste afstand en zo onopvallend mogelijk. Ondertussen bleef Joep in z'n eentje hardop praten tegen de politie omdat er een zender was ingebouwd. Dat had op zich een goed idee geleken, maar omdat Joep niets terug kon horen van de politie en dus ook helemaal niet kon verifiëren of ze daadwerkelijk zijn berichten ontvingen, had hij er zelf helemaal niks aan. En, zo bleek achteraf, de politie ook niet, want vaak verstonden ze hem niet door een storing op de lijn. In Zuid-Limburg, in de buurt van Maastricht, werd hij gebeld in een telefooncel met de instructie dat hij naar een tankstation in België moest rijden. Bij de douane was het spannend omdat Joep geen idee had of de grenspolitie zou zijn ingelicht. Ook weer omdat hij niet kon communiceren met de politie. Gelukkig lieten ze hem doorrijden. Daarna werd hij steeds bij elk tankstation van hot naar her gestuurd. Hij reed naar Duitsland, naar Luxemburg en weer terug naar Duitsland en uiteindelijk werd hij geen enkele keer aangehouden bij de grens. Was dit zo georganiseerd of was het pure mazzel? Joep wist het niet. Hij vertelde dat hij de aanwezigheid van de ontvoerders steeds in zijn buurt voelde. Dat was heel bedreigend geweest. 'Ze waren dichtbij genoeg om een kogel door mijn kop te jagen,' zei hij aangedaan. Daarbij moest hij steeds maar blijven praten om de politie op de hoogte te houden. Dat probeerde hij zo onopvallend mogelijk te doen, want een man alleen in een auto die de hele tijd zat te praten, dat was nogal verdacht. De ontvoerders waren zo duidelijk geweest over 'geen politie' dat hij zich zeer bewust was van de risico's. Bij een van de stops liet het onderste gedeelte van het kogelvrije vest los dat met een drukknoop vastzat aan de borstplaat. Dus toen hij weer uitstapte bij een tankstation viel dat stuk ijzer door zijn broekspijp heen, zo op de stoeptegels. Dat maakte een enorm kabaal. Even werd er gelachen in de huiskamer om deze beschrijving. Het leek ook wel een slapstick. Na uren rijden was uiteindelijk het doel bereikt. Joep werd gesommeerd om de tassen met geld achter het tankstation in de bossen bij een omgewaaide boom neer te zetten en daarna te wachten. Het was inmiddels al na middernacht en aardedonker. De politiewagens stonden uit het zicht op hetzelfde – vrijwel lege – parkeerterrein. Joep voerde moedig zijn taak uit en ging weer in de auto zitten. Daarna was er met de politie afgesproken dat hij moest wachten. En dat deed hij. Wachten, wachten, wachten. Urenlang. Natuurlijk vermoedde hij dat er iets mis was, maar wat kon hij doen? Het was een evenwichtsspel. De ontvoerders lagen in de bosjes en roken het geld, maar konden niets doen omdat ze in de gaten hadden dat er politie aanwezig was. De politie stond klaar om hen zodra ze het geld had gepakt te volgen, en daarmee de weg naar ma te vinden. Wie zou de eerste stap zetten? Ondertussen was er bij de politie het sterke vermoeden dat Joep onder schot werd gehouden door de ontvoerders. Dus durfden ze ook niet het risico te nemen een blinde aanval te doen, want dat zou Joep weleens het leven kunnen kosten. En zou de politie naar Joep toe gaan om hem op de hoogte te brengen, dan was het sowieso einde verhaal en kon de transactie als mislukt worden beschouwd. Dus Joep wachtte daar zonder te weten wat er zou gebeuren, zonder te weten wat hij moest doen. Pas nadat de ontvoerders naar ons huis hadden gebeld met de boodschap: '*Joep ist ein toter Mann,*' zijn ze naar hem toegegaan en hebben de handdoek in de ring gegooid.

Wat was ik boos! Hoe konden ze zo stom zijn om hem met vier auto's te volgen? En wat leverde het op om een communicatiesysteem in te bouwen dat alleen uitzond? Dan hadden mijn broertjes het nog beter gedaan met die grote zendbakken. En waarom had Joep niet gewoon zijn eigen auto meegenomen waarmee hij minder verdacht was voor de ontvoerders? Niet dat ik hem iets kwalijk nam, helemaal niet. Hij had met gevaar voor eigen leven het risico genomen. Maar hadden ze de transactie niet beter kunnen laten doen door een minder opvallend iemand als Joep? Door een van mijn broers of ooms? Ach, ik wist het ook niet meer. Soms kreeg ik het gevoel dat het één grote amateuristische wanboel was. Alles. De politie, de recherche, wij in dat huis en de ontvoerders.

'Tos, jij hebt bezoek.' De Raaf staat bij de ingang van mijn tent. Ik sliep heel diep. Die kalmeringspillen zijn volgens mij gewoon slaappillen. Ik val voortdurend in slaap en heb geen idee of het nacht of dag is.

'Wie is er gekomen voor mij?'

'De baas.'

Zou dit het zijn? Komen ze me nu echt vertellen dat de buit binnen is? Ik zie de baas en zijn eeuwig zwijgende assistent binnenkomen. Mijn voeten worden losgemaakt en ik kom half uit mijn tent, maar blijf op de grond zitten. De baas gaat op het bed zitten, vlak naast mij. Zijn stemgeluid is scherp van onderdrukte woede.

'Slecht nieuws. Jouw mensen hebben gefaald!'

'Wat? Maar dat kan niet.' Ik kijk hem vol ongeloof aan.

'Joep heeft alles verknald. Jij maakt weinig kans om levend hieruit te komen, Tos, door Joep!'

'Wat heeft hij verknald?'

'Er was politie bij. Veel politie. Wij hadden gezegd, geen politie of Tos is dode vrouw.'

Mijn God, het is mislukt. Het nieuws komt met een schok. De transactie is mislukt!

'Sorry, sorry. Ik denk niet dat hij dat gedaan heeft. De politie is hem zelf gevolgd.' Met mijn handen grijp ik zijn benen vast.

'Dit moet een fout zijn. Hij wist het niet. Mijn familie zou nooit iets doen om mijn leven in gevaar te brengen.' Ik smeek hem met mijn blik en met mijn handen op zijn knieën. Hij duwt ze ruw van zich af.

'Hij had het geld ook op verkeerde plek gelegd.'

'Maar dat zou hij toch nooit expres gedaan hebben, alsjeblieft. Niemand zou zo'n risico willen nemen in mijn familie.'

'Joep wel. Wij zijn boos, heel boos op Joep. En Kersten heeft ook niks gemaakt. Het gaat nu heel lang duren, Tos. Wij hebben tijd.'

'Alsjeblieft niet. Ik zal helpen, laat mij met hen praten, dan komt het goed.'

'Jij moet ons nieuwe naam geven. Laatste kans, anders...' Hij maakt de zin niet af.

'Anders wat? Anders wat?'

'Je weet wat anders, Tos.'

De paniek schiet omhoog, naar mijn hart, mijn keel en mijn slapen. Dit kan niet waar zijn.

'Maken jullie me dan gewoon dood?'

'Ja. Jouw familie krijgt nog één kans. Laatste kans.'

'Jullie vragen veel te veel, daarom is het misgegaan. Mijn familie kan nooit twee miljoen gulden betalen.' De baas begint schamper te lachen. De Raaf lacht mee. Hij vertaalt mijn woorden blijkbaar voor de twee anderen, want die beginnen nu ook te lachen.

'Wat is er? Waarom lachen jullie?'

'Jouw familie kan betalen. Kom, geef ons een naam. Hij mag geen familie zijn. En moet vlak bij Nuland wonen.'

Het lijkt alsof me geen enkele naam te binnen schiet. De enige op wie ik kan komen, zou zelf een goede prooi zijn voor ontvoering, dus dat lijkt me niet verstandig. Maar verder... Ik kan moeilijk onze huisarts opperen. Of de burgemeester van Nuland. Nee.

'Tos, wij wachten.'

'Mag ik het niet later zeggen, dan kan ik er goed over nadenken?'

'Nee nu. Geef ons een naam.'

Ineens schiet me een naam te binnen: Jacques Linders. Een heel goede vriend van Gerrit, die we vertrouwen en die voor ons door het vuur zou gaan. 'Meneer Linders. Zijn telefoonnummer weet ik niet, maar dat kun je in het telefoonboek vinden. J. Linders in Oss.'

Hij drukt me een pen en een papiertje in mijn handen. 'Opschrijven, naam en adres.'

Terwijl ik de gegevens van onze vriend op het papier schrijf, voel ik me de ultieme verrader. Hoe kan ik iemand met wie we zo veel mooie en fijne dingen hebben beleefd, opzadelen met zo'n zware en gevaarlijke opdracht? Ik denk aan Jacques' vrouw die beslist niet zal willen dat haar man zo veel risico loopt. Ik denk aan hun kinderen, die weliswaar al lang volwassen zijn, maar ook hen wil ik niet belasten met een taak die zo zwaar op hun vader drukt. 'Dit is het,' zeg ik mat. 'Deze man kan ons helpen.'

Er wordt even overlegd, dan geeft de baas het briefje aan zijn assistent die het in de binnenzak van zijn donkerbruine leren jack stopt. 'En nu nog iemand binnen de familie, Tos. Wie moet het losgeld brengen?'

'Marijke,' zeg ik in een impuls. 'Marijke moet het doen.'

'Ben je daar zeker van? Zij gaat niet verprutsen als Joep?'

'Ik ben er zeker van.' Terwijl ik dit zeg, heb ik het gevoel dat ik haar doodvonnis teken. Maar intuïtief voel ik dat van alle keuzes zij de minst slechte is. Sorry Marijke, mijn lieve, lieve kind. Het spijt me dat ik jou gekozen heb, maar ik vertrouw op jou. Je bent mijn eerstgeborene.

Donderdag 9 december – dag 13

Er gebeurde al dagen helemaal niks. De stemming hier in huis was zo vreselijk somber. Niemand durfde het hardop uit te spreken, maar we waren allemaal bang dat mama echt niet meer leefde. Ad was tegen de jongens die bij het zwembad zaten gaan zeggen dat het afgelopen was. De Draaijer, of wie dan ook van de recherche, had tegen hem gezegd dat de situatie ernstig was en dat we er rekening mee moesten houden dat het echt voorbij was. Er zou niet meer dan tien procent kans zijn dat dit nog goed ging aflopen. Toen hij dat aan mijn broertjes vertelde, stuitte hij op zo veel verzet dat het bijna een ruzie werd. De jongens wilden het niet horen. Vincent riep: 'Hou toch je mond! Het is pas afgelopen als het afgelopen is.' Een geëmotioneerde Marc zei: 'Onze moeder is zo aardig dat zelfs de grootste crimineel haar niet zou kunnen doden.' Ook Carlita koesterde het heilige geloof dat ze nog leefde. Ze zei tegen me: 'Marij, ik kan je verzekeren dat mama zich niet kapot laat krijgen. Daarbij, waarom zouden ze haar nu doodmaken? Ze hebben toch nog geen geld?' Ik wist het niet. Als ze al leefde zouden ze haar dan niet geestelijk gebroken hebben? Ik hoopte dat ze nog weerbaar genoeg was om het vol te houden.

Onze bezorgdheid binnenshuis ging vooral uit naar pa. Hij was nauwelijks nog zijn kamer uit geweest sinds de mislukte overdracht. Carlita en ik zorgden voor hem en probeerden hem op te beuren maar het was alsof zijn moraal geknakt was. Waar hij eerst nog kwaad kon worden, of verdrietig, keek hij nu vooral leeg uit zijn ogen. Hij schoor zich niet meer en hield dag en nacht zijn pak aan. Voor het eerst in mijn leven zag ik hem huilen. Hij zat op de rand van het bed met zijn blik gericht naar het raam. Eerst leek het of ik het niet goed gezien had, maar toen ik beter keek, zag ik dat de tranen over zijn wangen stroomden. 'Pap, gaat het?' vroeg ik geschrokken. Hij reageerde niet. Meteen ben ik oom Arie gaan halen. 'Het is niet goed met pa,' zei ik. 'Er moet iets gebeuren.' Oom Arie heeft toen met hem gesproken en ik weet niet of het geholpen heeft maar daarna huilde hij niet meer. Toch vertrouwde ik het niet. Ook Carlita was bang dat pa het niet meer aankon en we spraken af dat we elkaar zouden aflossen op zijn kamer.

Geen nieuws, geen telefoontjes van de ontvoerders, geen nieuwe aanknopingspunten. Wat konden we doen? Helemaal niks. De jongens gingen nog steeds tips na, maar de energie was eruit. Ik zag Vincent die middag zo huilen, buiten, op het grote balkon. Ik liep naar hem toe om hem te troosten, maar nog voor ik een arm om hem heen kon leggen, zei hij: 'Nee, Marij, doe maar niet.'

Ik was gestopt met denken. Hoewel het bijna onmogelijk was om mijn malende hoofd tot stilstand te brengen, probeerde ik alle gedachtestromen te stoppen. Ik deed wat ik elke dag deed, ik zorgde voor het eten en de drank, ik deed de was, praatte over ditjes en datjes en stuurde onze zaak in Vught van een afstand aan. Pas als ik 's avonds met Harry in bed lag en hij me in zijn armen nam, kwam mijn gevoel naar boven. Dan drukte ik me heel stevig tegen hem aan en hoopte dat ik snel zou verzinken in een diepe slaap.

Het moet het einde van de middag zijn. Ik word opgeschrikt door iets wat anders klinkt dan anders. Ja, ik heb het goed gehoord, er klinkt een vrouwenstem in de woonkamer. Ze spreekt Frans. Wacht eens, ik hoor ook hondengeblaf. Dit moet de vrouw zijn die iedere dag langsloopt. Ik moet haar waarschuwen. Slechts één dunne wand ben ik van haar verwijderd. Ik kan heel hard gaan gillen, maar dan? Zullen ze mij vermoorden? Of zullen ze misschien haar vermoorden? Ik ben geld waard, zij niet. Nee, nee, ik kan het risico niet nemen. Of wel? Het lijkt bijna alsof mijn stem uit zichzelf besluit om te gaan gillen. Ik open mijn mond, haal diep adem... Plotseling wordt de deur van mijn kamer geopend. Ik had haar kunnen zien. Ik had een glimp van haar op kunnen vangen. De Rat loopt de kamer in, kijkt me dreigend aan. Hoe heeft hij zijn bivakmuts op weten te zetten zonder dat de vrouw het zag? Hij gaat voor me op de grond zitten en haalt zijn pistool uit zijn zak. Ondertussen ratelt de vrouw binnen maar door, met af en toe een hoog lachje ertussendoor. De Rat kijkt naar mij met vuur in zijn ogen en speelt ondertussen met zijn wapen. Ik wend mij af. Kan niet langer kijken naar de bewegingen van het harde staal, dat met één vingerbeweging over te halen is en mijn leven kan beëindigen. Wat heeft mij bezield om te willen gillen? Het zou zeker mijn einde hebben betekend. Mijn einde en waarschijnlijk ook het hare. Wacht, ze praat niet meer. Betekent dit dat ze weg is? Dat ze niets doorheeft van wat zich hier afspeelt? De deur zwaait met een klap open. De Raaf vertelt zijn compagnon in het Italiaans dat ze vertrokken is. Zoveel begrijp ik inmiddels van die taal.

Ik neem me heilig voor om als ik hier ooit uitkom, nooit, echt nooit van mijn leven Italiaans te leren. Ik zal de taal en de mensen voor eeuwig associëren met dit afschuwelijke drama.

De pijn van drie weken eenzame opsluiting is erger dan de pijn van mijn kapotte enkels, mijn bevroren vingers, de spit in mijn rug en het bonken van mijn hoofd. Ik merk dat ik al bijna in het stadium zit dat ik hardop tegen mezelf begin te praten. Gisteravond neuriede ik een liedje voor mezelf. Een kinderliedje over een schuitje, dat ik vaak voor de kinderen zong toen ze nog klein waren. Het was alsof ik met mijn stemgeluid mezelf probeerde te troosten. Belachelijk, dit soort vocale uitingen die ik totaal niet van mezelf ken. Maar eenzaamheid vervreemdt en maakt je melodramatisch.

Ik moet denken aan de tijd dat ik in het Hippolytuskoor zong bij de nonnen, als jonge sopraan. Ik kon best goed zingen en mijn moeder wilde graag dat ik naar het conservatorium ging. Maar op die zondag dat ik met mijn fiets van Delft naar Amsterdam fietste, bleek er een totaal andere toekomst voor mij in het verschiet te liggen. In het begin ben ik nog wel blijven zingen. Ik weet nog dat Gerrit een paar weken nadat we elkaar voor het eerst ontmoet hadden, kwam kijken naar een concert van het jongens- en meisjeskoor uit Delft. Ik had een solo als Goudhaantje in de *Troubadour* en was best zenuwachtig omdat mijn vriendje zou komen. De hele concertzaal stroomde vol, maar geen Gerrit. Ik begon me al te ergeren, tot ik, vlak voor we begonnen, van achteren uit de zaal twee jongens zag komen aanlopen. Alle stoelen waren al bezet, alleen de eerste rij was nog leeg.

Daar gingen Gerrit en zijn vriend zitten. De koormeisjes die vooraan stonden begonnen meteen te giechelen. Ik hield mijn hart vast voor wat er zou komen. Ik dacht: die heeft iets in petto en ik bad in stilte dat het niet tijdens mijn solo zou zijn. We begonnen te zingen. Het ging goed. Hoewel ik hem niet aan moest kijken, want dan zou ik beslist in lachen zijn uitgebarsten. De ondeugd straalde van zijn gezicht af. Het gezang was klaar, de dirigent boog naar het publiek en de twee jongens – ik geloofde mijn ogen bijna niet – stonden gelijktijdig op en bogen gezamenlijk naar de dirigent. Niemand kon nog zijn lachen inhouden, behalve de dirigent en de pianist. Bij het volgende lied gebeurde hetzelfde, bij het daaropvolgende lied nog een keer en tot slot, na het laatste nummer voor de pauze nog een keer. Mijn ouders, vrienden van mijn ouders, de burgemeester, vrienden van mij van school en een neef en nicht, ze zaten allemaal in de zaal en hadden allemaal gezien hoe mijn nieuwe vriend zich misdroeg. In de pauze durfde ik mijn vriendinnen van het koor bijna niet meer onder ogen te komen. Ik kruiste mijn vingers en deed een schietgebedje dat het niet nog erger zou zijn na de pauze. De jongens hadden ondertussen zo'n stevige reprimande gekregen dat ze voor het tweede deel helemaal achterin moesten plaatsnemen. Daar zaten ze, precies voor de spotlichten waardoor we hen, als we gingen staan om een lied in te zetten, heel goed konden zien. En in plaats van te buigen aan het einde, hadden ze nu bedacht dat het leuk was om langer door te klappen.

Later is de dirigent nog bij ons thuis langs geweest om met mijn ouders te praten over die twee jongens die het concert verstoorden. Hij gaf mijn ouders het nadrukkelijke advies om mij te verbieden nog langer met die onaangepaste jongen om te gaan. Mijn ouders wisten niet zo goed hoe ze moesten reageren. Ook zij vonden Gerrit een wat ondeugende jongen, maar tegelijkertijd vonden ze hem heel aardig en zagen ze hoe ontzettend gelukkig ik was met hem. Uiteindelijk hebben ze me op het hart gedrukt dat ze me vertrouwden en ik zelf mocht bepalen met wie ik verkering had. Nog dezelfde avond heb ik mijn lidmaatschap van het koor opgezegd.

Weer is de baas van de ontvoerders gekomen om mij een bandje in te laten spreken. Ik word gesommeerd te zeggen dat het 13 december is en dat het goed met mij gaat. Ik begrijp het niet. Het is toch nog niet de 13de? Hooguit de 11de of de 12de. Het maakt me bang dat ik iets moet inspreken alsof het twee dagen later is. Als ik ernaar vraag wordt me meteen de mond gesnoerd. 'Wij bepalen de regels!' Ik moet me in het opgenomen pleidooi direct richten tot Jacques Linders. Als hij doet wat ze vragen, word ik vrijgelaten. De ontvoerders zijn nog steeds heel kwaad op Joep en Hans Kersten, omdat zij de transactie hebben gedwarsboomd. Aan het einde van de boodschap voeg ik er nog aan toe: 'Gerrit, als je dit hoort, maak hier alsjeblieft een eind aan. Mijn zenuwen gaan kapot. Ik red het niet langer.' Ze vragen niet naar de betekenis van mijn laatste zinnen, wat me enigszins verbaast.

Ik wil me alweer terugtrekken in mijn tent als blijkt dat ze nog een boodschap van mij verwachten. 'Voor je dochter Marijke. Hetzelfde. Je zegt dat goed gaat en geen politie.'

Ik schraap mijn keel en spreek mijn bericht in aan mijn dochter. 'Marijke, het gaat goed met me. Jij bent mijn laatste hoop, doe wat ze zeggen en dan kom ik thuis. En als ik thuis ben, gaan we weer een hele mooie zwarte jurk kopen.' De laatste keer dat ik met Marijke in Brussel was hebben we een zwarte jurk gekocht. Deze hint zal ze begrijpen, dat weet ik zeker.

Na deze opdracht verlaat het viertal de kamer weer. De Raaf kijkt nog even naar me om voor hij de deur achter zich op slot draait. Ik weet niet wat hij daarmee wil zeggen. Is het een goed of slecht teken? Heb ik net mijn laatste boodschap ingesproken omdat ik hierna vrij ben of omdat ik hierna dood ben?

Hoelang nog? Hoelang? Ik word gek in mijn hoofd. Gek in de kindertent waarin ik ben opgesloten. Niets of niemand die me afleiding bezorgt. De uren verstrijken trager dan ooit tevoren. Ik hoor de seconden wegtikken in mijn hoofd. Steeds langzamer. Kon ik maar teruggaan naar de gedachten over vroeger. Maar vroeger lijkt te ver weg. Heeft er ooit een vroeger bestaan? De herinneringen aan mijn kinderen doen tergend veel pijn. Ik kan ze toch nu nog niet loslaten, op mijn tweeënvijftigste? Saar is al gepasseerd, maar ik ben nog altijd in de bloei van mijn leven. Ik heb nog dertig, misschien wel veertig jaar voor de boeg. Jaren waarin ik mijn kinderen de rol van ouder zal zien aannemen en waarin ik mijn kleinkinderen zal leren kennen. Famke, Maartje, Noortje, Bas en Wim. Mijn vijf kleinkinderen zullen oma Toos alleen nog maar van foto's kennen. Hoe vertellen hun ouders de waarheid over wat er is gebeurd met hun oma zonder hun voor eeuwig angst in te boezemen? Welke kleinkinderen zal ik nooit meer leren kennen, omdat die pas geboren worden na mijn dood? Voor hen zal ik slechts een vrouw op een foto zijn, een stilstaand beeld. Ik had me juist zo verheugd op het omaschap, omdat er meer tijd zou zijn. Thuis was het altijd hectisch. Het werk in de zaak, de vele zwangerschappen tussendoor. De kindermeisjes die kwamen en gingen. Chaos. Maar het was onze chaos en ik hield ervan. En wat ook het motief is, niemand heeft het recht om een moeder bij haar kinderen weg te halen. Niemand mag de bloedband zo bruut doorsnijden dat er geen toekomst meer bestaat zonder pijn. En dat alles voor geld. Materie. Wat stelt het allemaal voor? Ik zou alles in de wereld willen opgeven voor een toekomst met mijn man, mijn kinderen en mijn kleinkinderen. Laat mij leven.

De dagen vervagen. Het constante zwakke licht in de kamer laat mijn uitzicht onveranderd. Mijn gevangenis heeft steeds meer weg van een graf. Ik aai het tentzeil om maar iets aan te raken. Om te beseffen dat er nog gevoel in mijn vingertoppen zit. En soms, heel soms, is er een klein sprankje hoop. De hoop dat dit niet de plek is waar ik wegkwijn tot er niets meer van mij over is, maar de hoop dat ik in dit hol mijn winterslaap houd en dat het straks weer lente wordt. Ik bid voor deze gedachte. Ik bid tot God, die me misschien een afvallige vindt omdat ik te weinig heb gebeden. Maar als God liefde is en liefde vergeving, dan zou hij misschien toch naar me willen luisteren. Ik heb niets anders geprobeerd in mijn leven dan een goed mens te zijn.

Zondag 12 december – dag 16

Het was nu al de vierde dag dat we niets meer van de ontvoerders hoorden. Pa was er zo slecht aan toe dat ik met Havinga heb gesproken of hij hem niet iets kon laten doen, zodat hij van zijn kamer zou komen. Een of andere taak die hem ertoe zou dwingen om weer aan het gewone leven mee te doen. Vervolgens is Havinga de hele avond bij hem boven geweest en hebben ze met elkaar gesproken. Wij zaten met z'n allen beneden. Niemand die nog iets zei over de lange telefoonstilte, over een eventuele nieuwe transactie, over ma's vrijlating. Dit onderwerp was te beladen geworden, te deprimerend, om er nog over te speculeren of te filosoferen. Tegelijkertijd werd er ook niet gesproken over het opbreken van de boel. Over dat het misschien verstandig zou zijn als iedereen weer zijn eigen woning op zou zoeken. Nee, daar wilde niemand aan. De jongens praatten met een cynische ondertoon en maakten flauwe grappen. 'Wat is blauw en vliegt door de kerk? Maria in trainingspak.' En: 'De moordenaar werd om zeep geholpen in de douche.' Gelachen werd er niet echt. Wel werd er iets te veel gedronken en we begonnen te praten over vroeger.

Over hoe die nieuwe witleren bank die ma zo prachtig vond en waarvoor ze bijna een jaar had gespaard, er na twee maanden uitzag als een aftands ding. Hij was beplakt met stickers en bekrast met gespen van schoenen en pennenstrepen. Ma had zich er precies drie keer kwaad over gemaakt en toen was het over. Ze keek alleen nog maar heel spijtig naar de bank.

Martien begon over de shirts die we aanhadden als we op vakantie gingen. Ma kocht bij de HEMA steeds zeven dezelfde T-shirts in allemaal verschillende maten. Als we dan met z'n allen op vakantie waren, begonnen we met de gele shirts, de tweede dag droegen we allemaal de groene, de dag erna de blauwe en dan volgden nog de rode. En dan begonnen we weer met de gele. Zo kon ma ons altijd goed herkennen en voelden wij ons als de boefjes van die tv-serie van vroeger. Altijd haalden we kattenkwaad uit en samen stonden we sterk.

Carlita begon over de kippentruc te praten. Meteen barstte er een lachsalvo los en Ad lachte het hardst. Pa had van die hele dure sierkippen die hij in grote kooien bij de ingang van het motel hield omdat de gasten dat mooi vonden. Om vriendjes en vriendinnetjes te imponeren kon Ad daar een heel goede truc mee uithalen. Hij legde ze een voor een op hun rug, waarbij ze dood leken. Dan deed hij terwijl hij met zijn handen boven de rij kippen bewoog: 'Abracadabra, mensen nood, kippen dood. Mensen beef, kippen leef. Boe!' de kippen stonden allemaal in één keer op en waren weer springlevend. Maar een keer toen hij die truc deed, werden we allemaal afgeleid door iets wat er verderop gebeurde en vergat hij 'Boe' te zeggen. Toen we even later terugkwamen waren alle kippen echt dood. Ad draaide ze namelijk half de nek om en daardoor werd hun luchttoevoer afgesloten. Door ze te laten schrikken stonden ze dan in een reflex weer op. Maar dat was hij die keer dus vergeten. Pa was woedend. En ma heeft ons de hele week kippenpootjes, kippenragout en kippensoep geserveerd.

'Weten jullie nog,' vroeg ik, 'dat Martien als peutertje spoorloos verdwenen was?' Bijna niemand bleek zich dit verhaal te herinneren. 'Nou, we zochten alles af, maar hij was in geen velden of wegen te bekennen en we begonnen het ergste te vrezen. Mama was al helemaal in paniek en het nieuws verspreidde zich al snel in het restaurant. Toen wist een ouder echtpaar haar te vertellen dat iemand Martien had zien weglopen met een dame in het zwart met rossig haar. Dat kon alleen maar Maria zijn, onze hulp. Toen ma en pa bij haar thuiskwamen, zat Martien daar heel lief met zijn eigen autootjes op de grond te spelen. Maria's verklaring was dat wij het toch veel te druk hadden en zij had geen kinderen, dus konden wij Martien vast wel missen.' Toen ik klaar was met mijn verhaal glimlachte alleen Martien een beetje schouderophalend naar me. Vincent zei: 'Sneu eigenlijk.' De rest keek ernstig voor zich uit.

‘Waarom ben jij zo verdrietig, Tos?’ De Raaf staat bij mijn tentje.

‘Wat denk je?’

Hij zwijgt even. Hij is voor me op de grond gaan zitten, met zijn knieën opgetrokken en zijn armen om zijn benen geslagen. Eigenlijk precies zoals ik zit. Spiegelen mensen elkaar niet als ze contact willen maken? Hij begint te praten. ‘Waarom wil jij zo graag naar huis?’

‘Omdat ik mijn kinderen heel erg mis. Mijn man. Mijn ouders en mijn vrienden.’

‘Mis je die dan zo erg?’

Ik snuif even. ‘Ja. Zo erg, maar misschien kun jij dat niet weten, omdat je niemand hebt om te missen.’

‘Ik heb vrouw en baby.’

Ik was verbaasd. Had hij niet gezegd dat hij geen familie had? ‘Hoe oud is je baby?’

‘Bijna vijf maanden.’

‘Wanneer is hij geboren?’

‘Het is een meisje. Ze is geboren op 26 juni.’

‘Dat is toevallig. Mijn kleindochter, Noortje, is ook geboren op 26 juni.’

Hij lijkt te lachen. We zeggen even niets meer. Het gesprek verstomt. Hij had natuurlijk geen informatie met mij uit mogen wisselen. Misschien is hij al te ver gegaan.

'Weet je waarom ik graag snel naar huis wil?' ga ik dan door. 'Omdat ik binnenkort jarig ben.'

'Wanneer Tos?'

'Op 22 december.'

'Dan kunnen we dat toch hier vieren?'

Ik steek mijn handen zo diep mogelijk in de te lange mouwen van mijn flanellen pyjama. Mijn bovenlijf schudt even door de rilling die over mijn rug loopt. 'Ik wil het thuis vieren. Dan zit de hele familie om mij heen en krijg ik mooie cadeaus van de kinderen.'

'Wat wil je graag hebben, Tos?'

'Een pistool,' zeg ik impulsief.

De Raaf gaat verzitten, waarbij er plotseling onder de capuchon een schuine streep licht op zijn gezicht valt. Ik sla onmiddellijk mijn ogen neer. Toch krijg ik het beeld niet van mijn netvlies. Het plaatje van de volle mond, die ik niet had mogen zien, heeft zich al in mijn hoofd vastgezet.

'Hier.'

'Pardon?' Ik kijk op en schrik. Recht voor mijn gezicht, in de palm van de hand met de kromme pink, ligt het wapen dat hij me wil aanbieden.

'Neem mijn pistool maar.'

Moet ik dat doen, moet ik het ding aannemen? Is dit misschien een teken van overgave? Of opnieuw een truc om me in mijn eigen val te laten trappen? Een Beretta 92FS, lees ik op het handvat. Ik kijk op naar zijn ogen, maar ik zie slechts de zwarte krater die zijn gezicht verborgen houdt. Dan schud ik mijn hoofd. 'Die van jou hoef ik niet. Ik koop er zelf wel een.'

'Dan niet,' zegt hij en hij steekt het zwartmetalen wapen weer achter zijn broekriem.

Vandaag heb ik voor de tweede keer mogen douchen. Ook kreeg ik een schone herenonderbroek. De flanellen pyjama werd niet vervangen. Dit keer heb ik wel naar mezelf durven kijken in de spiegel. Ik zag een vrouw die ik niet meer kende. Een schim van iemand die ik nog nooit had gezien. Ze kwam me zo vreemd voor dat ik het gevoel had dat ik niet alleen in de badkamer was. Het meest schrok ik van de verdwaasde blik. Zo'n blik die je ziet bij mensen die onder een brug leven of in een inrichting zitten.

De Rat heeft me vandaag de lunch gebracht en komt de spullen nu ook weer ophalen. 'Waar is jouw collega?' vraag ik aan hem. Hij kijkt me niet eens aan en loopt zonder antwoord te geven de kamer uit. Nu ik overdag geen kettingen meer om heb probeer ik wat oefeningen te doen als mijn bewakers de slaapkamerdeur achter zich op slot hebben gedraaid. Terwijl ik toch best redelijke porties eten krijg, ben ik enorm afgevallen. Mijn benen zijn net bonenstaken, mijn armen grasssprietjes. Ik ga rechtop staan, strek me uit en hou mijn handen zo hoog mogelijk in de lucht. Daarna buig ik mijn bovenlichaam naar voren, terwijl ik mijn rug zo recht mogelijk probeer te houden, tot slot buig ik nog verder naar voren en probeer mijn neus tegen mijn knieën te drukken. Een oefening die ik geleerd heb op fitness.

Ik begon altijd heel enthousiast aan een nieuwe sport: fitness, jazzballet, tennis, golf. Maar door ons onregelmatige leven kon ik het vaak maar kort volhouden. Gelukkig heb ik er wel wat van opgestoken. Nu strek ik me met een hand over mijn hoofd en mijn andere hand in mijn middel, helemaal opzij. Is het zo dat je met lichamelijke training ook je geest sterker maakt? Het lijkt wel te werken. Of is het zo dat ieder mens zich uiteindelijk schikt in zijn situatie? Hoe dramatisch die ook is? Daar lees je weleens over. Ik heb ooit een verhaal gelezen over een meisje dat jarenlang werd vastgehouden door haar ontvoerder, zodat ze uiteindelijk dacht dat die man haar vader was. Ze is uiteindelijk twaalf jaar in de macht van die man gebleven. Haar ouders hadden haar gevonden, maar ze wilde in eerste instantie niet naar huis. Zou mijn geest zich ook plooien naar de situatie en worden de twee bandieten uiteindelijk mijn beste vrienden? Ik hoor gemorrel aan het slot. Over de duivel gesproken. Meteen staak ik mijn oefeningen en ga in mijn tent zitten. De Raaf komt binnen. 'Tos, jij hebt vaak koud, toch?'

'Ja, dat klopt.' Na ruim twee weken klagen, bibberen en bevriezen in mijn tent, lijkt eindelijk het kwartje te zijn gevallen.

'Hier, ik heb vest voor jou.' Hij reikt me een donkerbruin wollen vest aan met een ritssluiting.

'Dank je,' zeg ik bijna verbaasd omdat de hersenspinsels die ik net had over vriendschap met de vijand, zich lijken te concretiseren.

'Is misschien wel te groot.'

Ik trek het vest over mijn pyjama aan en ruik een mannenluchtje, zweet en aftershave.

'Het geeft niet dat het te groot is.' Hij lijkt te aarzelen. Wil hij iets tegen me zeggen, of is er iets aan de hand? 'Is er nog nieuws?' vraag ik dan maar, terwijl ik weet dat ik toch nooit antwoord krijg op die vraag.

'Geen nieuws, Tos.'

'Blijf je even met me praten?'

'Is goed.' Hij pakt een hoofdkussen van het grote bed, legt het op de vloer voor mijn tent en gaat er in kleermakerszit op zitten.

Ik probeer vriendelijk naar hem te lachen. 'Je zou me toch nog eens vertellen waarom je dit doet?'

'Familie.'

'Je doet dit voor je familie?'

Hij knikt.

'Voor je vrouw en kind?'

'Nee, of ook ja. Maar voor mijn familie...' hij maakt een gebaar naar de woonkamer. 'Hier.'

Hier in Brussel? Had ik bijna gevraagd, waarmee ik zomaar verraden zou hebben dat ik weet waar we zitten. 'Je bedoelt je collega's?'

'Geen collega's, is familie. Allemaal.'

'Dus jullie zijn allemaal familie van elkaar?'

'Niet in bloed, wel in daad. Wij zorgen voor elkaar.'

'Zijn jullie allang familie?'

'Toen ik vijftien was en veel dronk. Ik had mijn eerste auto gestolen. Die ging helemaal in elkaar. Boem.' Hij illustreert zijn verhaal met zijn handen. 'De auto kapot. Ik kapot. Zij,' weer wijst hij naar achteren, 'hebben mij opgeraapt.'

'Dat is fijn.' Ik merk dat het vest me inderdaad warmte geeft. Ik voel een soort dankbaarheid. Alsof ik blij ben dat hij het is, deze man die nu tegenover me zit, die mij hierin heeft gedwongen. Alsof ik bij iedere andere ontvoerder slechter af was geweest.

'Tos, jij zegt steeds: "Ik ben een moeder."'

'Ja?'

'Vergeet niet dat jouw kinderen alle kansen hebben gehad, met jou als moeder. Ook met geld van de familie.'

'Geld is niet belangrijk. Liefde is veel belangrijker.'

‘Nee, Tos, liefde is voor korte tijd. Familie is belangrijk. En familie moet eten.’

‘Als jij beweert dat familie zo belangrijk is...’ Ik aarzel of ik mijn gedachten zal uitspreken. ‘Waarom maak jij onze familie dan kapot?’

Hij verandert van positie. Trekt zijn knieën omhoog en sluit zijn armen eromheen. ‘Ik wil niks kapotmaken, Tos.’

Ik zwijg. Kijk hem alleen maar aan.

‘Geloof je mij?’

Ik wend mijn gezicht af.

‘Geloof je mij, Tos?’

‘Ik hoop het,’ zeg ik bijna fluisterend terwijl ik denk aan de harten van mijn kinderen en mijn man waar, zelfs al zou dit goed aflopen, een enorm gat in is geslagen.

Dinsdag 14 december – dag 18

Vijf dagen niks gehoord. Vijf dagen in de gruwelijke veronderstelling dat ma nooit meer terug zou komen. Dat ze dood was. En ineens was er weer contact! Die ochtend om tien uur stond Robert Linders op de stoep. Tante Truus had de deur voor hem opengedaan en kwam mij halen. Ik was nogal verbaasd toen ik hem daar zo zag staan in de gang. Hij wilde niet verder komen en vroeg of ik even alleen met hem kon praten. 'Ik?' vroeg ik terwijl ik mijn hand op mijn borst legde om zeker te weten dat hij mij bedoelde. 'Ja jij, Marijke.' Ik heb hem meegenomen naar de zijkamer en daar vertelde hij me dat de ontvoerders contact hadden opgenomen met zijn vader, met de dringende vraag of die mij kon halen. Ik vloog hem spontaan om de hals. 'Marijke,' Robert maakte zich los uit mijn omhelzing. 'Ze hebben jou en mij aangewezen om de nieuwe onderhandelingen te doen.' Ik schrok me rot. Natuurlijk was ik heel erg opgetogen over het feit dat er weer contact was, dat kon betekenen dat ma nog leefde, maar wat wilden ze van mij? Waarom ik? Marcel vertelde me dat er dit keer absoluut geen politie bij mocht komen anders zou ma worden doodgeschoten. Ik vroeg Robert of het de bedoeling was dat ik alleen mee kwam of dat ik Harry mee mocht nemen. Hij haalde zijn schouders op, waarop ik meteen naar Harry ben gerend. Samen besloten we om toch Guus Wesselink in te lichten. We konden dit nu allemaal wel op eigen houtje doen, maar dat leek ons niet verstandig. Guus reageerde heel adequaat. We moesten tegen iedereen onze mond houden en de aanwijzingen volgen die de ontvoerders ons zouden geven. Hij zou ervoor zorgen dat de nodige maatregelen werden getroffen in het huis van Roberts vader. Harry kon niet nalaten om toch even op te merken dat discretie en subtiliteit nou niet het sterkste punt van zijn team waren gebleken. 'Geloof me, wij hebben ook van onze fouten geleerd. En we zullen op geen enkele manier het leven van Toos op het spel zetten.' Robert werd ondertussen ongeduldig omdat hij had gezegd binnen een halfuur terug te zijn bij het huis van zijn vader in Oss. Ik zag mijn zus kijken toen we zo gehaast vertrokken. Snel liep ik naar haar toe en fluisterde in haar oor: 'Zeg tegen papa dat er weer hoop is.' Daarna vertrokken we.

Onderweg had Robert ons bijgepraat. Ma zou de naam van zijn vader, Jacques hebben genoemd als nieuwe contactpersoon. Toen ik dit hoorde, kneep ik Harry in zijn arm. 'Mama leeft nog. Hoe zouden ze anders op Jacques' naam zijn gekomen?' Jacques zelf zag het niet zitten om zo'n riskante taak op zich te nemen, hij was te bang om te falen en dus had hij zijn zoon gevraagd. Volgens mij was dat een goede zet. Wij kenden Robert al zo lang dat ik alle vertrouwen in hem had, maar waarom wilden ze mij hebben? Had Ad dit niet beter kunnen doen, of Carlita? Zij is een stuk stoerder dan ik. Het had echter geen zin om hierover te speculeren. Het was nu eenmaal zo. Ik had klamme handen van nervositeit en probeerde niet te veel na te denken over de risico's en de gevolgen.

Eenmaal bij Jacques thuis was het wachten op een telefoontje van de ontvoerders. Nu hebben we al heel wat zitten wachten, maar dit wachten voelde anders. Ik kon niet gaan zitten en liep onrustig door de kamer. Steeds stelde ik dezelfde vragen aan Harry: 'Zou mama mij hebben uitgekozen?' 'Waarom?' 'Wat zouden ze willen?' Harry kon me natuurlijk geen antwoorden geven en zei dat ik moest proberen rustig te blijven. Maar hoe kon ik nou rustig blijven? Moeder was ineens weer zo dichtbij, het leek alsof ik haar al bijna kon aanraken.

De verlossende antwoorden kwamen een uur later. Gelukkig was de recherche als een razende bezig geweest met de telefoonlijn, en het was allemaal net aangesloten toen de telefoon ging. Robert nam op, dat hadden we zo afgesproken. Op een kalme en trage manier vroeg hij wat precies de bedoeling was, of hij alvast iets kon doen om het proces te versnellen, of er nog meer mensen bij betrokken moesten worden en of ze konden zeggen wanneer ze weer contact zouden opnemen zodat we elkaar niet konden mislopen. Sommige vragen herhaalde hij heel langzaam en twee keer zei hij dat hij niet begreep wat ze zeiden. Daarna gaf hij de hoorn aan mij. Mijn hart klopte in mijn keel. 'Marijke, Joep is een verrader. *Du musst es gut machen. Letzte Chance fur deine Mutter.*'

Dit was dus een van de mannen die mijn moeder vasthielden. Deze met een zware hese stem, sprekende Italiaan. Ik kreeg tranen in mijn ogen. Uit plotselinge boosheid voelde ik me vuurrood worden. 'Ik zal het goed doen. Wat zijn de regels?'

'Wij willen dertien miljoen, in marken en guldens. Kleine biljetten.'

'Wat bedoelt u?' Ik was geïnstrueerd om de man zo lang mogelijk aan de praat te houden, zodat ze de plek konden traceren waarvandaan ze belden.

'Geen groot geld. Zorg dat je het geld vandaag nog hebt.'

'Oké, ik begrijp het.' Harry keek me bemoedigend aan. 'Maar ik wil weten of mijn moeder nog leeft.'

'Morgen jullie krijgen bewijs.'

'Waarom kunnen we niet nu het bewijs krijgen?'

'Geen vragen.'

'Sorry. Ik wilde alleen maar weten...'

'Geen vragen!'

Ik mocht hem niet kwaad maken en hield verder mijn mond.

'Jullie moeten geld regelen en op instructies wachten.'

'Wanneer kunnen we die verwachten?'

'Morgen tussen tien en vijf. Op dit telefoonnummer. Jij en jouw vader gaan het geld afleveren.'

'Mijn vader? Nee, dat kan niet!'

'Jij bepaalt niet de regels!'

'Het spijt me, maar mijn vader is niet in staat om het te doen. Ik ga samen met mijn man Harry.'

Even bleef het stil aan de andere kant van de lijn. Toen zei hij: 'Akkoord. Maar hou de politie erbuiten, anders is je moeder dood!'

'Nee, nee, geen politie, ik...' Er was al opgehangen.

Na dit gesprek versnelde mijn ademhaling zich en kreeg ik vlekken voor mijn ogen. 'Gaat het?' vroeg Harry. Ik vermande mezelf. Ik mocht niet gaan hyperventileren nu, ik moest sterk zijn.

De sfeer hier in dit donkere huis lijkt te veranderen. Er lopen mensen in en uit mijn kamer. Zomaar, lijkt het. Zonder iets te zeggen gaan ze weer weg. Ik heb geen idee waarom. De bazen zijn hier vaker dan normaal. De spanning is voelbaar. Er lijken zich discussies af te spelen in de woonkamer. Er wordt hard gepraat en dan weer zacht. Zouden ze het niet met elkaar eens zijn over mijn lot? Zijn er problemen met de transactie? Ik kom niks te weten, niemand beantwoordt mijn vragen. Juist nu moet ik op mijn hoede zijn. Ik mag hen niet irriteren. Niet te vrijpostig zijn, maar dankbaar voor alles wat ik voorgeschoteld krijg. Voor elke vorm van aandacht die ze me geven. Me eerder bedeesd en aanhankelijk opstellen dan verontwaardigd en boos. Ik speel nu weer de rol van lieve, kwetsbare moeder die geen idee heeft waar ze is, of met wie ze te maken heeft.

Het moet al 14 of 15 december zijn. Thuis zullen ze mijn ingesproken bandje nu wel gehoord hebben. Zou de boodschap aan Marijke goed zijn overgekomen? Ik hoop het zo. En de politie zal ondertussen toch ook niet stilzitten? Ze zullen nu toch wel íéts hebben ontdekt wat hen naar mij kan leiden? Aan de andere kant, laat de politie zich maar afzijdig houden, zodat de volgende – de laatste – geldoverdracht niet weer kan mislukken.

Plotseling hoor ik een enorme klap. Er valt iets om, binnen. Of ze hebben ruzie. Mijn hartslag schiet omhoog. Er wordt geschreeuwd. Ik kan niet horen wie het is. Ik herken alleen de woorden '*Puttana morte*'. Dode hoer. Hebben ze het over mij? Ik kruip zo ver mogelijk in mijn tent, trek de ketting met me mee, om iets te hebben waarmee ik me kan verdedigen. Mijn ogen knijp ik stijf dicht. Met een klap zwaait de deur open. 'Tos, kom tevoorschijn!' Het is de stem van de baas. Ik zie twee paar benen voor de tent staan. Angstig kruip ik mijn tent uit. 'Weg met die ketting!' Hij schreeuwt tegen me. Van angst durf ik me niet meer te bewegen.

Dan komt de Raaf ook de kamer in. Hij komt op me af en pakt rustig de ketting uit mijn verstijfde handen. 'Rustig, Tos, er gebeurt niks.' Hij aait over mijn rug. Ik schaam me. Ik schaam me voor de tranen en het snot dat over mijn gezicht stroomt, voor de jammerende geluiden die uit mijn mond komen, voor mijn fysieke smeekbede, voor mijn wankele staat. Ik schaam me, maar ik kan het niet helpen.

'Is dit mijn einde? Gaan jullie mij vermoorden?'

'Rustig nou maar, Tos. Ze willen je alleen een paar vragen stellen.'

'Wat voor vragen?'

'Vragen die Marijke stelt.'

'Mijn dochter?'

'Natuurlijk, je dochter.'

'Loslaten!' Het is het botte stemgeluid van de baas. Ik haal adem. Ik moet bij zinnen komen. Ik recht mijn rug en wacht op wat er komen gaat. De baas is op de rand van het bed gaan zitten en kijkt op een blocnote die hem net is aangereikt door zijn assistent, de man die hem overal als een schaduw volgt. Hij pakt uit zijn binnenzak een pen en kijkt mij dan aan.

'Je moet antwoord geven op de volgende tien vragen. Vraag één: wie heeft Motel Eindhoven gebouwd?'

'Theo Hurks.' Het lijkt ineens een soort quiz. Waarbij ik bij elk fout antwoord een kogel door mijn hoofd kan krijgen. Als Russisch roulette.

'Vraag twee: welk schilderij hangt er boven jouw bed in slaapkamer?'

'Een schilderij van mijn schoonmoeder en mijn dochters Marijke en Carlita.'

'Vraag drie: wat is de naam van je overleden zus?'

Deze vraag roept enorm veel weerstand bij me op. Wat gaat het jullie aan hoe mijn zusje heette? Bovendien is ze niet dood, ze is gestorven. Jullie weten niks van het verdriet van mijn ouders, van onze zorgen om haar.

'Tos?' De Raaf stoot me aan. 'Je moet goede antwoord geven.'

'Mijn overleden zusje heette Connie.'

Ik haal diep adem en antwoord. Er volgen nog zeven vragen, bij elke vraag heb ik het gevoel dat ik kan falen. Dat de bodem onder mijn voeten wegzakt als ik het verkeerde antwoord geef. En als alle antwoorden goed zijn, in hoeverre hebben ze me dan nog nodig? De geldtransactie zal plaatsvinden en ik ben niks meer waard.

'Laatste vraag, Tos. Hoeveel kinderen heb je gehad in jouw leven?'

'Komen deze vragen echt van Marijke?'

'Ja, Marijke, jouw dochter.'

Ik zucht, snuif diep en geef antwoord. 'Ik heb tien kinderen gehad.'

De mannen kijken elkaar aan. Er worden woorden met elkaar uitgewisseld. De Raaf buigt zich naar me toe en zegt: 'Tos, is heel, heel belangrijk dat jij spreekt nu waarheid.'

'Anders ben je dood,' vult de baas aan.

'Het is de waarheid,' zeg ik. 'Drie van mijn tien kinderen zijn vlak na de geboorte gestorven. Alle drie meisjes.'

Woensdag 15 december – Dag 19

De vorige dag werden er twee koffers met Duitse marken, Zwitserse francs en guldens in Nuland afgeleverd door de NMB. Dertien miljoen! Nee, ze hadden het niet nagelaten om er nog een miljoen bovenop te eisen. Ongelooflijk wat een bedrag. Dat vertegenwoordigde wel dertig gezinswoningen of twintig luxe jachten, een paar hotels, tweehonderdzestig gloednieuwe auto's. En die waarde paste allemaal in twee koffers. Het waren niet allemaal dezelfde biljetten als de eerste keer. Bovendien hadden ze ze dit keer bewerkt met hasjolie zodat de honden ze konden ruiken.

In de villa in Nuland heeft de Draaijer mondjesmaat verteld wat er aan de hand was. Hij heeft gezegd dat in het belang van het slagen van deze tweede transactie niemand iets tegen derden mocht zeggen en dat we de boel zo rustig mogelijk moesten houden. Dus geen wilde acties in de nacht en geen spontane beslissingen meer. Er mocht geen enkel risico meer genomen worden. 'We moeten alles doen om Harry en Marijke zo veel mogelijk te ondersteunen,' zei hij. 'De zaak ligt nu in hun handen.' Bij die laatste zin moest ik mijn tranen verbijten. De verantwoordelijkheid voor het slagen van deze missie lag nu dus helemaal bij ons. Nog altijd wist ik niet goed waarom ma mij had aangewezen. Maar het was mijn heilige voornemen om haar niet teleur te stellen. Harry en ik keken elkaar aan. In zijn ogen las ik vastberadenheid, zelfs verbetenheid. Wij zouden dit samen gaan doen.

Met een auto vol geld reden we naar ons huis in Vught. Ons was opgedragen om de dertien miljoen gulden bij ons te houden, zodat we elk moment met het geld konden vertrekken om de transactie te laten plaatsvinden. Het was raar om in een huis te komen waar de kinderen lief aan het spelen waren en ons blij om de nek vlogen toen ze ons zagen, terwijl in onze garage de auto stond met die twee koffers. De ouders van Harry die op onze kinderen pasten hebben we daar niets over verteld. Ze vroegen of we al iets hadden gehoord en we konden hun het goede nieuws brengen dat er weer schot in de zaak zat. Er waren weer nieuwe onderhandelingen met de ontvoerders. De moeder van Harry keek me met een intense blik aan. 'Zie je wel, Marij. Je moeder leeft nog.' Dat het al dan niet slagen van de nieuwe missie in handen lag van mij en hun zoon lieten we achterwege. 's Avonds toen iedereen sliep, hebben we het geld uit de achterbak gehaald en onder ons bed verstopt.

De ochtend van de vijftiende waren we al weer om tien uur bij Robert. Hij vertelde ons op rustige toon dat het de ontvoerders echt menens was. Om dat nog eens extra kracht bij te zetten, hadden ze die nacht aan zijn voordeur een babypop gehangen met een bebloede luier. Ze hadden de pop met een touw om de poppennek opgehangen. De nek hadden ze geknakt, de ogen waren zwart gemaakt. Zo morbide. Zo ziek. De vrouw van Robert was zwanger en blijkbaar wisten ze dat dus. Ik vroeg Robert of hij dit niet liever aan iemand anders wilde overdragen. Hij zei dat hij en zijn vrouw er beiden achter stonden om hiermee door te gaan. We bedankten hen beiden voor zoveel moed. Roberts vrouw had toen met haar hand op haar dikke buik tegen me gezegd: 'Voor een moeder doe je toch alles.'

Het wachten op het telefoontje duurde niet lang. Robert nam weer op en gaf dit keer de telefoon heel snel aan mij. 'Het is een bandje,' fluisterde hij. Ik schrok van ma's stem. 'Het gaat goed met me, Marijke,' klonk het door de telefoon. In een reflex praatte ik onmiddellijk terug, terwijl ik nota bene wist dat het een bandje was. 'Mama, wat fijn dat ik je hoor.' Haar woorden gingen verder, over dat het haar laatste kans was. Dat ik alles moest doen wat ze zeiden. Ze eindigde met de opmerking dat we weer een heel mooie zwarte jurk zouden gaan kopen. Daarna werd er opgehangen. Ik was compleet van slag. Niet alleen omdat ik mijn moeders stem had gehoord, maar ook vanwege de opmerking over die jurk. Ik had onlangs een zwarte jurk met haar gekocht in Brussel, dus waarom zei ze dat? Op dat moment viel het kwartje. 'Ze zit in Brussel,' zei ik tegen de Draaijer. 'Ik weet het zeker.'

Harry twijfelde. Die opmerking kon van alles betekenen. De Draaijer zei: 'Marijke, ik denk dat het nu allemaal wat veel is voor je. Probeer je te concentreren op wat je moet doen.' 'Maar ik weet het zeker!' zei ik nog een keer. 'Ze probeert me te vertellen dat ze in Brussel zit.'

Toen ik hier later met de familie over sprak, belandde ik meteen in een hevige discussie waar ik niet om gevraagd had. Iedereen mocht denken wat hij wilde, voor mij was het duidelijk dat ze in Brussel zat.

Om halféén 's middags belden de ontvoerders weer op. De volgende dag zou de transactie plaatsvinden. Ik had de neiging om ja en amen te zeggen, maar dat mocht niet. Het bewijs dat ma nog leefde was nog altijd niet geleverd. Het bandje dat ze hadden laten horen kwam nota bene van 13 december, twee dagen eerder. Ik verzamelde al mijn moed en zei: 'Ik heb tien vragen voor mijn moeder. Als ze die beantwoordt, is het geld van jullie.' Ze draaiden eromheen. Ik had toch al haar stem gehoord, wat voor bewijs wilde ik nou nog meer? Het kostte me moeite, maar ik hield voet bij stuk. Ze zouden me 's middags terugbellen met de antwoorden.

Het duurde tot vijf uur voor er weer gebeld werd. Ik begon weer te twijfelen, zou ze dan toch niet meer in leven zijn? Maar zodra ik opnam, werd het antwoord gegeven op mijn eerste vraag. Alles klopte. Zelfs de vraag over het aantal kinderen dat ze had gekregen. Harry haalde zijn wenkbrauwen op toen hij dat antwoord hoorde. 'Is dat echt waar, Marijke? Heeft ze tien kinderen gehad?' Ik knikte.

Over wat er de volgende dag zou gebeuren zei de man niks. We moesten ons weer om acht uur 's ochtends bij Marcel melden, met het geld. Op mijn vraag wat we konden verwachten, werd niet gereageerd. Het enige wat hij me nog toevoegde was dat we niks moesten proberen. Ze wisten alles van ons. Hij noemde het merk van onze auto en de naam van de school waar onze kinderen op zaten. Daarna werd er opgehangen. Ik huiverde. Wie sleepten we allemaal mee in dit drama? Dit hele avontuur was niet alleen een risico voor ons, het bracht ook onze kinderen en mijn schoonouders in gevaar. We besloten om onze auto en het geld bij Linders achter te laten, en met de auto van Robert terug naar ons eigen huis te gaan. We hoopten daarmee dat ze zouden denken dat we bij Linders waren blijven slapen en niet met het geld in Vught zaten. Want stel dat ze zouden besluiten het geld zelf op te halen, zouden ze – zo hoopten wij – niet naar ons komen waar onze meisjes onschuldig lagen te slapen.

Midden in de nacht word ik wakker. Helpen de slaappillen niet meer? Of was er iets van buiten wat me deed opschrikken? Een sirene of hondengeblaf? Ik luister, maar hoor alleen het snurken en tandenknarsen van mijn vijanden. Hoe walgelijk dat ik elke nacht naast deze mannen moet slapen. Wie zou er tandenknarsen en wie zou er snurken, schiet er door mijn hoofd. Het snurken is nog erger, nog afstotelijker dan het knarsen, dus beslis ik dat het de Rat moet zijn die snurkt en de Raaf die knarst. Deze heeft te veel weggestopt verdriet dat hij 's nachts aan het verwerken is in zijn getroebleerde dromen. Het is idioot dat ik wil dat de Raaf een aardige man is. Een op het verkeerde pad geraakt kind, een mishandelde kleuter. Ik kan niet anders dan me aan dit soort theorieën vastklampen omdat ik moet blijven geloven dat er in al deze ellende nog iemand is die iets van goedheid in zich heeft. Die mij begrijpt, ook al is het maar voor heel even.

Ik draai me op mijn andere zij, wat gerammel aan de kettingen oplevert. Ze drukken weer zo hard in mijn vlees dat ik bang ben dat ik op een ochtend wakker word en mijn voeten los naast mijn benen liggen. Ik kom omhoog om de schakels iets te verschuiven zodat ze niet steeds op dezelfde plek drukken. Naast mij wordt er stug doorgezaagd en geknarst. Terwijl ik de kettingen verleg, merk ik dat ze helemaal niet zo stevig vastzitten als normaal. Zeker nu ik de schakels om mijn enkels wat naar beneden heb geschoven. Voorzichtig, zonder al te veel geluid te maken, trek ik de ketting aan een kant van mijn voet heel strak, wat een hevige pijnscheut oplevert. Maar nu kan ik mijn andere voet voorzichtig uit de lus wurmen. Als ik met mijn handen nog wat extra kracht zet lukt het me. Mijn linkervoet is vrij. Nu is er zo veel ruimte ontstaan dat ik ook gemakkelijk de ketting van mijn rechtervoet kan draaien. Ineens ben ik los. Ik heb mezelf bevrijd. Ik ben vrij. Het is zo snel gebeurd dat ik het me nauwelijks kan voorstellen. En nu? Wat kan ik doen? De adrenaline giert door mijn lichaam. Ik kruip langzaam naar voren, doe zachtjes de rits omhoog en steek mijn hoofd uit de tent. Te horen aan hun zware ademhaling slapen de twee mannen diep. Ik zou op kunnen staan om eindelijk hun gezichten te zien. Nee, te riskant. Ik kruip helemaal uit de tent. Op de stoel aan de andere kant naast het bed zie ik het pistool liggen. In drie of vier stappen zou ik het kunnen pakken. Mijn ademhaling gaat van pure zenuwen zo snel dat mijn hoofd duizelt. Zal ik het doen? Zal ik het erop wagen? Het snurken en zuchten klinkt regelmatig. Dat duidt erop dat ze in een diepe slaap zijn. Maar stel dat ze wakker worden? Ik kan hen bedreigen met hun eigen pistool. Ik dwing hen de deur open te maken. Als ze niet wakker worden schiet ik het slot van de deur aan flarden en vlucht het appartement uit. Maar ik weet niet eens hoe dit huis in elkaar zit. Waar is de uitgang? En zit er op de voordeur ook een slot? Hoeveel kogels zitten er in zo'n pistool? Ik zit nu als een kat in aanvalspositie te wachten op het juiste moment om toe te slaan. Mijn prooi heeft de vorm van dodelijk zwart staal. Nu? Maar wat als zij sneller zijn dan ik? Als ik het pistool net niet te pakken krijg? Of als we tegenover elkaar komen te staan met ieder een wapen in onze hand? Want waar is het andere pistool? Zal ik durven schieten als het moment daar is? Zullen zij niet veel handiger, sneller en genadelozer zijn in het gevecht? Ik heb het bandje met de antwoorden al ingesproken. Dus ze hebben nog de kans om het losgeld te krijgen, ook al ben ik dood. En wat krijgt mijn familie daarvoor terug? Een lijk dat met kogels is doorboord. Of niet eens. Zullen ze eeuwig blijven zoeken naar mijn laatste rustplaats? Ik zit nog steeds op handen en voeten aan het voeteneind van het bed. Boven me steekt een voet onder de dekens uit. Van wie zou die zijn, de Raaf of de Rat? Nee, nee. Ik kan het niet doen. Of wel? In mijn hoofd vindt een gevecht plaats tussen ratio en intuïtie, verstand en gevoel. Wat moet ik doen? Vier stappen en ik heb het pistool te pakken. Misschien is dit mijn laatste mogelijkheid om hier levend uit te komen, omdat ze toch al van plan zijn me om te leggen. Moeder, geef me raad, ik weet het niet. Ik weet het niet. Dan schrik ik op van een voet die zich beweegt. Ik hou mijn adem in. Dan beweegt het hele lichaam. Ik hoor gekreun. De ontvoerder draait zich om in zijn slaap. Als een bang konijn schiet ik terug in mijn hol. Pas als het gelijkmatige ritme van hun ademhaling weer klinkt kan ik opnieuw nadenken. Zal ik, of zal ik niet? Ik weet het antwoord al. Ik heb al een besluit genomen. Dit hele plan zal eindigen in een fiasco. De enige die het niet zal overleven ben ik. Trillend van de onverwerkte spanning wurm ik mijn voeten weer in de kettingen. Daarna sla ik mijn armen om me heen, om mezelf te troosten. Ik ben bang om uit elkaar te vallen. Zomaar in duizenden stukjes. Ik knijp mijn ogen stijf dicht en pijnig mijn hoofd met de vraag: heb ik net de laatste kans op overleven laten lopen?

'Tos, ik heb verrassing voor jou.' De Raaf komt de kamer in.

Ik schiet meteen overeind. 'Is het losgeld betaald?'

Hij schudt zijn hoofd. 'Nee, niet zo'n verrassing. Jij mag in de keuken eten.'

Ik ben meteen alert. 'O, waarom dan?'

'Dat heb ik gevraagd. Ik zeg, Tos moet altijd in de tent eten, laat haar hier eten.'

'Is dit geen valstrik?'

'Wat is valstrik?'

'Laat maar.'

De Raaf houdt het kussensloop klaar om over mijn hoofd te trekken. 'We eten spaghetti.' Opmerkelijk, ik heb vanmiddag al een warme maaltijd gehad. Meestal krijg ik alleen 's avonds brood.

'Eten jullie ook in de keuken?'

'We hebben al gegeten. En samen eten is lastig met muts op, hè.' Onder zijn muts vandaan komt een korte grinnik, om de grap die hij heeft gemaakt. 'Kom je?'

Ik pak de inmiddels vertrouwde hand beet en laat me omhoogtrekken.

Ik heb zo min mogelijk laten merken, maar ik tril van de zenuwen. Ze zullen toch niet iets anders met me van plan zijn? In de keuken wordt het sloop van mijn hoofd getrokken. Dit is de eerste keer dat ik in de keuken ben. Dit moet de ruimte zijn die links van mijn kamer is, want hieruit komen altijd geluiden van borden en pannen. Het is er erg donker. Als ik schielijk achterom kijk, zie ik daar de Rat staan. Aan de andere kant van de glazen wand in de gang. Voor zover ik het kan zien heeft hij zijn bivakmuts niet op, maar het is er zo donker dat ik het niet zeker weet. De Raaf schuift een keukenstoel voor mij naar achteren. Voor me op tafel staan een bord spaghetti en een glas water. Naast het bord liggen een mes en een vork. Best gek, want Italianen eten hun pasta toch altijd met een lepel en een vork? Ik heb behoorlijke trek. 'Lukt het zo?' vraagt de Raaf nog steeds erg vriendelijk, alsof ik een gast ben in zijn restaurant.

'Ja, eh... zou er niet een lampje aan kunnen. Ik kan mijn eten nauwelijks zien.'

Hij kijkt even naar mijn bord en komt dan tot dezelfde conclusie. 'Ja, te weinig licht. Ik zal overleggen, momentje.'

Hij gaat rechts van me door de glazen deur. Ik hoor hem overleggen in zijn moedertaal. Ondertussen druk ik mijn vingertoppen tegen de onderkant van het tafelblad. Hetzelfde doe ik met de stoel waarop ik zit. Ook tegen de onderkant van de kunststoffen zitting druk ik onopvallend mijn vingers. Ik moet zo veel mogelijk vingerafdrukken achterlaten, zodat later snel het bewijs geleverd kan worden dat ik hier daadwerkelijk ben geweest. Dat het deze mensen zijn, zij die zogenaamd hier wonen, die me dit hebben aangedaan. De Raaf komt terug en zegt: 'Een lamp mag niet, maar ik kan wel de lamellen een stukje opzijschuiven.' Hij loopt naar het raam en begint aan de lamellen te draaien. Langzaam schuiven ze aan een kant open en er valt een strook licht van buiten naar binnen. 'Zo beter?'

'Veel beter, dank je.'

'Graag gedaan.' Dan loopt hij weg. Graag gedaan, zei hij dat nu werkelijk? Het lijkt of ze sinds die persoonlijke vragen van Marijke meer respect voor me hebben gekregen sinds ze weten dat ik drie dochters heb verloren. De Raaf sluit de glazen deur achter zich en ik kan aan mijn maaltijd beginnen. Natuurlijk kan ik niet naar de ontvoerders zitten staren terwijl ik eet, dus draai ik mijn gezicht weg. Dan zie ik in een flits wat het openen van de lamellen heeft opgeleverd. Ik kan door het raam naar buiten kijken, naar waar ik me bevind. Met een schok draai ik mijn gezicht terug naar de blinde muur voor me. Dit mogen ze niet te weten komen. Dit zou een risico voor hen, en dus ook voor mij, op kunnen leveren. Terwijl ik een hap wil nemen, zie ik dat het zilver van het nieuwe mes in mijn handen zo erg blinkt dat het bijna een spiegel lijkt. Ik kantel het mes lichtjes zodat ik via het spiegelende oppervlak goed zicht heb op het ongeblindeerde raam. Ongelooflijk, zo kan ik wel ongemerkt naar buiten kijken. Ik neem snel weer een hap om geen argwaan te wekken, en probeer ondertussen met het mes de omgeving af te speuren. Ik zie meteen dat het appartement waar we zitten op de begane grond is. Dat vermoedde ik al, maar dat het zelfs nog iets lager lijkt te liggen, als een souterrain, dat wist ik niet. Een meter voor het keukenraam ligt een vrij steile maar niet al te hoge helling met gras. Een talud. Daarboven zie ik auto's passeren en er rijdt ook een bus voorbij. Ik kan niet zien welk nummer de bus heeft. We zitten dus echt aan een soort doorgaande weg. Een stukje links van de keuken staat een lantaarnpaal. Daardoor komt er natuurlijk zo veel licht in de kamer. Ik draai mijn mes nog iets en zie achter de weg een klein huisje met gekke donkerrode dakpannen. Het is naar mijn idee geen woning, maar een gemeenschapshuis of kantine. Terwijl ik hap na hap eet probeer ik elk detail dat ik in de weerspiegeling van het mes zie in me op te nemen. Ik prent de rare vorm van de dakpannen in mijn hoofd. Daarachter de grote bomen, die misschien het begin vormen van een groot park. Vandaar dat de vrouw iedere dag voorbijkomt met haar hond. Ze loopt altijd van links naar rechts en daarna weer terug. Dat zou dus betekenen dat áls er een park is waar ze met haar hond gaat wandelen, de ingang daarvan ergens aan de rechterkant moet zijn. Rechts naast het gebouwtje met de vreemde dakpannen.

'Tos, klaar?' Ik schrik van zijn stemgeluid, vlak bij mijn oor. Gehaast neem ik de laatste hap en leg mijn bestek op het bord. 'Het was lekker. Ik ben klaar.'

Nu weet ik het zeker. Er bestaat een God. Hij heeft naar me geluisterd en me geholpen mijn scherpzinnige geest te bewaren.

Donderdag 16 december – dag 20

Voor we ons die ochtend bij Linders moesten melden, zijn we eerst nog bij de familie in Nuland langsgegaan. De sfeer was opnieuw zo geladen. Maar dit keer waren alle ogen op Harry en mij gericht. Carlita omhelsde me en zei dat het goed zou komen. De jongens, opa en oma, tantes en ooms, iedereen wenste ons succes en hield zijn emoties in bedwang. Pa kwam van de trap af in een schoon pak. Hij liep naar me toe en nam mijn handen in de zijne. 'Doe je best, hè Marij,' zei hij, terwijl hij me diep in de ogen keek. Daarna wendde hij zich snel af en ging koffie halen in de keuken. Dat pa weer terug was, dat hij zich weer aankleedde, en praatte, dat gaf me misschien nog wel de meeste kracht.

Om tien voor acht waren we bij Van der Linden. Jacques, de vader van Robert, was de hele nacht wakker gebleven om met een jachtgeweer vanuit zijn badkamerraam de auto in de garage te bewaken. Hij had het niet vertrouwd. Toen wij aankwamen zei hij droog: 'Zo, dan ga ik nu maar naar bed.' Robert, die altijd de rust zelve was, bleek nu ook behoorlijk nerveus te zijn. Als er iets mis zou gaan, was hij de tussenpersoon die we moesten bellen. De ontvoerders zouden dan met hem contact opnemen. De Draaijer, die het hele proces had begeleid, gaf ons nog wat laatste instructies. 'Schrijf alles op wat je ziet en wat je ook maar enigszins verdacht voorkomt. Nummerborden, autotypen. Als jullie op het pedaal drukken rechts naast het gaspedaal kunnen jullie doorgeven waar jullie je bevinden. Op die manier kunnen wij jullie volgen.' Eerst hadden ze ons ervan willen overtuigen om met een politieauto te gaan, maar dat wilden we niet. De ontvoerders wisten dat we in een grote Amerikaan reden, dus het zou wel heel stom zijn om juist bij de eerste geldoverdracht ineens met een andere auto te verschijnen. Bovendien was bij de transactie al duidelijk geworden dat dat geen goede zet was. Tot slot meldde de Draaijer dat we niet met auto's maar met een klein vliegtuig vanuit de lucht zouden worden gevolgd. Dit om niet dezelfde fout te maken als de laatste keer, waarbij de vier volgauto's veel te opzichtig waren geweest. Harry zei: 'Laat hem dan niet net boven ons vliegen want dat valt ook nogal op.' Voor de Draaijer hierop kon reageren ging de telefoon. Robert nam op. De boodschap was glashelder: om negen uur vertrekken naar de Texaco in Tilburg. Het spel was begonnen. Er werden ons kogelvrije vesten aangemeten die zo zwaar en stug waren dat je er nauwelijks in kon ademen. Harry weigerde. Hij zei tegen mij: 'Doe jij er wel een aan, Marijke, dan hebben onze kinderen tenminste nog één ouder als er iets gebeurt.'

Om negen uur vertrokken we. Ik was zo misselijk van de spanning en van die ijzeren plaat die tegen mijn borst drukte, dat ik begon te kokhalzen. Na een paar kilometer vroeg ik Harry om te stoppen omdat ik moest overgeven. Daarna wist ik mijn misselijkheid te onderdrukken door de hele tijd kauwgom te kauwen. Ik zat met het blocnote op schoot om alles op te schrijven en Harry drukte om de haverklap dat pedaal in om dan vervolgens te zeggen: 'We nemen nu afslag Tilburg.' Het was zo'n absurde situatie dat ik er hartkloppingen van had en tegelijkertijd een rare giechel uit mijn buik niet kon onderdrukken. Toen we nog helemaal niet zo ver waren, reed er een BMW voorbij die ik verdacht vond. De bestuurder keek steeds om en zodra hij ons had ingehaald, hield hij in om ons vervolgens weer te laten inhalen. Toen wij hem weer passeerden, keek hij me op een rare manier aan. 'Wat is dat voor een engerd?' zei ik tegen Harry. 'Schrijf op!' zei Harry. Daarna haalde hij ons nog een keer in, en toen zag ik het gebruinde gezicht van de man die me een vette knipoog gaf. Ineens herkende ik hem. Het was Jantje Zomers, de gladjakker uit het dorp. Gelukkig moesten wij toen de afslag nemen en schudden we hem van ons af.

Bij de Texaco in Tilburg moesten we wachten tot de telefoon overging in een openbare telefooncel op het parkeerterrein. Harry voerde het gesprek. Ik hoorde hem zeggen: '*Nein, es gibt keine Polizei.*' Daarna zei hij op zakelijke toon: '*Wir haben das Geld, aber wir machen keine Geschäft ohne die Wahre.*' Harry kreeg vervolgens de naam van het volgende tankstation door waar we naartoe moesten gaan. Toen hij de auto weer inkwam en verslag deed, moest ik onmiddellijk de auto uit vluchten, om weer over te geven in de berm.

Eerst moesten we via België naar Capellen in Luxemburg en van daaruit naar Duitsland. Het kon geen toeval zijn dat die plaats in Luxemburg dezelfde naam had als mijn moeders meisjesnaam. Ik vond het luguber. Deze ontvoerders hadden er schijnbaar lol in om steeds iets te verzinnen waarmee ze ons konden choqueren en in verwarring te brengen. Het was een rare rit, er leek totaal geen logica in onze route te zitten, maar elke keer als we ergens aankwamen werd er na verloop van tijd toch weer gebeld. Harry herhaalde steeds dezelfde zinnen, over dat er geen politie bij was en dat er zonder handelswaar geen zaken werden gedaan. Het leek wel een soort code. In het begin zag ik zo veel verdachte auto's passeren dat ik al vijf blaadjes had volgepend met aantekeningen. Na een paar uur werd ik wat rustiger. In Luxemburg viel het me op dat ik een auto zag die ik al eerder had gezien. Een Mercedes met de letters HH in het kenteken, hij reed keihard voorbij. De eerste keer dat ik hem zag, was nog in België en toen zat er één man in de auto. Toen de auto ons in Luxemburg voorbij scheurde, zag ik dat er drie mannen in zaten.

Op die lange stukken snelweg praatten Harry en ik over hoe we het zouden aanpakken. 'Ik zal straks de koffers wegzetten,' zei hij, 'en dan moet jij achter het stuur gaan zitten. Als er dan geschoten wordt moet jij onmiddellijk wegrijden.' 'Doe niet zo raar,' zei ik tegen Harry. Maar hij meende het. 'Marijke, dit gaat om onze toekomst en de toekomst van onze kinderen. Ik wil dat je dan gaat. Beloof je dat je weg zult rijden?' Ik knikte.

Bij de grens tussen Luxemburg en Duitsland werden we aangehouden. Op zich konden we doorrijden, maar Harry zei ineens tegen me: 'Marijke, daar verderop, die bus!' Onder de brug, driehonderd meter verderop, stond een politiebus. Interpol was ingeschakeld, dus misschien waren ze ons aan het volgen, maar dat zouden de ontvoerders meteen doorhebben. 'Shit, wacht even Marij, we moeten iets doen,' zei Harry en hij liep het douanekantoor binnen. Ik bleef alleen achter in de auto. Binnen zag ik dat Harry stennis stond te maken, hij zwaaide met papieren en zijn gezicht was rood aangelopen. Voor me zag ik dat de politiebus de weg opdraaide en wegreed. Opgelucht haalde ik adem, voor zover het kogelvrije vest dat toeliet. Daarna keek ik in de achteruitkijkspiegel en zag in de verte een auto aan komen rijden. Ik kreeg een raar gevoel in mijn maag. Het leek die Mercedes wel. Toen hij dichterbij kwam, zag ik dat het hem ook daadwerkelijk was. Hij had vaart geminderd en kwam heel zachtjes dichterbij, tot hij naast onze wagen tot stilstand kwam. Achter het stuur zat nu weer een man alleen. Hij had een mediterraan uiterlijk en donkere krullen. Langzaam draaide hij zijn gezicht mijn kant op en keek me met zijn donkere ogen aan. Het was alsof mijn lijf een stroomschok kreeg. Hij keek zo vuil en eng, en ik wist het zeker: dit was hem, dit was de man die ma ontvoerd had. Op dat moment kwam Harry terug in de auto. 'Is die bus weg?' vroeg hij. Ik knikte. 'Het enige wat ik kon doen was amok maken zodat ze zouden zien dat wij er niks mee te maken hebben. Christus, wat een stress.' Ik zei niks terug. Harry keek opzij. 'Gaat het, Marij?'

'Ik heb hem gezien. De ontvoerder. Ik weet zeker dat ik hem gezien heb.'

We reden door Duitsland richting Trier. Dit zou de laatste stop zijn. Vlak na de afslag moesten we een smalle weg door het bos nemen, waar palen langs de weg stonden met plastic zakken eroverheen. Na een T-splitsing moesten we naar rechts en daar zou bij een open plek een stapel omgehakte boomstammen moeten liggen. Daarachter moesten we de koffers leggen. Alles klopte precies met de beschrijving die we gekregen hadden. Op de open plek draaide Harry de auto zodat de neus in de goede richting stond en we meteen weg konden rijden. Hij zette de auto in z'n vrij maar liet de motor lopen. Daarna gaf hij me een kus en zei: 'Jij gaat meteen op mijn plek zitten, oké?' 'Dat zal ik doen. Voorzichtig, lief.' Daarna stapte hij uit, gooide het portier achter zich dicht en liep naar de achterkant van de auto. Terwijl hij de koffers uit de achterbak tilde, schoof ik achter het stuur. Ik drukte de koppeling in en zette de auto in de eerste versnelling. Mijn hart ging als een razende tekeer. Ik durfde niet eens om me heen te kijken en bleef strak voor me uit staren. Ondertussen telde ik in mijn hoofd. Toen ik bij vierendertig was zwaaide de deur naast me open en stapte Harry in. 'Rijden!'

Pas nadat we het bos weer uit waren begonnen we te praten. 'Alles goed?'

'Ja, ja. Ik geloof het wel.'

'Hoezo, ik geloof het wel?' Ik keek opzij. Mijn altijd zo rustige man schudde zijn hoofd. Zijn handen trilden.

'Wat is er?'

'Ik weet niet meer zeker of ik nou een of twee koffers heb achtergelaten.'

'Hoezo weet je dat niet meer?'

'Sorry, Marij, je moet stoppen.'

'Kunnen we niet beter even doorrijden?'

'Nee, ik wil dat je nu stopt!'

Ik trapte op de rem en zette de auto haastig in de berm. Harry stapte uit en liep om de auto heen om de kofferbak te openen. Met een klap smeet hij hem meteen weer dicht. Hijgend stapte hij weer in. 'Het is gelukt! Ze zijn allebei weg.' Harry zag krijtwit, op zijn voorhoofd stonden kleine zweetdruppeltjes.

'Gaat het?'

'Ja.'

'Waar moet ik naartoe?'

'Naar Capellen?'

'Moeten we weer naar Luxemburg? Waarom?' Ik was verbaasd.

'Dat heb ik geëist.' Ik keek opzij naar mijn man die er nog altijd geen kleur op zijn wangen had.

'Moeten we ma daar ophalen?' vroeg ik hoopvol.

'Nee, ik wil zeker weten of het gelukt is. Ze gaan ons bellen.'

De rest van de rit zaten we zwijgend naast elkaar. Ik had het kogelvrije vest uit willen doen en aan Harry willen vragen of hij weer wilde rijden, maar op de een of andere manier voelde ik dat het beter was om het even zo te laten. Terug in Capellen stapte Harry met veel haast uit de auto om in de telefooncel te wachten op het telefoontje. Ik zag hem vertwijfeld staan, zijn gewicht van zijn ene naar zijn andere been verplaatsend. Ik schoof terug naar de bijrijderplek en ontdeed me met veel moeite van het ijzeren harnas. Toen ik daarmee klaar was zag ik Harry met de telefoon in zijn handen staan. Meteen daarna hing hij op. Verwachtingsvol keek ik hem aan toen hij terug de auto in stapte. 'En?'

'*Es hat geklappt.*'

'Dus ze hebben het geld?'

Harry knikte.

'En toen?'

'Toen hingen ze op.'

Terwijl we terugreden door de schemering en er kleine sneeuwvlokken werden opgelicht door de koplampen, gleed de spanning langzaam van ons af. In stilte reden we richting Nuland waar de familie met smart op ons wachtte. Op de ring van Brussel werd ik even opgeschrikt uit mijn roes. 'Je moet goed opletten, ze zou hier langs de weg kunnen staan.'

'Denk je dat echt?' vroeg Harry.

'Ik weet het niet...' was mijn antwoord.

Het is een rare dag vandaag. Ik heb een vreemd voorgevoel en ik kom er maar niet uit of het positief of negatief is. De hele dag is het al akelig stil in huis. Ook de Raaf is weinig spraakzaam. Maar dan, volgens mij is het al vrij laat op de avond, is er ineens van alles gaande. Er wordt druk overlegd en het zijn niet alleen mijn twee vaste bewakers wier stemgeluid ik hoor. Ik hoor ook geluiden die ik eerder heb gehoord maar nu klinken ze veel dichterbij. Gehamer en gezaag. Ze zijn vast iets in elkaar aan het zetten. Iets om het geld in te vervoeren? Dat zou betekenen dat het nu echt bijna afgelopen is. Of zouden ze mijn doodskist in elkaar timmeren? Ik voel aan alles dat het bijna voorbij is hier. Maar hoe het afloopt, dat weet ik niet. Als ze het geld eenmaal hebben, ben ik waardeloos voor hen geworden. Van de zenuwen moet ik meteen plassen. 'Joehoe,' roep ik op de bekende toon.

De Raaf komt mijn kamer binnen. 'Tos, je moet stil zijn. Wij hebben overleg.'

'Maar ik moet naar de wc.'

'Snel dan.' Hij hijst mij overeind en wil het sloop over mijn hoofd trekken als hij zich bedenkt: 'Wacht even.' Hij gaat de kamer uit en laat mij daar staan. Hij maakt een overspannen indruk. Nerveuzer dan ik hem tot nu toe heb gezien. Ik heb hem kwaad gezien toen hij het briefje in de stortkoker had gevonden, ik heb hem somber gezien toen de eerste transactie was mislukt, ik heb hem verdrietig gezien toen hij over zijn familie sprak en ik heb hem een of twee keer vrolijk gezien. Maar deze mate van nervositeit die ik wel van de Rat en de baas ken, heb ik nog niet eerder bij hem bespeurd. Toch lijkt het meer op een opgetogen soort spanning dan angst of bedruktheid. Hij komt de kamer weer in. 'Ik had pas morgen willen geven, maar waarom niet nu?'

'Wat willen geven?'

'Hier.' Uit het doosje in zijn hand haalt hij een zonnebril. 'Het is een echte. Van Nina Ricci. Is Italiaans. Hier.'

Het is een moderne bril, met een charmant rood montuur en licht getint glas. Boven het neusstuk staat de N van Nina Ricci. Ik pak de bril aan en zie dat hij aan de binnenkant beplakt is met pleisters zodat ik er niet doorheen kan kijken. 'Staat hij mooi?' vraag ik grappend.

'Heel mooi, Tos. Deze bril is helemaal nieuw, voor jou. Was heel duur.'

'Hoe duur dan?'

'Tweehonderd gulden.'

'Ja, ja. En heb jij die betaald of per ongeluk in je zak gevonden?'

'Tos, ik meen, die bril is nieuw. Voor jou.'

Ook al wil ik het niet, ik voel ontroering opkomen. Gelukkig kan hij het niet zien door de pleisters die mijn ogen bedekken.

'Kom, Tos, nu hoef jij sloop niet meer op.'

Ik pak zijn hand en volg hem naar de badkamer.

Als we weer terug zijn in mijn kamer, als hij de bril weer in de brillenkoker heeft gestopt, ik weer in mijn tent lig en hij de kettingen vastmaakt voor de nacht, zegt hij: 'Tos, jouw dochter en haar man Harry hebben goed gedaan.'

'Wat zeg je?' Heb ik dit wel goed verstaan?

'Marijke en Harry hebben geld gebracht. Het losgeld is betaald.'

Vol ongeloof staar ik hem aan. 'Ben ik vrij? Mag ik naar huis?'

'Ja, Tos. Dit is laatste nacht voor jou aan kettingen.'

'O, mijn god. O, mijn hemel.' Ik sla mijn handen voor mijn mond en kan niets anders dan hoofdschuddend deze woorden herhalen.

'Stil Tos. Ga nu maar slapen. Morgen wordt belangrijke dag.'

In een impuls pak ik zijn hand. 'Dank je. Dank je. Ik ben je zo dankbaar.'

'Is goed, Tos.'

Mijn laatste nacht in dit tentje. Ik kan het bijna niet geloven. Zou het dan nog echt goed aflopen? Zo'n lange periode? Ik weet niet eens hoeveel nachten ik hier gevangen heb gezeten. Het zouden achttien nachten kunnen zijn, maar ook tweeëntwintig. Ergens ben ik de tel kwijtgeraakt. Ergens heb ik alle besef van tijd verloren. Geen dag, geen avond, geen ochtend, geen middag. Een brij van aaneengeschakelde donkere uren. Maar zou er nu een einde aan komen. Zou het heus? Zou ik morgen mijn kinderen terugzien? Mijn lieve, lieve man. Mijn ouders. Onze andere familieleden. Vrienden. God, wat moeten die allemaal hebben doorstaan. Mijn tranen blijven maar stromen, niet van wanhoop dit keer, maar van puur geluk. Ik zal vrijkomen. Het zal echt gaan gebeuren.

Ik heb slecht geslapen door de opwinding. Bovendien klonk het gehamer de hele nacht door. Het idee dat het mijn doodskist zou kunnen zijn, maakt me misselijk van angst. Tegelijkertijd zegt mijn verstand dat het onzin is. Want iemand die je wilt vermoorden en laten verdwijnen, stop je niet in een kist. Die gooi je gewoon in een gat in de grond.

'Het losgeld is betaald,' de woorden van de Raaf blijven maar rondspoken door mijn hoofd. Dus Marijke en Harry is niks overkomen. Net zomin als Jacques Linders. Ze kunnen thuis eindelijk opgelucht ademhalen. Het idee dat ik daadwerkelijk mijn gezin terug zou kunnen zien, maakt me licht in mijn hoofd van geluk en tegelijkertijd doodsbang. Het lijkt of ik nu pas weer ten volle besef hoezeer mijn leven aan een zijden draadje heeft gehangen, en nog altijd hangt. Het is alsof ik nu pas in elke cel doordrongen ben van het feit dat ik wil leven. Ik wil zo graag leven.

Toen de Rat vanochtend in mijn kamer kwam heb ik hem niets durven vragen. Hij liet op geen enkele manier merken dat er iets bijzonders zou gebeuren vandaag. Hij laat sowieso nooit iets merken. Behalve dan dat hij een hekel aan me heeft en me graag wil laten voelen dat hij macht over mij heeft. En nu? Ik kijk naar mijn herenpyjama en vraag me af of ik hierin vrijgelaten zal worden. Raar idee. Ik kan me totaal geen voorstelling maken van mijn vrijlating. Waar zullen ze me laten gaan? Hier vlakbij, op de ring van Brussel? Of in Nederland in de buurt van onze woonplaats? Wie zal me brengen? De baas waarschijnlijk. Hoeveel weten ze in Nederland over mijn ontvoering? Van mijn ontvoerders? Zijn het alleen deze vier mannen, of is er een grotere organisatie? De vragen malen door mijn hoofd. En dan slaat plotseling de paniek weer toe. Wat als ze me helemaal niet vrijlaten? Als ze besluiten dat mijn vrijlating een te groot risico betekent? Zodra ik de Raaf zie, moet ik hem nog eens duidelijk maken dat ik niet weet waar ik ben of wie zij zijn. Of zou dat te veel opvallen? Ik word gek van mijn hoofd dat niet ophoudt met denken, met het formuleren van stellingen, theorieën, verwachtingen en vragen, vragen, vragen. Ik druk hard tegen mijn slapen. Probeer de pijn weg te drukken in mijn overspannen brein. Masseer mijn voorhoofd. Als dit nog lang duurt, nog twee of drie dagen, word ik hartstikke gestoord.

De Raaf staat voor me. Blijkbaar ben ik in slaap gevallen. 'Tos, ik heb voor jou iets.'

'Wat heb je voor me?' ik wrijf in mijn ogen om mijn slaap te verdringen.

'Sieraden.'

'Mijn eigen sieraden?'

Hij hurkt voor mijn tent en in zijn handpalm liggen mijn gouden sieraden, inclusief de geluksring en mijn horloge.

'Ja, die hebben we niet meer nodig. Te gevaarlijk om te houden.'

'Wat fantastisch! Wat geweldig. Dankjewel.'

'Ik zei toch, ik hou mijn woord, Tos.'

Ik schuif de geluksring om mijn vinger en constateer dat hij veel te groot geworden is. Ik wil niet het risico lopen hem na dit alles nog een keer te verliezen en doe hem op mijn middelvinger. Hij zit perfect. Terwijl ik kijk naar mijn vertrouwde sieraad , valt er zo veel van me af. Het is alsof ik mijn kracht terugvind. Het horloge doe ik om mijn pols. De rest van de sieraden stop ik in het zakje van mijn pyjama. 'Wanneer mag ik gaan?'

'We moeten nog een auto regelen. Dan brengen we jou weg.'

'Dankjewel. Ik ben je zo dankbaar.' Weer pak ik zijn hand. Ik knijp er even in, en laat hem dan los.

Hij reageert door mij strak aan te kijken, door de opening van zijn bivakmuts. 'Tos, jij moet weten dat jij bent goed behandeld.'

'Natuurlijk weet ik dat.' Ik kan niet anders dan wegkijken. Goed behandeld, ga toch weg.

'Natuurlijk wij zijn geweest boos, maar verder...'

'Verder hebben jullie mij goed behandeld.' Ik durf hem weer aan te kijken. 'Ik zal iedereen zeggen dat ik het hier goed heb gehad.'

'Jij weet dingen, Tos.'

Ik schrik. Wat denkt hij dat ik weet? 'Wat weet ik?'

'Vertel mij wat jij weet.'

'Ik weet alleen dat jullie me hebben meegenomen. En dat ik jullie nooit heb gezien.'

'Maar je weet waar je bent, toch?'

'Hoe kan ik dat nou weten? Ik heb de hele tijd een muts of een kussensloop op mijn hoofd gehad.' Ik probeer beledigd te klinken.

'Jij moet weten dat als wij jou vrijlaten, jij nooit iets mag zeggen. Want als wij worden gepakt, wij weten, dat is Tos. En bij ons in familie geldt: wie ons verraadt, zal gepakt worden.' Hij schuift zijn hand onder de bivakmuts en krabt aan zijn kin.

'Ik zeg niks. Dat is niet moeilijk, want ik weet niks.'

'Echt niet, Tos?'

'Nee, wat denk je nou, dat ik mijn eigen leven in gevaar zou willen brengen?'

'Dit gaat niet alleen om jouw leven, Tos.'

Ik moet slikken om wat hij bedoelt. Hij heeft het over mijn familie. Mijn kinderen en kleinkinderen. 'Ik zeg niks. Ik weet niks.'

Hij staat plotseling op. Zou ik hem overtuigd hebben? 'Tos, jij mag nu douchen. In badkamer liggen jouw kleren en ook föhn voor haar.' Hij brengt zijn handen omhoog alsof hij zijn haar föhnt. 'Zorg dat jij ziet mooi uit.'

Mijn kleren zijn inderdaad gewassen. Ze ruiken naar een goedkoop chemisch wasmiddel, niet meer naar thuis, naar mijn parfum of naar mijn transpiratie. Ik ben blij om weer mijn eigen kleren aan te hebben. Ook al is de rok minimaal twee maten te groot geworden en hangt de blouse die voorheen keurig aansloot gekreukt en slobberig om mijn lijf. Mijn geruite blazer en mijn zwarte lange laarzen die ik al die tijd niet gezien heb zijn ook weer aan mij teruggegeven. Mijn haar heb ik geföhnd, en zo goed mogelijk gekapt. Met Nivea heb ik mijn gezicht en mijn handen ingesmeerd. Ik had wat make-up willen hebben om mijn doffe ogen wat glans te geven, om de bleke kleur op mijn wangen te camoufleren. Nu zit ik al minimaal twee uur te wachten op de rand van het bed. Ik weiger om terug te gaan in mijn tentje. Ik zit hier en wacht. Mijn ene been over mijn andere been geslagen. Mijn rug recht, mijn handen rustig in mijn schoot. Ik straal de rust uit van iemand die geduldig wacht tot de taxi komt voorrijden. Maar schijn bedriegt. Mijn hart gaat als een razende tekeer. Mijn te snelle ademhaling zorgt voor duizelingen in mijn hoofd en tintelingen in mijn vingers. Ik moet mezelf in de hand houden. Niet de vrouw zijn die drie weken geleden is ontvoerd en geestelijk mishandeld, maar iemand die hier toevallig eventjes is gaan zitten om uit te rusten. Iemand die een paar minuten uit haar dagelijkse routine is gestapt en nu haar leven razendsnel hervat. Ja, want er moet gewerkt worden.

'Tos, meekomen.' Het is de baas. Hij staat in de deuropening en wenkt me.

'Wacht!' De Raaf schiet voor hem langs. In zijn handen houdt hij de Nina Ricci-bril die ik sinds gisteren op krijg als ik naar het toilet moet. Ik zie dat hij nog extra geknutseld heeft aan het montuur. Naast de pleisters die het getinte glas bedekken heeft hij witte watten aan de binnenkant geplakt. Aan de zijkanten zit zwarte tape. Hij zet zijn creatie zorgvuldig op mijn neus. De tape die aan de randen zit drukt hij tegen mijn wangen zodat ik geen glimp meer kan opvangen van mijn omgeving. 'Kom Tos. Loop maar mee.' De Raaf heeft mijn hand gepakt en leidt me naar buiten. Met het sloop zag ik de punten van zijn schoenen, nu zie ik niks. Het maakt dat ik heel onzeker op de hoge hakken van mijn laarzen schuifel. We lopen door de woning. Niet de gebruikelijke gang via de woonkamer naar het toilet, maar we nemen nu meteen de eerste deur links. De deur van de keuken als ik mij niet vergis. Ondertussen wordt er zenuwachtig gefluisterd door de mannen. Ze zijn blijkbaar net zo gespannen als ik. Ik probeer mijn moraal hoog te houden, maar het gevoel dat ik naar de slachtbank word geleid dringt zich voortdurend aan mij op. In de keuken blijkt waarom ze zo zacht mogelijk praten. Er waait een koele bries door de ruimte, het raam moet openstaan. Van buiten komt het geronk van een stationair lopende auto. Ik ruik de uitlaatgassen. Dan laat de Raaf mijn hand los en pakt me onder mijn oksels vast. Ook mijn benen worden beetgepakt. Ik word opgetild en door het raam naar buiten gehesen. Daar staat iemand die mij van de twee mannen overneemt. Ik hoor hoe de man die me inmiddels beetheeft hijgt en kreunt onder mijn gewicht. Ik ruik zijn rokerige adem. Ik voel hoe hij in mijn nek blaast bij de inspanning die hij moet leveren om me in de auto te krijgen. Ik draai me zo ver mogelijk van hem af. Het lijkt alsof ik nog een auto hoor. Dan word ik via het voorportier onhandig naar de achterbank geduwd. Blijkbaar gaat het hier om een tweedeursauto. Hij ruikt nieuw. Het zal waarschijnlijk een huurauto zijn. Ik moet koste wat kost iets proberen te zien, van onder de dichtgeplakte bril. Dit is de plek die ik later moet zien terug te vinden. Achter me hoor ik een autodeur dichtslaan. Ik heb het dus goed gehoord, er is sprake van een tweede auto. Dan klinkt het geluid van een rolluik. Het geluid dat ik iedere avond na het avondeten hoorde, als een van de twee mannen naar buiten ging of weer terugkwam. Het is raar om te beseffen dat, wat er ook gebeurt, ik hier niet meer zal terugkomen. Ik zou willen dat ik met het verlaten van deze duistere plek ook mijn gruwelijke herinneringen achter zou kunnen laten. Voetstappen lopen om de auto heen. Aan de kant van de bijrijdersstoel stapt iemand in en meteen daarna neemt ook de bestuurder van de auto plaats. Ze zeggen niets tegen elkaar. De deuren worden met een zachte klap dichtgegooid en de auto wordt in de eerste versnelling gezet. We komen langzaam in beweging. Achter ons hoor ik hoe de andere auto ons volgt. Ik realiseer me dat dit mijn laatste kans is om erachter te komen waar ik precies ben vastgehouden. Ook al is het risico groot, ik moet iets doen. Ik weet niet waar ik de moed zo plotseling vandaan haal, maar ik stoot met mijn hoofd tegen de zijkant van de deur, waardoor het me lukt de bril voor mijn ogen iets te verschuiven. De tape raakt aan de rechterkant een beetje los, waardoor er wat licht doorheen valt. Via het spleetje dat is ontstaan kan ik net iets zien schuin naast mijn neus. Ik zie dat de bekleding lichtbruin van kleur is. De twee mannen zeggen iets tegen elkaar. Door hun stemgeluid weet ik pas dat het de Rat en de Raaf zijn die voorin zitten. Ik zie dat ze hun bivakmutsen niet op hebben, maar ik kan hun hoofden alleen schuin van achteren bekijken. Dan reikt de een naar het lampje dat boven hun hoofd zit en klikt het uit. Ik zie flats, lantaarnpalen en bomen. Maar ik kan alleen de bovenste helft zien van alles, omdat ik half lig. We rijden naar links en dan naar rechts. We wachten voor een stoplicht en rijden weer door. We passeren andere auto's, een vrachtwagen en een bus. Dan verschijnt er achter de bus een hoog gebouw met opvallend veel verlichte ramen. Het lijkt wel of ze de vorm van een hart hebben. Dit gebouw zou ik herkennen. 'Tos, bril!' Het is de stem van de Raaf. Hij zit op de bijrijdersstoel.

'Sorry, wat zeg je?' Meteen sluit ik mijn ogen. Als hij mijn oogwit ziet, weet hij dat ik heb gekeken. Hij drukt mijn bril die inmiddels scheef zit, terug op mijn neus en zegt: 'Jij moet meer naar beneden liggen.' Ik doe wat hij zegt en schuif mijn billen naar voren, waardoor ik met mijn bovenlichaam plat op de achterbank lig. Een golf van misselijkheid komt opzetten. Ik slik een paar keer om het speeksel uit mijn mond te krijgen en zucht diep. Dan vouw ik mijn handen over mijn buik en bid. Dit is de eerste keer dat ik God bewust aanspreek. In mijn hoofd bedank ik Hem dat ik nog leef. Ik bedank Hem voor de momenten dat hij me geholpen heeft. Voor de engelbewaarder die Hij me gezonden heeft in de badkamer toen ze me wilden verkrachten, voor de keer dat ik me net op tijd realiseerde dat ik het gebakje moest laten staan, het moment dat ik voor de televisie werd gezet en in de keuken. In gedachten vertel ik Hem dat ik me ervan bewust ben dat Hij het was die me hielp en dat ik Hem nooit meer zal verloochenen. Tot slot vraag ik of Hij me nog één keer wil bijstaan. Of Hij me nog een allerlaatste keer wil leiden, zodat ik mijn familie straks kan omhelzen.

Onaangekondigd stopt de auto. De Raaf stapt uit en iemand anders gaat op zijn plek zitten. Dan rijden we weer door. Ik herken de stem van de baas. 'Tos, jij moet weten, wij hebben jou laten leven. Maar als jij iets zegt, jij gaat boeten. Wij steken jullie motel in brand...'

'Ik weet niks, dus ik kan niks zeggen.'

'Tos, luister. Ik zeg nog één keer. Jouw kinderen zullen dood zijn als jij politie op ons afstuurt. Is dat duidelijk?'

'Dat is duidelijk,' zeg ik met een dikke stem van emotie. Mijn kinderen, hoe durft hij het alleen al uit te spreken. Ik zal niks zeggen. Helemaal niks.

Na ongeveer een uur stopt de auto weer. Automatisch richt ik me op. 'Liggen blijven,' bijt de baas me toe. Hij stapt uit en iemand anders stapt weer in. Wat is dit voor een rare wisseltruc? Dan hoor ik dat de kofferbak opengaat. Ik kan niet goed horen wat er gebeurt. Er wordt iets uitgehaald of juist iets in gelegd. 'Wat gaan jullie doen?'

Ik kan de opkomende paniek niet onderdrukken. Het lijkt alsof mijn keel wordt dichtgedrukt. Dit is het moment dat ze me dood gaan maken. 'Help me,' piep ik zacht. 'Doe me alsjeblieft niks.'

'Sst, Tos. Rustig blijven, dan gebeurt er niks.' Het is de Raaf weer. Hij is weer in de auto komen zitten. Ik probeer naar zijn arm te grijpen, maar hij duwt mijn zoekende hand terug. 'Niet doen, Tos. Rustig nu.' Met veel moeite dwing ik mezelf rustig te blijven en laat mijn op hol geslagen hoofd zacht achterover vallen. God, laat me dit alsjeblieft overleven.

Vrijdag 17 december – dag 21

Na uren wachten, waarin Harry en ik ons vertwijfeld afvroegen of we alles wel goed hadden gedaan, waarin we alle stappen nog tientallen keren zijn nagegaan en elk denkbaar scenario van het vervolg hebben besproken, begon langzaam het vermoeden te rijzen dat het voorbij was. Zij hadden hun geld en ma zou nooit meer terugkomen. We hielden een wake voor haar terugkomst, maar ze kwam niet. Uren kropen tergend langzaam voorbij en er gebeurde niets. De wereld leek stil te staan.

Aan de nacht kwam een einde en het werd ochtend. Het daglicht liet niets nieuws zien. De magere winterzon bracht geen verlichting. Na het middaguur belde mijn vader een paar keer met de recherche ondanks de woorden van de Draaijer dat er echt geen nieuws was. Pa kon het machteloze wachten niet meer verdragen. In de afgelopen drie weken waren er emoties naar boven gekomen die hij nog nooit had gehad. Hij had een kant van zichzelf leren kennen waar hij liever het bestaan niet van had geweten. Hij was de verslagenheid in eigen persoon geworden. Een zenuwinzinking nabij. Elke hopeloze poging om beweging te krijgen in de situatie, om zijn macht te laten gelden, maakte hem wanhopiger. Ik zag aan alles dat hij niet meer wilde. Hij kon dit eenvoudigweg niet meer aan. Toen het schemerig werd, deed niemand de lichten aan. Het was alsof we samen met ma de duisternis ingingen. Tot de Draaijer nuchter zei: 'We kunnen hier wel met z'n allen in het donker gaan zitten, maar dat gaat niemand helpen. Mij in elk geval niet.' Mijn tante Truus deed het licht aan en de Draaijer ging door met het schrijfwerk waar hij mee bezig was. Pa stond op en wilde de trap oplopen. Toen bedacht hij zich en ging in zijn hoekje in de fauteuil zitten. Het was zo stil in de kamer. Zo stil.

Het moment was gekomen dat de avond in de nacht overging. Pa kwam traag overeind uit zijn bruinleren stoel. Hij keek nog eens op de klok om te zien dat het echt halftwaalf was en pakte zijn autosleutel van de tafel. 'Kom Harry, we gaan er een eind aan maken.'

'Wat ga je doen?' vroeg ik vertwijfeld. Het antwoord wist ik al.

'Ze mogen in actie komen. De recherche.'

'Maar dat betekent...'

'Harry, ga je mee?' Harry stond op en volgde hem. Verder bleef iedereen zitten. Zwijgend liepen mijn vader en mijn man naar buiten. Binnen begon oma te snikken. Ze kon zich niet meer inhouden.

De auto rijdt weer. Waar zouden we nu zijn? In Nederland al? Of zijn we naar het zuiden gereden, en rijden we nu Frankrijk binnen? Nee, dan zouden we douanecontrole krijgen, terwijl er aan de Belgisch-Nederlandse grens nog nauwelijks gecontroleerd wordt. Weer draait de auto de snelweg af. 'Plat blijven, Tos,' snauwt de Raaf. Hij stapt de auto uit en ik ruik meteen de lucht van benzine. We zijn bij een tankstation. Ik hoor hoe de benzinedop eraf gedraaid wordt en de slang erin wordt gestoken. Zouden we dan nog zo ver moeten dat dit niet kon wachten tot na mijn vrijlating? Als de auto volgetankt is, rijden we weer verder. Na een kwartier of misschien iets langer draait de auto de weg af. Eerst maakt de auto wat scherpe bochten, dan voel ik aan het gehobbel dat we niet meer op een verharde weg rijden. Zijn we in het bos? Gaan ze me hier afschieten? 'Waar zijn we?' Mijn dichtgeknepen keel doet mijn stem hees piepen. 'Stil, Tos!'

Ik schiet overeind en buig me voorover. Ik voel het leer van de jas van de Raaf en klamp me aan hem vast. 'Alsjeblieft, doe me niks. Ik wil niet dood, alsjeblieft.'

De Raaf pakt me bij mijn polsen en schudt me heen en weer. 'Ophouden, Tos! Wij gaan jou niet doodmaken. Stop nu.' De Rat snauwt hem iets toe. Hij zet de motor uit en gooit het portier open. De Raaf laat mijn polsen los en stapt ook uit de auto. Hij zet de stoel naar voren en pakt mijn hand om me te helpen bij het uitstappen. De bril drukt hij nog eens extra stevig op mijn neus. De vrieskou slaat me fel in mijn gezicht. Mijn laarzen zakken een beetje weg, de grond lijkt te kraken. Plotseling besef ik dat het sneeuw moet zijn die de bodem met een zachte bevroren laag heeft bedekt. Ik word meegetrokken en met mijn rug tegen iets hards gezet. Het zal een lantaarnpaal zijn, of de paal van een verkeersbord, want door mijn blazer heen dringt onmiddellijk de kou van metaal. 'Wat doen jullie? Wat gaan jullie met mij doen?'

'Sst, Tos, als jij maakt herrie, wij moeten jou doodschieten.'

Verstijfd van angst voel ik hoe mijn armen naar achteren worden getrokken en om de paal worden gelegd. Mijn handen worden bij elkaar gehouden en dan voel ik hoe ze een touw om mijn polsen binden. Met een ruk trek ik mijn handen los. En dan, in een opwelling val ik de Raaf om de nek en kus hem. 'Dank je, dank je voor wat jullie voor me gedaan hebben.'

De Rat zegt iets in het Italiaans. Ik voel rechts naast me waar hij staat. Ik val ook hem om de hals en druk een kus op zijn gezicht. 'Alsjeblieft,' fluister ik. 'Bind me niet vast. Ik smeek het jullie, ik zal alles doen wat jullie zeggen, maar bind me niet vast. Ik zal doodvriezen hier op deze stille plek. En dan zullen ze zeggen, die ontvoerders hebben zich niet aan hun woord gehouden, want nu is ze dood.' De Rat maakt zich van me los. Ik val op mijn knieën. 'Alsjeblieft, we hebben dit samen doorstaan, laat ons dit samen overleven. Ik met mijn familie, jullie met jullie familie...'

'Stop!' Er volgen Italiaanse woorden. Zittend in de sneeuw probeer ik mijn lot te voorspellen. Dan word ik omhooggetrokken door de Raaf. 'Tos, luister. We hebben besloten, wij gaan niet vastbinden jou. Maar jij moet beloven, jij blijft hier halfuur staan als wij weg zijn met auto.'

'Dat beloof ik, dat zweer ik.'

'En je mag ook pas de bril afzetten na halfuur.'

'Ik zal nog langer wachten, om zeker te zijn dat jullie veilig weg zijn. Ik doe alles voor jullie. Alles.'

'Het is goed. Wij gaan nu. Dag, Tos.'

'Dag.' Ik hoor hen teruglopen naar de auto. Ik hoor hoe ze instappen en hoe de deuren vrijwel gelijktijdig dichtslaan. Ik hoor hoe de motor wordt gestart en de auto optrekt. Ik hoor hoe ze wegrijden. Dan hoor ik alleen nog mijn eigen ademhaling en de wind. Guur snijdt ze door de stof van mijn kleren en blaast ze mijn haren opzij. Bomen ruisen zacht. Ik tel tot honderd, tot tweehonderd. Ik houd mijn adem in om zeker te weten dat er niemand is. Dat ze niet terugkomen om te controleren of ik echt wel doe wat ze me gevraagd hebben. Niks. Er is geen mens. Onzeker steek ik mijn hand naar boven en pak de bril beet. Voorzichtig schuif ik hem van mijn gezicht. Ik knipper met mijn oogleden tegen het wit op de grond dat wordt beschenen door de maan. Dan verdwijnen de donkere vlekken voor mijn ogen en wordt het onscherpe beeld voor me helder. Ik ben in het paradijs terechtgekomen. Voor me ligt een sneeuwlandschap met een bijna dichtgevroren vijver. In het midden zitten eendjes dicht tegen elkaar aan. Het maanlicht doet het water glinsteren. In de bomen daarachter glinsteren kristallen. Daarachter staan huizen. De meeste zijn donker, maar achter een paar ramen brandt licht. Ik begin te lopen. De bevroren grond is hobbelig, mijn hakken zijn te hoog, mijn spieren te verzwakt om de balans te bewaren. Ik ga op de grond zitten en trek mijn laarzen uit. Op kousenvoeten loop ik door de sneeuw, langs de eendjes die door mijn verschijning beginnen te kwaken. Ik beweeg me zo snel als ik kan. Voel mijn voeten, mijn tenen niet meer, zie de horizon onder mijn strompelende benen op en neer gaan. Ik weet naar welk huis ik moet. Ik dwing mezelf om niet achterom te kijken. Ik moet vooruit, naar mijn redding. Ik stap over een smalle sloot en kom bij de verharde weg. Ik steek de straat over en loop het grindpad op naar de voordeur van het woonhuis dat ik steeds in mijn vizier houd. Waar het licht binnen brandt. Ik zie het kleine verlichte knopje van de bel en leg mijn vinger erop. Dan druk ik, twee keer achter elkaar, en wacht. Binnen gaat een deur open. Ik zie door het gekleurde glas in de voordeur dat er iemand aan komt lopen. Een man. Hij draait de deur van het slot en doet open. De man schrikt als hij me ziet. 'Hebt u een ongeluk gehad!' Ik schud mijn hoofd, kan geen klank uitbrengen. Achter hem verschijnt een vrouw. 'O mijn hemel, dat is Toos van der Valk. Bel de politie.' De man slaat een arm om mij heen en neemt me mee naar binnen. Zijn vrouw zegt: 'Kom maar hoor. Alles is goed. U bent hier veilig.' Ik kan niet anders dan knikken, omdat het echt waar is. Het is waar. Ik ben veilig.

Binnen krijg ik meteen een deken om me heen. 'Niet de politie bellen, alstublieft,' zijn de eerste verstaanbare woorden die ik zeg. 'Ik moet mijn man spreken.' De man verzekert me dat alles goed komt, en verdwijnt dan naar de keukendeur, waaruit zijn vrouw net verschijnt met een kop koffie in haar hand. Afgezien van die ene lauwe kop koffie die ze me bij het gebakje brachten, heb ik drie weken lang thee moeten drinken. Ik vond het al niet lekker, maar nu haat ik het zo, dat ik me heb voorgenomen om nooit in mijn leven meer thee te drinken. Ik zit daar met een kop koffie in mijn handen en een deken over mijn benen te wachten, de vrouw zit tegenover me op een poef en kijkt me vriendelijk aan. Ik geef korte antwoorden op de beleefdheidsvragen die ze me stelt. 'Gaat het goed? Hebt u honger? Bent u niet ziek?'

Dan komt haar man gelukkig weer binnen. 'Gerrit zal zo snel mogelijk bellen, hij was net onderweg van het politiebureau naar huis,' vertelt hij me. Daarna gaat ook hij tegenover me zitten op een grote rookstoel. Ik laat weinig los, de mensen vragen gelukkig niet door. Ze zijn vooral lief voor me, begrijpen dat wat er is gebeurd te veel is om te vertellen. De klok tikt, mijn hoofd duizelt. Ik ben vrij. Ik zit hier op een bank bij vreemde mensen in Eindhoven en behoor weer tot de levenden. Mijn leven gaat door. Eindelijk klinkt het gerinkel van de telefoon. 'Het is meneer Van der Valk,' zegt de man vanuit de deur. Ik laat me overeind helpen door de vrouw en loop naar de keuken waar de telefoon staat. Ik ga niet op de stoel zitten die voor me naar achteren geschoven wordt. 'Hallo, Gerrit?' 'Lieverd, wat fijn om je stem te horen.' Ik glimlach. Het is de nuchtere stem van mijn man. 'Je hebt het goed gedaan hoor, meid.'

De nacht van vrijdag 17 op zaterdag 18 december

Het telefoongerinkel klonk onheilspellender dan ooit. Carlita nam op. 'Wat? Nee! Echt waar?' Iedereen kwam overeind. 'Ze is vrij, jongens. Mama is vrij!' Dit bericht was zo groot, zo overweldigend mooi, zo ongelooflijk goed, dat iedereen opstond en begon te joelen. Ik juichte, sprong en lachte mee. Even, heel even, vroeg ik me af of het geen slechte grap was die iemand met ons uithaalde. Nee, dat kon niet. Het was echt waar. Met gebogen hoofd kwamen pa en Harry de woonkamer binnen. Pa keek geschokt op, naar de juichende menigte. Wat was er gebeurd?

Mama leefde en ze was vrij.

Ik word in een Volvo door twee agenten opgehaald en naar het politiebureau in Eindhoven gebracht. Ik moet achter in de auto gaan zitten met een deken over mijn hoofd. Ik krijg er een heel onaangenaam gevoel van, maar durf er niks van te zeggen. Op het politiebureau in Eindhoven moet ik meteen de kleren die ik aanheb uittrekken voor onderzoek. Er liggen schone kleren voor mij klaar, die uit Nuland zijn gebracht. Ik vraag waarom hier wel spullen van mij zijn, maar niemand van mijn familie. Daarop krijg ik het antwoord dat ik mijn familie pas op het bureau in Rosmalen zal zien, daar zit ook het politieteam dat de hele ontvoering heeft gecoördineerd. Even begrijp ik het niet. Hoezo, gecoördineerd? Een heel team? Waarom is er dan niemand gekomen om mij te bevrijden? Waarom hebben ze mij dan aan mijn lot overgelaten? De politie neemt een officiële verklaring af. Ik zeg dat ik niks weet en naar mijn man wil. En dan mag ik eindelijk gaan.

Vanuit de auto kijk ik uit het raam naar het verkeer dat ons tegemoetkomt, naar de donkere huizen, met af en toe een lichtje dat brandt. Ik heb gevraagd of het raam een stukje open mag, waardoor er een vleugje vrieskou in mijn gezicht blaast. Deze koude, de lichten in de nacht, het mompelende gepraat van de twee agenten voorin. Ik heb het nodig om te voelen, te horen en te zien dat het echt waar is. Net zoals ik aanvankelijk niet kon geloven dat ik echt ontvoerd was, kan ik nu maar nauwelijks geloven dat ik echt ben vrijgelaten en dat ik binnen een paar minuten mijn man en kinderen terug zal zien.

We rijden de oprit op van het politiebureau van Rosmalen. Ik wil het portier opentrekken, maar het zit dicht. 'Waarom gaat dat ding niet open?' vraag ik omdat mijn geduld nu echt op is.

'Dat is uit veiligheidsoverwegingen, mevrouw Van der Valk.' De agent stapt uit en loopt om de auto heen om de deur voor mij te openen. 'Loopt u maar met mij mee.' Als we binnen staan, hoor ik achter een halfopenstaande deur mijn mans stem. 'Ik eh... mag ik?' Ik kijk de agent aan die iets overlegt met een collega. Hij kijkt mij aan en zegt: 'Ja, sorry, kom maar.' Dan loopt hij naar de deur en houdt hem voor me open. Dan zie ik Gerrit en onze twee dochters staan. Ik val mijn man in de armen en voel hoe mijn dochters om mij heen komen staan en me omhelzen.

Het hele huis staat vol bloemen. Overal hangen slingers en versieringen. Er is zelfs een spandoek met WELKOM THUIS, MAMA erop. En daar zijn ze, mijn vijf jongens, niet keurig op een rijtje zoals de familie Von Trapp, maar door elkaar, tussen ooms en tantes, vrienden en een heleboel mensen die ik niet ken. Als eerste zie ik Marc. 'Waar was je nou?' vraag ik in een poging om luchtig over te komen. Hij begint iets te stamelen alsof het een serieuze vraag is. Ik pak hem beet en hou hem vast. Mijn jongste kind. Daarna volgen Ad, Martien en Gert-Jan. Vincent wacht zijn kans af en omhelst me als laatste. Nadat hij me heeft omarmd, neemt hij me mee, door de drukke menigte waarbij ik tientallen schouderklopjes, zoenen en complimenten krijg, naar de andere kant van de kamer. Daar staan mijn ouders bescheiden op hun beurt te wachten. Ik pak mijn moeders handen en fluister hees: 'Sorry, ma.'

Glimlachend kijkt ze me aan: 'Daar kun jij toch niks aan doen.'

Mijn vader die ons met een weids gebaar allebei heeft beetgepakt, begint ineens onbedaarlijk te snikken.

Na dit emotionele weerzien volgt de persconferentie, het handenschudden met burgemeesters, rechercheurs en ministers. Na zelfs nog felicitaties van de koningin en de minister-president, wil ik de drukte het liefst zo snel mogelijk ontvluchten en alleen zijn met mijn man. We laten de feestende menigte achter en gaan naar boven. Hij trekt me op het bed en houdt me tegen zich aan. Ik hoor gesmoord snikken, terwijl hij me heel stevig vast blijft houden. Dan hervat hij zich. 'Ik ben zo trots op je, liefste. Jij hebt je niet klein laten krijgen.' Ik knik en strijk zacht over zijn gezicht. 'Ik vind het zo erg wat jullie hier hebben moeten doormaken. En dan die twee miljoen gulden waar ze mee vandoor zijn gegaan. Wat een bedrag.' Plotseling begint Gerrit te lachen.

'Wat is er?'

'Liefste, we hebben geen twee miljoen betaald. Het was dertien miljoen.'

Mijn mond valt open. 'Dat meen je niet.'

Hij knikt. 'Dat meen ik wel.'

De woede die op dat moment opkomt is zo sterk dat ik het gevoel heb ijzer te kunnen breken. 'Gerrit, we gaan hen vinden.'

'Wat zeg je?'

'We gaan hen vinden!' Ik sta op van het bed. 'Ik heb tegen de politie gezegd dat ik niet veel wist, maar ik weet veel. Heel veel.'

'Toos, doe even rustig. Je kunt nu niet teruggaan.'

'O nee? Dat kan ik wel. Ik weet alles.'

'Dat meen je niet.'

'Jawel. En ik ga naar beneden om de kinderen, de familie en vrienden te zeggen dat ik naar Brussel ga om de daders op te sporen.'

Mijn kinderen, Gerrit, Wim Draaijer die al die tijd hier in huis is geweest, iedereen heeft me van mijn voornemen af willen brengen. Maar gelukkig begreep de psychiater Havinga dat ik met geen stok tegen te houden was. Nadat ik gisteravond een minuut of tien met hem gesproken had zei hij: 'Toos, begrijp ik goed dat jij absoluut terug wilt?'

Ik antwoordde: 'Dat klopt, de enige reden om niet te gaan is als mijn kinderen en mijn man het niet aan zouden kunnen.'

'Dan moet je gaan, want zij zullen zich overal in schikken, zolang het jouw oprechte wens is.'

Dat vond ik bemoedigend. Ik kreeg er zelfs tranen van in mijn ogen. 'Maar,' ging hij door, 'ik wil dat je er één nacht over slaapt. Morgenochtend om tien uur worden jij en Gerrit opgehaald.'

We hebben nauwelijks geslapen. Steeds opnieuw moest ik me er van verzekeren dat Gerrit echt naast me lag. Mijn man. In het zwakke blauw van de maan lichtten onze ogen op. Met zachte stem beloofden we plechtig om nooit meer zo lang van elkaar gescheiden te zullen zijn. Zelfs niet door honderd ontvoerders. Gerrit streelde mijn haar en zei: 'Ik wist dat je moedig was, maar zó moedig...' Hij hield even in. Toen haalde hij adem en zei: 'Toos ik... ' Ik snoerde hem de mond met een zoen. Ik wist wat hij wilde zeggen.

Om tien uur rijdt er een auto voor met twee speciale opsporingsrechercheurs. Nog sterker dan gisteravond voel ik de woede over wat onze familie is aangedaan en de vastberadenheid en kracht om me er alsnog tegen te verzetten. Mijn hele wezen schreeuwt om gerechtigheid. Ik zal mijn ontvoerders pakken en het geld terughalen. 'Zijn ze nou helemaal gek geworden,' zo klinkt mijn mantra. 'Hoe durven ze. Hoe durven ze!' Gerrit kijkt me met een scheve glimlach aan. Hij weet wat ik voel en ik weet wat hij denkt. Onze band is niet gebroken door deze gruwelervaring. Niets ter wereld kan ons scheiden. Dat is wat ik lees in zijn ogen. Woorden zijn overbodig voor onze diepe verbondenheid. De hele weg naar Brussel houdt hij mijn hand vast. Tot ik tegen hem zeg: 'Gerrit, mijn ringen, je knijpt nogal hard.'

Om twaalf uur zitten we op het bureau in Brussel. De Belgische politie blijkt overal van op de hoogte te zijn en ik verbaas me opnieuw over de opschudding die mijn ontvoering nationaal en ook internationaal heeft veroorzaakt. Het raakt me, op een bijna kinderlijke manier. Tegelijkertijd voel ik met terugwerkende kracht opnieuw de scherpe eenzaamheid en verlatenheid van mijn gevangenschap. De angst heeft zich vastgezet in mijn spieren, houdt mijn zenuwen nog altijd in zijn macht en heeft zich een weg gebaand naar mijn ziel. Iets waarmee ik misschien zal moeten leren leven. Geen tijd nu om daarover na te denken. Nu moet ik opkomen voor mijzelf en voor mijn familie, die – hoe is het mogelijk – dertien miljoen gulden voor mij heeft betaald!

'Mevrouw Van der Valk, het belangrijkste is dat u ons alles vertelt wat u weet. Belangrijke en minder belangrijke details, laat niks achterwege. Dat wat ogenschijnlijk onbelangrijk is kan soms cruciaal zijn,' zei de aardige agent.

Ik lachte schamper. 'Ik weet precies wat belangrijk is.' Daarna begin ik te vertellen. Over de weg die we gereden zijn. De borden met de afslag Waveren rechtdoor. De lantaarns die ik geteld had, na de afslag. De eerste stop die we maakten, de smalle gang, het huisnummer. De Franse bank met noppen, de vervolgroute, het verlichte hokje. Een bushalte? De ondergrondse parkeergarage met de auto's. Het korte liftritje. De zwart-wit geblokte tegels in de gang. De drempel waar ik overheen viel in de woning waar ik drie weken lang niet meer uit zou komen. De ruimte waarin ik moest verblijven, de tent, het luchtbed, de deken. Het bed van mijn ontvoerders, de kast zonder spiegel, de woonkamer met tv, de kale badkamer. De geluiden van buiten, de tikkende hakken van de vrouw die haar hondje elke dag uitliet en daarbij lieve woordjes sprak in het Frans. De sirenes die ik regelmatig voorbij hoorde komen, ik veronderstel van politiewagens die op weg waren om mensen te redden maar niet mij. De Belgische hoofdcommissaris heft midden in mijn woordenstroom zijn hand omhoog. 'Stop, hoe klonk die sirene?' Ik doe een poging het geluid na te bootsen en geneer me om mijn valse keelklank, maar niemand die daarop let. De hoofdcommissaris kijkt naar zijn collega en knikt. 'Dat is geen politiewagen, dat is een ziekenwagen. Het moet vlak bij een ziekenhuis zijn. Wat nog meer?' Ik vertel hem over het rare harde geruis dat een paar dagen heeft geklonken, wat volgens mijn zoon Gert-Jan zandstralen moeten zijn geweest, het langsrazende verkeer. En dan het gebakje waaronder het papiertje lag met het adres van de bakker. Het uitzicht vanuit de keuken door het raam, dat ik op het spiegelende mes kon bekijken. Het talud van gras, het huisje met de donkerrode dakpannen, als kleine schijfjes. De reclameborden die ik zag op de weg terug, toen ik de Nina Ricci bril had scheefgedrukt omdat ik koste wat kost wilde kijken. Het hoge gebouw met de vreemdvormige ramen. Bijna hartvormig. Ik vertel dat de ene ontvoerder een kromme pink en een gekromde rug had en dat de andere een gedrongen postuur had en heel donkere ogen. Ik imiteer hoe ze snurkten en knarsten, beschrijf hoe ze rookten en praatten. Alles, alles wat ik weet vertel ik. Ik stel ook de vraag waarom er niet meer met mijn berichten is gedaan. Met de hints die ik gaf. Of ze dan echt niet doorhadden dat ik in Brussel zat? Pas dan wordt mij duidelijk dat niet alle informatie aan mijn familie is overgebracht. Er zijn hele stukken van mijn ingesproken teksten weggelaten en sommige briefjes hebben ze nooit gekregen.

De kaart van Brussel wordt uitgevouwen en over het grote bureau van de hoofdcommissaris heen gelegd. Samen met zijn collega en de twee Nederlandse rechercheurs maakt hij aantekeningen op de plattegrond. Het adres van de bakker wordt aangeduid. Om de plaatsen waar zich ziekenhuizen bevinden worden rode cirkels geplaatst. Bij de meest waarschijnlijke afslagen die ze zouden hebben genomen zetten ze dikke pijlen. De doorgaande wegen, die naast een bos of park liggen worden gemarkeerd. En dan zijn ze klaar. 'Toos we vertrekken. Ga je mee?' Ik knik. Vanbinnen lijkt er een strijd gaande tussen mijn angst en mijn woede. Een mini-oorlog die mijn maag akelig doet verkrampen. 'Gaat het Toos?' vraagt Gerrit. 'Je hoeft niet hoor.' Ik kijk hem aan en zeg: 'Ja, ik moet wel.'

In een busje met acht politiemensen in burger rijden we door de straten van Brussel. Wat op de kaart nog een redelijk eenvoudige onderneming leek, lijkt nu een bijna onoplosbare puzzel. Wat vanuit het vogelperspectief nog zo simpel was, is nu een vrijwel onmogelijke opgave. Brussel is groot. Heel groot. En alle hoge gebouwen, huizen, flats en parken, lijken op elkaar. Hoe kan ik aan de buitenkant zien binnen welke muren ik gevangen heb gezeten? Ik begin overal over te twijfelen, de dakpannetjes, de vreemde ramen. En steeds weer wordt er naar mij gekeken met vragende ogen. 'Is dit iets wat je herkent, Toos?' 'Zou het hier kunnen zijn?' 'Misschien,' zeg ik twijfelend, 'ik weet het niet.' Ik leun dicht tegen Gerrit aan, alsof hij me de antwoorden in zou kunnen fluisteren. Na drie uur stoppen we om wat te eten. In het Frans wordt er een hevige discussie gevoerd door de Belgische agenten. De twee Nederlandse rechercheurs zwijgen net als Gerrit en ik. Mijn maal van steak en frieten blijft vrijwel onaangeroerd liggen op mijn bord. Dan richt de hoofdcommissaris zich tot mij en zegt: 'We denken dat we in de verkeerde buurten aan het zoeken zijn. We schuiven twee wijken naar boven in noordelijke richting.'

Buiten is de avond gevallen. De nieuwe wijken die we afkammen, leveren tot nu toe weinig op. Ja, een gebouwtje met dezelfde dakpannen, maar dat gebouw lijkt veel hoger. Bovendien is de flat die ertegenover ligt slechts drie verdiepingen. Hoewel ik niet weet hoe hoog het gebouw was waarin ik zat, zegt mijn gevoel dat het hoger was. Ik heb het idee dat we niet op de juiste plek kijken. De buurten waar we eerder zochten voelden veel beter. Maar ik besef tegelijkertijd dat het nergens op gebaseerd is. 'Gaat het Toos?' vraagt mijn man, alsof hij mijn twijfels aanvoelt.

'Ik denk dat we fout zitten. We moeten terug,' zeg ik met meer vastberadenheid dan ik voel. Achter ons begint de Nederlandse rechercheur plotseling te praten.

'Toos, we hebben die hele wijk tot het kleinste straatje doorzocht. Daar kan het niet zijn.'

'Of dat wel of niet kan, lijkt me niet aan jullie,' luidt het nogal boude antwoord van mijn man. Ik ben hem dankbaar, want ik krijg bijna een schuldgevoel van dit vruchteloze zoeken. Alsof ik alles bij elkaar verzonnen zou hebben en er niets klopt van mijn waarnemingen. De Belgische commissaris bemoeit zich ermee. 'Laten we teruggaan. We hebben er misschien vlakbij gezeten.' Achter ons wordt fluisterend overleg gepleegd door onze landgenoten. Ik klem mijn kaken stijf op elkaar, mijn slapen beginnen te kloppen. Terwijl de politiebus al rechtsomkeert heeft gemaakt, zegt de Nederlandse rechercheur: 'Luister Toos, we zijn nu al zeker zes uur onderweg. We denken dat het weinig zin heeft om door te zoeken.'

'En dan?' zegt mijn man fel. 'Moeten we dan zomaar het bijltje erbij neergooien? Mijn vrouw wil nog niet opgeven. Toch?' Hij kijkt me aan. Ik schud mijn hoofd. 'Nee, ik denk dat we er steeds net naast zitten.' Toch hebben mijn woorden alle fut verloren. Ik ben bang om door te zoeken, bang voor de bittere leegte wanneer het niets oplevert. Alles wat ik met bijna minutieuze nauwkeurigheid heb opgeslagen in mijn hoofd, met gevaar voor eigen leven, voor dit moment. Deze rechtvaardiging. Zou het dan echt waar zijn dat het allemaal nergens toe heeft geleid?

'Wij gaan door!' luidt de mededeling van de Belgische commissaris. 'Als jullie willen stoppen zetten we jullie op het bureau af. Wij geven het nog niet op.'

Gerrit slaat zijn arm om me heen en pakt me stevig beet. Achter ons wordt gezwegen.

Na weer een uur rijden, zie ik met een schrok waar we al die tijd al naar gezocht hebben. Een beeld dat zich op mijn netvlies heeft gebrand: hartvormige ramen in een hoog gebouw. 'Daar!' roep ik. 'Daar is het.' Iedereen in de bus veert op. Misschien waren we er al langsgereden, maar vielen ze niet op in daglicht. Nu het donker is en er binnen licht brandt, zijn ze ineens niet meer te missen. 'Toos, na hoeveel tijd, nadat jullie waren vertrokken, zag je dit gebouw?' De stem komt van achteren. Hoelang zou het geweest zijn? Tien, twintig seconden? Nee, langer. 'Ongeveer een minuut,' zeg ik dan. Er wordt druk overlegd. De constatering dat je in een minuut vijfhonderd meter tot een kilometer moet kunnen afleggen klinkt op zich logisch. Ik merk dat ik me plotseling opgejaagd voel. Met de kaart op zijn schoot maakt de commissaris nu een aantekening bij elke straat waar we traag doorheen cruisen. Dit lijkt wel een vossenjacht zonder vossen, een doolhof zonder uitgang, een puzzeltocht zonder uitkomst. Waarom lukt het niet?

Dan zie ik plotseling een verlicht huisje. Een soort bushokje.

'Rustig,' zeg ik bijna fluisterend. 'Rij rustig. Dit is de straat.'

'Toos, weet... ?'

'Sst!' onderbreek ik de commissaris. Zwijgend rijden we door de straat, met aan de ene kant bomen en aan de andere kant flats. Ik zie het talud van gras, kijk naar de flat die me heel onbekend voorkomt. Maar toch. Dan draai ik mijn hoofd naar de andere kant en zie donkerrode singeltjes op het dak liggen van een laag gebouw. 'Hier is het!' De commissaris maant de chauffeur door te rijden, tot we bij de hoek zijn. We slaan de straat in naar rechts en dan stopt de bus in een parkeerhaven. 'Weet je zeker dat het daar was?' vraagt de Belgische commissaris aan me.

'Ja, dat weet ik zeker,' mijn hele lijf lijkt zich te willen verschuilen onder mijn mans arm. Ik zou hier niet willen zijn, maar thuis, omringd door familie. Niet op deze plek waar de horrorfilm nog steeds niet is afgelopen. De commissaris wisselt snelle woorden met zijn collega's. Twee van zijn mannen stappen uit en lopen weg. We wachten allemaal zwijgend in de auto. Als de mannen terugkomen wordt het startsignaal gegeven in de vorm van een korte hoofdknik.

'Luister Toos, wat ik nu aan je ga vragen wordt heel lastig,' richt de commissaris zich tot mij. 'We gaan met z'n allen naar de flat en jij moet mee.'

'Dat wil ik niet,' zeg ik hees.

'Wij gaan met z'n achten en je man gaat ook mee. We moeten het zeker weten, Toos.'

Ik voel mijn ogen branden. Gerrit kijkt me aan. 'Ik blijf bij je, lieverd.' Ik slik mijn tranen weg, en zeg dat het goed is. Houterig stap ik uit de bus. Het lijkt alsof mijn benen niet mee willen werken. Mijn hoofd duizelt. In gedachten spreek ik mezelf toe. *Ik kan dit. Het moet. Ik zal laten zien wat ze me hebben aangedaan. Waar ik al die tijd zat.* We staan voor de ingang van de flat. Rechts van de deur zijn de rolluiken gesloten. Was het daar? De commissaris belt aan bij een van de deuren. Er wordt door een vrouw in het

Frans geantwoord. Heb ik die stem eerder gehoord? De deur zoemt, we lopen naar binnen. Ik herken meteen de zwart-witte marmeren vloer. In de kleine woning meteen links in de hal worden we binnengelaten. De vrouw is de conciërge van het gebouw. Er wordt in rap Frans gesproken. De commissaris zegt dat de vrouw bevestigt dat er Italianen wonen in de woning rechts beneden. Even bespiedt de vrouw mij van top tot teen. Alsof ik een vreemd buitenaards wezen ben. Dan loopt de vrouw naar een kast met allemaal sleutels en met een trefzeker gebaar pakt ze de sleutels met het nummer 4 erop. De commissaris fluistert me nog net toe voor we de deur uitlopen: ze zijn er niet. Ze heeft hen weg zien gaan. Met de hele delegatie lopen we de gang door, de hoek om en wachten geduldig tot de vrouw de twee sloten, boven en beneden heeft opengedraaid. Dan wordt de deur geopend. Mijn adem stokt. Het grijze vloerzeil. De lange gang. Dit is de flat, links is de badkamer, rechts de woonkamer, daarachter de keuken en om de hoek mijn kamer. 'Hierheen,' fluistert mijn stem. 'Deze kant.' Zonder omhaal leid ik hen naar de slaapkamer. Even ben ik in de war. Waar is mijn tent? Zo zonder mijn puntige schuilplaats, mijn minicel, lijkt de kamer leeg. Op bed liggen de leren jacks van de ontvoerders. Donkerbruine huiden die zich gevormd hebben naar hun lichaam, hun armen en nu levenloos op het bed liggen. Ze jagen me schrik aan. De mannen moeten vlakbij zijn. Dan zie ik in de hoek een vuilniszak staan, waar het oranjebruine nylon uitsteekt waar ik drie weken lang naar heb liggen staren. Het zachte zeil dat ik gestreeld heb met mijn vingertoppen is helemaal in stukken geknipt. 'Daar, daar is mijn tentje.' Zonder hun reactie af te wachten loop ik weg. Naar buiten moet ik, voor frisse lucht. Maken dat ik wegkom voor de gangsters me weer te pakken krijgen. Gerrit merkt dat ik overstuur ben en loopt gelijk met me mee. De commissaris, die met zijn collega's aan het overleggen is, roept me na. Het heeft geen zin, ik ben al weg, voor ik stik.

In de bus word ik langzaam kalm. De Nederlandse politie probeert me te troosten, met goedbedoelde woorden en schouderklopjes. De Belgische politie gaat meteen over tot aktie. 'Toos, we brengen jullie naar het bureau en wij gaan terug met wat mitrajetjes. En dan Toos, dan pakken we ze.'

Anderhalf uur later, op het hoofdkantoor van de Brusselse recherche, krijgen we te horen dat het is gelukt. Drie van de vier ontvoerders zijn gearresteerd. Mijn missie is geslaagd, de monsters zijn gepakt, mijn nachtmerrie is afgelopen.

Nawoord

Nu, vele jaren later kijk ik terug op mijn ontvoering en nog steeds raakt het me diep. Als ik mij verplaats naar die tijd in gevangeschap, voel ik weer die angst van toen. Ik zie het tentje weer voor me waarin ik dit drama heb moeten beleven. Voel opnieuw de aanwezigheid van mijn twee gemaskerde bewakers, die zowel mijn angst als mijn hoop vertegenwoordigden. De hele organisatie van de ontvoering bleek te bestaan uit een groep van meer dan veertig Italianen, onder wie mannen én vrouwen. De meesten zijn meteen opgepakt, anderen pas later, maar ze hebben bijna allemaal hun straf uitgezeten. Is daarmee het leed geleden? Nee, de nasleep van deze ontvoering kent vele vormen. De rol als zogenaamde bekende Nederlanders die ons vanaf dat moment is opgedrongen door de media, is nooit door onszelf verkozen. Voor de ontvoering werkten we in alle rust aan ons bedrijf en werden we niet op onze vingers gekeken.

Natuurlijk is er ook veel dankbaarheid voor alle mensen die met ons hebben meegeleefd in die tijd, en was elke kaart, brief, bos bloemen die we ontvangen hebben een enorme steun voor ons. Bijzonder veel dank gaat uit naar alle familieleden en naaste vrienden die in al die zenuwslopende dagen, Gerrit en de kinderen hebben opgevangen. Met hun steun hebben ze nog eens extra aangetoond hoe sterk onze familieband is. Ik weet nog dat ik vlak na mijn ontvoering in het restaurant van Motel Nuland een tafel aan het indekken was toen ik een man tegen zijn vrouw hoorde zeggen: 'Daar heb je Toos van der Valk, die vrouw van dertien miljoen.' Daarna voelde ik mij niet meer prettig in de door ons zelf opgebouwde zaak. Een jaar na mijn ontvoering brandde het motel in Nuland af. Dit was een van de bedreigingen geweest van de ontvoerders. We bleken onvoldoende verzekerd om de schade te kunnen claimen.

Van dat losgeldbedrag is maar een schijntje teruggevonden. Onze hele familie heeft garant gestaan voor dat bedrag. Er is uit alle zaken geld getrokken om mijn vrijlating te kunnen bekostigen. Ik heb me daar vaak bezwaard over gevoeld. Pas na jaren raakte ik mijn schuldgevoel kwijt. Gerrit niet, die is ook zijn leven lang blijven zoeken naar het geld dat ons werd afgenomen. Hij had een Duitse ex-rechercheur ingehuurd, om te zoeken naar de genummerde en gemarkeerde biljetten. Het resultaat was miniem. De daadwerkelijke motivatie van Gerrit voor het inhuren van deze rechercheur was zijn gevoel van verantwoordelijkheid voor de familie, zijn broers en zussen. Zijn tomeloze inzet om het concern tot een nog groter succes te maken werd niet langer bepaald door commerciële ambitie, hij was bedoeld om zijn dankbaarheid te tonen voor de dertien miljoen waar de hele Van der Valkclan garant voor heeft gestaan en waarvan hij elke cent persoonlijk wilde terugverdienen.

Vaak ben ik benaderd om mijn verhaal over de ontvoering te vertellen. Er was veel interesse vanuit uitgevers en filmproducenten voor deze geschiedenis, maar tot nu toe heb ik hun aanbod altijd afgewezen. Het heeft me vaak veel pijn gedaan als er weer eens een uitgave verscheen over de ontvoering waar zo veel feitelijke onjuistheden en aannames in stonden. Het is mede daarom dat ik besloten heb om dan toch een keer mijn eigen verhaal – het enige juiste – te publiceren. Ik ben nu in de herfst van mijn leven en heb nog genoeg energie om dingen aan te pakken. Hoewel ik in het begin nog best twijfelde over het boek en wat het teweeg zou kunnen brengen ben ik erg blij dat ik heb doorgezet. Ik leerde Elle van Rijn kennen, die het boek met mij heeft geschreven en ze is als een vriendin voor mij geworden. Zij voelt me erg goed aan en begrijpt me. Ondanks dat het al heel lang geleden is, heeft het terughalen van de gebeurtenissen emotionele momenten opgeleverd. Mede omdat ik veel details van het thuisfront en wat zij met z'n allen hebben meegemaakt, niet eens goed kende. Deze geschiedenis, hoe naar ook, is onderdeel van onze familie en verdient het daarom te worden opgeschreven. Als ik aan Gerrit denk en mij afvraag wat hij van dit boek zou vinden, dan ben ik er zeker van dat hij het ermee eens zou zijn. Ik draag dit boek op aan mijn fantastische echtgenoot, Gerrit van der Valk, waarmee ik 54 jaar getrouwd was. Ik bedank hem voor zijn zorgen voor de kinderen, de familie-eer die hij altijd hoog heeft gehouden, het succes waar hij altijd hard voor gewerkt heeft en bovenal bedank ik hem voor zijn liefde.